Zimtschnecken – Kanelbullar

Wir mögen Geschichten, die sich nah
am realen Leben orientieren.
Unsere Romane haben deshalb
als Grundlage immer ein wahres Ereignis.
Die turbulenten Geschehnisse und die Personen
entstammen unserer Fantasie.
Es macht uns unbändigen Spaß, den Figuren
eine Existenz mit all ihren Facetten einzuhauchen.

Und wenn das Buch an Seiten zulegt,
wird es spannend, denn jede von uns
entwickelt zu einem dieser fiktiven Menschen
eine besondere Zuneigung ...

Viel Spaß!

Sylvia und Sigrid

♥ 1 ♥

Diane öffnete mit Vorfreude den Schraubverschluss einer Flasche Glögg. Als sie den Flascheninhalt in einen kleinen Topf zum Erwärmen gab, schlug ihr der Duft von Rotwein, Zimt, Nelken und einem Hauch Kardamom anregend entgegen. Mmh, gut! Die nächste schwedische Winternacht brach an, da hieß es, sich gut warmzuhalten – einmal von innen, mit dem gehaltvollen Glühwein, zusätzlich von außen, wofür der Kamin zuständig war.

Das wärmende Feuer prasselte bereits vor sich hin und nur der orange-rote Schein sowie die Kerzen in verschiedenartigen Windlichtern, die vom Couchtisch und den Fensterbänken leuchteten, erhellten das Wohnzimmer. Schon am Nachmittag hatte sie den Kamin mit Holzscheiten gefüttert, die sie immer wieder nachlegte. Mittlerweile sorgte eine behagliche Wärme für Gemütlichkeit. Trotzdem trug sie zu den schwarzen Leggins und ihrem übergroßen roten Sweatshirt flauschige, rosafarbene Kuschelsocken, denn in diesem alten Holzhaus gab es keine Fußbodenheizung.

Während sich der Glögg langsam erwärmte, schaute sie aus dem Fenster. In Schweden wurde es im Winter zeitig dunkel, folglich blickte sie in die Finsternis. Die schmale Sichel des Mondes hatte kaum Kraft, die Landschaft um das Haus herum ein wenig zu erhellen. Tausende Sterne funkelten vom Himmel herab, aber allmählich türmten sich dunkle Wolken auf. Diese Natur, diese Stille, schön und gleichzeitig eine winzige Spur beängstigend, wenn man das Leben in einer stets beleuchteten Stadt gewohnt war. Aber dieser beunruhigende Gedanke war nur ultrakurz vorhanden, schon gewann die Freude wieder überhand.

Oh ... was war das? Sie legte die Stirn an die kühle Scheibe, um besser sehen zu können. Tatsächlich, da schwebten sie leise vorbei, die allerersten Schneeflocken des Jahres! So ein Glück! Den angekündigten Schneefall der Wettervorhersage hatte sie völlig verdrängt, weil sie bisher intensiv damit beschäftigt war, die letzten Umzugskisten auszupacken. Obwohl, bemerkt hatte sie den Wetterumschwung doch, wenn sie kurz vor die Tür gegangen war. Wie hatte ihre Oma früher immer gesagt? *Diane, komm mal her und zieh ganz tief die Luft ein. Merkst du es? Es riecht nach Schnee.*

Noch nicht einmal eine Woche war das Holzhaus in diesem schwedischen Dorf ihr neues Zuhause, aber es fühlte sich an, als wäre sie daheim angekommen.

Der Glögg war jetzt trinkfertig und Diane goss ihn in ihre Lieblingswintertasse, von der sie ein hübsches Rentier mit knallroter Nase frech angrinste.

Vorsichtig nippte sie. Heiß! Und sehr lecker!

Sie liebte den Duft und Geschmack von weihnachtlichen Getränken, es erinnerte sie an unbeschwerte Weihnachtsmarktbesuche mit Freunden. In diesem Jahr würde sie den heimatlichen Flensburger Weihnachtsmarkt nicht unsicher machen. Sie und ihre Schar Freunde waren jedes Jahr bereits zur Eröffnung da, hielten ein Glas wärmenden Punsch in den Händen, wenn von Zehn auf Null runtergezählt wurde, woraufhin der riesige Weihnachtsbaum in hellem Licht erstrahlte und Musik einsetzte. Auch die überdimensionale Weihnachtspyramide vermisste sie jetzt schon.

Im Grenzbereich Deutschland-Dänemark mischten sich die Traditionen, davon profitierten beide Seiten. Überhaupt mochte sie das nordische Leben und die Menschen. Und nun lebte sie noch deutlich nördlicher.

Der Umzug in dieses schwedische Dorf war ein Abenteuer der besonderen Art. Hätte ihr jemand das vor einem halben Jahr prophezeit, sie würde demjenigen einen Vogel gezeigt haben.

Die Tasse war mittlerweile fast geleert. Ui, langsam sollte sie etwas essen, der Glögg stieg ihr ganz leicht in den Kopf, dafür war ihr schön warm geworden. Sie richtete sich frisches Brot mit Schinken und Käse und saß gerade auf der Couch, um ein bisschen fernzusehen, als ihr Smartphone den bekannten Klingelton ihrer Freundin Kajsa verlauten ließ, die nachhören wollte, wie es ihr ging. Sie war schließlich für den Umzug von Flensburg hierher nach Schweden verantwortlich.

»Alles im grünen Bereich, Kajsa. Ich habe vorhin

die letzte Kiste ausgeräumt und trinke gerade dein Geschenk. Danke für den Glögg, er ist echt total lecker.«

»Habe ich mir gedacht«, triumphierte Kajsa innerlich und wusste nun, ihre Freundin würde sich hier in Schweden wohlfühlen. Das war erleichternd, denn sie hatte Diane höchstpersönlich in dieses Dorf gelotst.

»Ich komme morgen früh mit Krister. Das ist unser Dorf-Elektriker. Der installiert dir die weihnachtliche Außenbeleuchtung am Haus und macht gleichzeitig die große Tanne mit Lichterketten fertig. Und wenn er schon dabei ist, kann er direkt die Kugeln mit aufhängen.«

»Oh Kajsa«, rief Diane aufgeschreckt, »ich habe gar kein Equipment für den Outdoorbereich! Den Balkon meiner Wohnung hatte ich nur mit kleinen Lichterketten geschmückt. Meine Weihnachtskugeln sind nur für innen geeignet.«

»Kein Problem. Krister bringt alles mit und die Kugeln kommen von mir, ich habe so viele, es sei denn, sie gefallen dir nicht.«

»Danke! Ich nehme sie unbesehen.« Diane war erleichtert. Wo sollte sie auch auf die Schnelle Outdoor-Beleuchtung herbekommen? Bis zur nächsten Stadt war es eine gute Strecke und jetzt wurde es über Nacht Winter. Daher war das Fahren nicht mehr so easy und sollte wohlüberlegt sein.

Kajsa hatte noch zwei andere Überraschungen im Gepäck. »Am Nachmittag kommt Klempner Olof Bengtsson, der schaut nach deinem Badezimmerwaschbecken. Sie holte tief Luft. »Es tut mir echt leid, dass vieles renovierungsbedürftig ist, leider sieht man das auf den ersten Blick nicht immer.

Und für übermorgen habe ich Schreiner Fynn verpflichtet, der kann dir den gewünschten Einbauschrank zimmern und nach den undichten Stellen schauen, sonst heizt du dich dumm und dämlich.«

»Du bist so lieb! Und mach dir keine Gedanken. Ich weiß, dass hier eine alte Dame gewohnt hat. Sie hat mich ja nicht beschummelt, sondern mir in aller Ehrlichkeit gesagt, dass sie mit dem Instandhalten ein bisschen im Rückstand ist.«

»Ein bisschen ist gut ... das haben wir bei der Besichtigung so nicht gesehen.«

»Konnten wir auch nicht. Da war Sommer und es zog nicht an allen Ecken und Kanten. Aber egal. Ich finde es toll von dir, mir zu helfen, bis ich insoweit angekommen bin, dass ich selbst dafür sorgen kann.«

»Diane, das ist selbstverständlich. Du bist meine Freundin! Wenn ich morgen früh komme, bringe ich für alle Mann Zimtschnecken mit. Zauberwort *Fika.* Diese gemütliche Kaffeepause wird bei unseren Handwerkern Wunder wirken.«

»Genial! Diese Tradition habe ich bei all meinen Besuchen in Schweden zu schätzen gelernt. Erinnerst du dich, wie wir uns jeden Nachmittag um drei eine Fika-Auszeit genommen haben, ob bei dir oder in einem Café?«

»An mein Leben in Göteborg denke ich gerne zurück. Und natürlich an deine Besuche.« Kajsa geriet ins Schwärmen. »Das waren ungelogen die schönsten und unbeschwertesten Jahre überhaupt. Ich hatte allerdings auch ein Wahnsinnsschwein mit der Wohnung. Du, wir beide sollten im Sommer für ein paar Tage nach Göteborg fahren und alte Zeiten aufleben lassen.«

»Wow! Bombenidee!« Diane war sofort begeistert. »Wir mieten uns ein Häuschen auf einer der Schäreninseln und hüpfen von da aus rüber auf die anderen und nach Göteborg.«

»Yep. Wir besuchen alle Plätze in Göteborg, die wir toll fanden. Aber jetzt steht uns vorerst ein aufregender Advent vor der Tür. Mit viel, viel Schnee. Schau aus dem Fenster, heute Nacht wird es Winter.«

»Ich weiß, ich habe gerade schon die ersten Schneeflocken willkommen geheißen.«

»Na, dann guck nochmal raus. Mittlerweile sind es Unzählige geworden.«

Nach dem Gespräch trank Diane den letzten, mittlerweile nur noch lauwarmen Rest Glögg aus und entschied sich, noch einmal kurz die Haustür zu öffnen.

Ein Schwall kalter Luft sowie wirbelnde Flocken begrüßten sie. Wie rasch sich die Wetterlage geändert hatte! Die Schneeflocken schwebten nicht mehr langsam zu Boden, sie waren zu einer dichten weißen Wand geworden. Obwohl das Haus ein recht großes Vordach besaß, trieb der aufgekommene Wind den Schnee bis an die Tür heran. Die Natur hatte ein weißes, eiskalt-schönes und glitzerndes Kleid bekommen.

Hua! Diane zog fröstelnd die Schultern hoch. Schnell schloss sie die Tür wieder.

Es ging auf Ende November zu und sie wusste, die für dieses Dorf so wichtigen Adventswochen waren mit weißer Pracht gesegnet. Gerade entstand mit Hilfe der Natur ein märchenhaftes Winterdorf mit magischer Anziehungskraft.

Auf was hatte sie sich nur eingelassen?

Gedankenvoll stellte sie sich ans Fenster, schaute dem Schneegestöber aus dem Warmen heraus zu und ließ die vergangenen turbulenten Monate Revue passieren.

♥ 2 ♥

Angefangen hatte ihr Abenteuer mit einem aufgeregten Anruf ihrer Freundin Kajsa, die seit etwas mehr als zwei Jahren in einem besonderen Dorf in Schweden lebte.

»Diane, hier im Ort wird ein Haus frei!«

»Was?« Diane war erst vor ein paar Minuten aufgestanden und schlurfte im Schlafshirt durch die Wohnung. Die Kaffeemaschine hatte ihren Wachmacher bisher auch noch nicht freigegeben, bemühte sich aber redlich mit gurgelnden Geräuschen.

»Hier wird ein Häuschen verkauft! Du musst dich sofort in den Flieger setzen und herkommen.«

Diane war im letzten Jahr bei Kajsa, neben dem Sommerurlaub, auch in der Adventszeit für eine Woche zu Besuch gewesen. Dort hatte sie die Besonderheit des neuen Wohnortes ihrer Freundin hautnah mitbekommen.

Für Diane waren es wundervolle Tage in einem nahezu magischen Weihnachts-Dorf, ganz so, wie man es sich im Märchen vorstellt. Tiefverschneite alte Holzhäuser, aus deren geschmückten Fenstern warmer Lichtschein dringt, Tannen, welche die Schneelast tapfer tragen, Vögel, die sich in Vogelhäusern tummeln und eifrig Winterfutter picken. Es duftet aus den Häusern nach aromatischem Glögg, Bratwürstchen, Stockfisch und frischem Brot, süßen Zimtschnecken und heißen Bratäpfeln ...

Jährlich zur Adventszeit, wenn der Winter schon ins Land gezogen und Häuser sowie Natur mit einer pittoresken, glitzernden Schneeschicht überzogen hatte, öffneten die Bewohner dieses Ortes ihre Häuser zwei Wochen lang für Fremde. In jedem Haus gab es etwas zu kaufen; Lebensmittel, Getränke, Strickwaren oder Weihnachtsdekorationen.

Manche Bewohner zeigten Bildervorträge oder organisierten Musikdarbietungen. Einige grillten, dick eingemummelt für Touristen auf ihren Holzveranden, der örtliche Bäcker ließ Gäste in seine Backstube und schob zu ihrer Freude jede Stunde emsig Brotlaibe in den großen Ofen. Den unwiderstehlichen Duft nach frisch gebackenem Brot nahm man auf dem ganzen Straßenzug wahr, sodass einem das Wasser im Munde zusammenlief.

Übernachten konnte man im Dorf selbst nicht. Es waren weder Hotels noch Pensionen vorhanden, deshalb fiel der Ort abends zurück in seinen geruhsamen dörflichen Schlaf, sobald die Touristen wieder auf dem Weg in ihre Hotels in der Umgebung waren. Die Menschen kamen aus aller Welt, um für einen Tag den Zauber dieses international bekannten Winterdorfes zu erleben.

»Hast du mich gehört?«, tönte die ungeduldige Stimme Kajsas aus dem Telefon.

»Ja, schon, aber ...«

»Diane! Nimm den nächsten Flieger! So eine Chance bekommst du nie, nie wieder! Du weißt doch, dass Häuser in diesem Dorf nur mit Vitamin B verkauft werden, oder?«

»Natürlich habe ich nicht vergessen, was du mir erzählt hast. Man muss schwedisch sprechen, seinen festen Wohnsitz dort haben und dazu bereit sein, sein Haus zu den besonderen Adventswochen für alle zu öffnen. Oh, und man muss etwas Selbstgemachtes zum Kauf anbieten.«

»Hast du dir gut gemerkt.« Die Ungeduld in Kajsas Stimme war unüberhörbar. »Dir hat es doch hier gut gefallen. Ich habe noch im Ohr, wie du gesagt hast, dies sei ein traumhafter Platz zum Leben, ein paradiesisches Fleckchen. Natur pur, nicht weit ans Meer, den See vor der Haustür, im Sommer gemäßigte Temperaturen, in den Wintermonaten ein filmreifes Winter-Wunderland. Du hast Sommer wie Winter schon kennengelernt. Du weißt also genau, auf was du dich einlässt.«

Damit hatte ihre Freundin natürlich recht.

Hitze mochte Diane nicht. Sie litt in den Sommermonaten in Deutschland, stieg das Thermometer weit über 30 Grad, für sie brauchten 25 nicht überschritten werden. In Schweden lagen die Temperaturen meist um die 18 Grad, selten höher.

Den Winter hingegen liebte Diane. Fielen Schneeflocken vom Himmel, konnte sie stundenlang am Fenster stehen und den tanzenden Glitzersternchen zuschauen. Kleine fluffige Flocken, große mit erkennbaren Kristallen, watteweiche, tänzelnde, die sich luftig aufeinanderstapelten und einen glitzernden Teppich bildeten, genauso wie die nassen, die für einen pappigen Untergrund und Glätte sorgten. Sie mochte jede Art von Schnee.

Ein bisschen der Aufregung sprang von Kajsa jetzt auf Diane über.

»Ich habe leider nichts, was ich anbieten könnte. Ich kann weder Schmuck designen noch stelle ich Seifen her, ich kann keine Weihnachtsengel oder Sterne basteln und für Handarbeiten wie gestickte Deckchen oder warme Schals und Mützen bin ich das untalentierteste Wesen der Welt.«

In diesem Augenblick begriff Kajsa, dass sie ein Körnchen Weihnachtsmagie in ihrer Freundin gesät hatte. Das ging leichter als gedacht. Yeah, sehr schön!

»Da findet sich was«, behauptete sie im Brustton der Überzeugung.

»Kajsa! Wie stellst du dir das vor? Ich arbeite in Deutschland, außerdem habe ich vor anderthalb Jahren erst diese Wohnung bezogen.«

»Sei mal froh, dass du sie nicht gekauft hast.« Da es am anderen Ende der Leitung still blieb, nutzte Kajsa die Chance, weiterzusprechen. »Und zum Thema Beruf. Deine Übersetzungen kannst du doch von jedem Fleck der Welt erledigen. Guck mal, deine Firma ist in Hamburg, du wohnst in Flensburg. Ob du deine Arbeiten per Mail von Flensburg oder von einem wunderschönen Ort in Schweden nach Hamburg schickst, bleibt sich eigentlich gleich.« Kajsa machte eine bedeutungsvolle Pause. »Ich meine, schöner als hier kann man Leben und Job ja wohl nicht verbinden. Das soll so sein, Diane, glaub es mir!«

»Hm ..., ich bin da nicht sicher, jedenfalls nicht so ad hoc.«

Der Kaffee war durchgelaufen. Diane klemmte sich ihr Handy zwischen Kopf und Schulter und goss sich eine nachtschwarze Tasse ein, die sie mit einem Schluck Kaffeesahne verfeinerte.

»Was gluckert denn da?«, fragte Kajsa neugierig.

»Mein allererster Kaffee. Ich hatte bisher keinen.«

»Trink hastig, das gibt dir die richtige Energie, gleich einen Flug zu buchen und heute Abend bei mir zu sein.«

»Das geht nicht, Kajsa. Ich habe gegen Mittag einen Termin in Hamburg beim Verlag und ich kann nicht absehen, wie lange der dauert. Der Autor, dessen Werk ich übersetzen soll, ist anwesend.«

»Du musst allemal von Hamburg aus fliegen. Du bist folglich in Flugplatznähe. Das passt doch prima. Nimm gleich einen gepackten Koffer mit.«

»Ich weiß nicht ...«

»Ach Diane!«, bettelte Kajsa nun. »Das ist wirklich eine einzigartige Chance. Ich habe mich echt für dich ins Zeug gelegt. Die alte Greta Mattson war ganz gerührt, dass du schon lang von einem Haus in unserem Dorf träumst.«

»Also weißte«, entrüstete sich Diane, »das stimmt doch gar nicht!«

»Im weitesten Sinne schon. Du fandest es toll bei mir.«

»Ich war zu Besuch bei dir. Ich finde es immer toll mit dir, da ist es für mich völlig unwichtig, wo du wohnst.«

»Du musst wie ein geölter Blitz sein, Herzchen! Ich weiß von einem anderen Interessenten, deshalb hurry up!«

In Diane wüteten die Gefühle. Sie konnte nicht einfach ... oder doch? »Ich telefoniere mit Hamburg, danach sehen wir weiter. Außerdem ist ja gar nicht sicher, dass ich überhaupt einen Flug bekomme. Ich melde mich, sobald ich mit meiner Firma gesprochen habe.«

»Ich werde vor Anspannung bis dahin ums Telefon joggen.«

Allerdings trank Diane erst in Ruhe ihren Kaffee aus und nahm gleich eine zweite Tasse hinterher. Sie musste sich die Zeit nehmen, jetzt nur kein unüberlegter Schnellschuss! Für Mittag war das Meeting in Hamburg angesetzt. Die Gedanken wirbelten nur so durch ihren Kopf. Klar wurde ihr nichts. Was tun?

Aber die Entscheidung wurde ihr abgenommen. Sie erhielt einen Anruf von ihrem Chef, der die Besprechung absagte. »Unser Autor ist krank, Sommergrippe. Wir müssen schieben.«

Jetzt oder nie, dachte Diane. »Sag mal, Andy, kann ich ganz spontan für den Rest der Woche Urlaub bekommen?«

»Wenn dir das arbeitstechnisch möglich ist, natürlich.«

»Danke. Das passt bei mir.«

»Ist aber nichts Schlimmes passiert, oder?«, wollte Andy besorgt wissen.

»Nein, nein, nur würde ich gerne zu Kajsa nach Schweden fliegen.«

»Du hast es gut. Eine schöne Zeit wünsche ich euch.« Ups, was war denn da im Busch, fragte sich Andy. Er wusste um Dianes Affinität zu Schweden, zumal ihre beste Freundin dort lebte. Nur ad hoc war Diane noch nie dorthin gereist. Wie mochte diese Kajsa aussehen? Eine Schwedin war in seiner

Vorstellung blond, schlank, groß und hübsch.
Er hatte ebenfalls ein Faible für Skandinavien, wobei ihm Norwegen, Schweden und Island besonders gut gefielen. In allen drei Ländern hatte er schon Urlaub verbracht. Zwischendurch hatte er sogar daran gedacht, wenigstens eine von diesen Sprachen zu erlernen. Aber irgendwie hatte ihn nach den Urlaubstagen der Alltag mit all seinen Herausforderungen wieder und dann konnte er sich auch nicht entscheiden, welche denn wohl die Interessanteste sei.

Während ihr Chef an hübsche Schwedinnen dachte, freute sich Diane, dass er ihrem spontanen Urlaubsantrag stattgegeben und nur wenig dazu gefragt hatte. Normalerweise war er ungemein neugierig und kitzelte seinem Gegenüber auch das heraus, was derjenige eigentlich nicht preisgeben wollte. Arbeitstechnisch legte er meist ein atemberaubendes Tempo vor, verbiss sich zwischendurch gern in ein Projekt.

Er war ein Energieball, dem man streckenweise kaum folgen konnte und oft für Überraschungen gut, die einem mitunter den Atem nahmen. Von seinen Mitarbeitern forderte er vollen Einsatz und ein durchdachtes, perfektes Resultat, wenn möglich gestern.

Nur das zweitbeste Ergebnis erreichen? Never! Vereinfacht gesagt, er war die meiste Zeit anstrengend.

Auf der anderen Seite war er ein echter Teamplayer. Erfolge vermeldete er der oberen Führungsetage unter WIR, nicht ICH. Er stellte sich auch hinter seine Mannschaft, sollte mal etwas nicht so funzen.

So hatte Diane eine ambivalente Einstellung zu ihm. Sie mochte ihn, aber Andy Wahlberg an einem Tag reichte. Messezeiten mit ihm waren aufreibende Herausforderungen, die man nicht haben musste.

Diane fuhr ihren Laptop hoch, suchte einen Flug und hatte tatsächlich Glück. Mittags startete ein Flieger, den sie ohne zu zögern buchte. Jetzt wurde es natürlich hektisch. Während sie Kajsa anwählte, lief sie ins Schlafzimmer. Es schellte durch, aber ihre Freundin meldete sich nicht. Shit! Von wegen ums Telefon joggen!

In Windeseile packte sie einen Koffer, rauschte ins Bad, hüpfte unter die Dusche und genau zu diesem Zeitpunkt kam – wie konnte es anders sein – der Rückruf von Kajsa. Sie erkannte es am speziellen Klingelton.

Sofort sprang sie aus der Dusche, rutschte mit ihren nassen Füßen gefährlich weg und konnte sich gerade noch so abfangen. Beinahe wäre das böse schiefgegangen! Das hätte gut deutsches Krankenhaus statt märchenhaftes Schweden-Dorf sein können. »Hu!« Sie pustete erleichtert die Luft aus, aber ihr Herz schlug vor Schreck im Dreieck.

Natürlich hatte Kajsa in der Zwischenzeit aufgelegt. Aber auf ein paar Sekunden kam es nun auch nicht mehr an, Diane trocknete sich erst gründlich ab, bevor sie erneut zum Telefon griff.

Kajsa stieß einen Jubelschrei aus. »Das ist wirklich brutal toll. Ich hole dich vom Flughafen ab. Schick mir die Daten aufs Handy.«

Genau eine Stunde nach Flugbuchung zog Diane ihre Wohnungstür zu und schloss gewissenhaft ab.

Wenn das kein persönlicher Rekord war! Koffer

gepackt, geduscht, geföhnt, geschminkt, Blumen gegossen.

Der Einfachheit halber hatte sie ihre dunkelbraunen Haare zu einem Pferdeschwanz zusammengebunden. Das war für sie die perfekte Reisefrisur.

Auf zum Flughafen! Ab in ein Abenteuer, von dem sie noch nicht wusste, wie es ausging.

♥ 3 ♥

Kajsa stand wartend und wild winkend an der Absperrung, als Diane mit ihrem Trolley durch die automatische Tür lief. Sie wäre aber auch ohne diese Geste auf den ersten Blick sichtbar gewesen, ihr flachsblondes, langes Haar war einfach ein Hingucker. Die Freundinnen fielen sich strahlend in die Arme.

Auf dem Weg zum Auto sprudelte Kajsa schon los. »Es ist mega, dass du gekommen bist. Das Haus wird dir gefallen. Es hat sogar eine Dachgaube, die magst du ja besonders. Und Greta ist eine ganz Nette. Aber sie ist mittlerweile über achtzig und zieht nun schweren Herzens zu ihrem Sohn nach Malmö. Da sie dieses Haus liebt, sucht sie natürlich jemanden, der es in ihren Augen auch wert ist.«

»Ich bin mir der Ehre bewusst, gefragt worden zu sein«, lächelte Diane, »ich kann dir nur nichts versprechen. Spontan ein Haus kaufen geht bei mir nicht. Da muss man sich schockverlieben und in Zweifel ziehen, dass es je etwas Besseres geben wird. Das ist schließlich eine Lebensentscheidung.

Und von Deutschland ins Ausland ziehen ...«

»Du ziehst nach Schweden! Das ist etwas völlig anderes«, brach es aus Kajsa selbstbewusst heraus. »Mein Heimatland ist das Traumland vieler Menschen.«

»Hey, du sagst das so, als ob ich das Haus bereits gekauft habe. Es ist im Übrigen eine Frage des Preises. Die Lage spielt ebenfalls eine entscheidende Rolle. Und natürlich, wie die Zimmeraufteilung ist. Und ob ich noch viel reinstecken muss.«

»In ein Haus muss man sich auf Anhieb verlieben. Du wirst sehen, ich habe dir nicht zu viel versprochen. Ich bin gespannt wie ein Flitzebogen, was du sagst. Ich jedenfalls würde es auf der Stelle kaufen, wenn ich nicht schon Hausbesitzer wäre.«

»Als Allererstes ist es für mich eine Frage des Preises«, widersprach Diane ihr beharrlich.

Sie hatten Kajsas Auto erreicht, verstauten Dianes Gepäck und fielen in die Autositze.

»Auf geht es ins Sehnsuchts-Winter-Weihnachtsdorf«, versuchte Kajsa, das Thema wieder auf die emotionale Schiene zu bringen.

Sie ahnte nicht, dass Diane während der Wartezeit bis zum Boarding eine grobe finanzielle Rechnung aufgestellt hatte, um sich auf die Schnelle einen Überblick zu verschaffen. Was ihre Freundin im Laufe des Telefonates erwähnt hatte, war gar nicht so falsch. Gut, dass sie keine Wohnung gekauft hatte! So war es ihr gelungen, in ihren Berufsjahren ein schönes Polster zu schaffen und es klebte jetzt kein Klotz am Bein.

Die Maxime ihres Vaters hatte sie gut verinnerlicht. *Du musst dir dein Geld einteilen, Diane. Ein Drittel benötigst du für das normale Leben. Das zweite Drittel gönnst du dir für schöne Dinge wie Urlaub und Ausgehen, das ist wichtig, weil es glücklich macht. Das letzte Drittel legst du auf die hohe Kante.*

Daran hatte sie sich stets gehalten. Oft konnte sie vom zweiten Drittel noch etwas in das dritte schaufeln. Aber würde das für ein Haus in Schweden reichen, zumal sie umdenken musste. Lebensmittel in Schweden waren teurer als in Deutschland, über den Rest, wie zum Beispiel Auto- und Krankenversicherung, Kontoeröffnung und was sonst alles anders ist, wusste sie nicht genügend, um es als fundiert zu betrachten. In dieser Hinsicht brauchte sie zwingend fachkundige Nachhilfe von Kajsa. Und schon kamen an dieser verrückten Aktion wieder Zweifel auf.

»Hallo! Du bist so still.« Kajsa klopfte ihr auf den Oberschenkel. »Es geht zu deinem Traumhaus, meine Süße!«

»Hör auf, Kajsa. Das Ganze ist ohnehin eine verrückte Idee. Ich weiß gar nicht, warum ich mich darauf eingelassen habe.«

»Weil ich deine höchstpersönliche Glücksfee bin, Angsthäschen, du. Und jetzt reden wir nicht mehr darüber, bis wir unser Ziel erreicht haben. Glaub mir, das, was du sehen wirst, spricht für sich. Da wirst du mir glatt vorwerfen, ich hätte untertrieben. Sie drehte sich während der Fahrt kurz zu ihr und zwinkerte fröhlich. »Berichte mir einfach, was sich in der Zwischenzeit bei dir ereignet hat. Oder bist du so zögerlich, weil du jemanden kennengelernt hast?«

Diane verdrehte die Augen. »Quatsch. Das wüsstest du doch längst! Und bei dir? Liebe am Horizont erkennbar?«

»Schön wäre es.«

»Tja, bei uns beiden läuft beruflich alles gut, aber im Privatleben ist tote Hose. Man kann anscheinend nicht beides haben.«

»Ich weiß auch nicht«, Kajsa zuckte mit den Schultern, »warum das bei mir nichts wird. Ich gerate immer an die Falschen. Die wollen alle eine blonde Schwedin, aber eine, die keinen eigenen Kopf hat, sondern lieb und anhänglich ist und ihren Freund anschmachtet. Also nur zum Angeben. Dafür eigne ich mich nicht. Ich habe die Schnauze voll von diesem anstrengenden Internet Dating. Blöderweise rennt mir die Zeit weg, meine biologische Uhr tickt. Ich bin über dreißig. Und da kein Prinz vor meiner Tür anhält und klingelt, werde ich wohl oder übel per Internet weitermachen müssen.«

»Ist denn kein netter Typ in dein Dorf gezogen?«

»Nö.« Kajsa giggelte. »Ich werde einen in der Stadt oder im Internet aufgabeln und anschließend hierher schleifen müssen.«

»Stimmt nicht, glaub mir. Normales Kennenlernen kann auch daneben sein. Ich bin einem echt süßen Typ begegnet, als ich mit zwei Kolleginnen in Hamburg unterwegs war. Wir verbrachten einen tollen Abend mit ihm, dann haben wir zwei uns am nächsten Tag getroffen. Empfangen hat er mich zwar mit einem Lächeln zum Dahinschmelzen, hat mir aber im gleichen Atemzug gesagt, ich hätte von dem Verkehrsschild bis zu ihm einundzwanzig Schritte benötigt. Das fand ich zuerst witzig. Im Restaurant hat er ungelogen die Schlucke gezählt, bis meine Tasse Kaffee leer war und mit seinen verglichen. Ich habe demnach vier Schlucke mehr gebraucht. Das hätte mir eigentlich merkwürdig vorkommen müssen, aber sein Äußeres hat mich halt geblendet. Der sah unfassbar gut aus! Der Abend ging nett zu Ende, wir haben uns zum Abschluss geküsst. Ich hatte schon den ersten Fuß auf die rosarote Wolke gesetzt. Unser nächstes Date fand beim Italiener statt, wo er damit begann, alle Tische zu zählen, danach die Menschen, die daran saßen.«

Kajsa feixte. »Ein Zahlenmensch eben. Mit dem hast du immer alles Finanzielle auf die Zahl genau parat.«

»Ein Bekloppter! Aus meiner Handynummer hat er die Quersumme gebildet, um mir daraufhin vor den Koffer zu hauen, dass sie ein semi-gutes Omen bilden würde, ich solle sie besser ändern. Ich habe das erst einmal ignoriert. Zwischendurch konnten wir uns gut unterhalten, aber logischerweise war ich schon zurückhaltender geworden. Und weil er hinterher die Sekunden gezählt hat, bis der nette Italiener von der Bar an unseren Tisch kam, habe ich das Date mit Vorschub von Kopfschmerzen beendet. Gott sei Dank hatte ich ihm meine Adresse nicht gegeben. Für mich war das der Schlusspunkt. Ich treffe mich keinesfalls mit einem Zwangsneurotiker! In diesem Fall ist es solo deutlich entspannter. Wer weiß, was der noch alles zählt, womöglich meine Slips ... uaaah!« Diane schüttelte sich. »Folglich bin ich zügig wieder runter von der rosafarbenen Wolke.«

»Hat er nicht versucht, dich zu erreichen?«

»Doch, aber ich habe ihn auf WhatsApp geblockt. Das ist wohl deutlich genug.«

»Was hältst du davon, wenn wir gleich eine kurze Pause einlegen?«, wechselte Kajsa das Thema. »In der Nähe gibt es ein wunderbares kleines Café, die haben ganz leckere Zimtschnecken. Wir sollten deine Ankunft feiern.«

Das taten die beiden Mädels bei einer Tasse Kaffee und mega leckeren, lauwarmen Zimtschnecken, die auch ordentlich beworben wurden: Kanelbullar stand in großen schwungvollen Kreidebuchstaben auf der Tafel vor dem Café.

Freudig biss Diane in das Hefegebäck. »Mmh, die habe ich echt vermisst. Das ist Schweden.«

Genau das hatte Kajsa natürlich gehofft und beabsichtigt. Ihr war alles recht, was Diane dazu brachte, das freiwerdende Haus zu wollen. Ihre deutsche Freundin in der Nähe, das wäre sowas von toll!

Sie hatten sich seinerzeit über einen Schüleraustausch in Kajsas Heimatstadt Göteborg kennengelernt. Die Chemie stimmte auf Anhieb zwischen den beiden und ruck-zuck waren sie unzertrennlich. Der Abschied zwischen den Teenagern war tränenreich gewesen.

Der Kontakt blieb, die Freundschaft vertiefte sich, wurde im Laufe der Jahre noch enger und sie besuchten sich in den Folgejahren gegenseitig.

Nach Beendigung ihrer Pause fuhren sie weiter Richtung Ziel. Je näher es kam, umso nervöser wurde Diane. Sie konnte nicht verhindern, unruhig auf dem Beifahrersitz hin und her zu rutschen. Die gleiche innere Anspannung fühlte auch Kajsa, sie versuchte jedoch, nach außen hin cool zu wirken. »Ich hätte nie gedacht, dass Greta jemals verkauft.

Sie und ihr Mann haben das Grundstück sehr liebevoll angelegt und in all den Jahren vorbildlich gepflegt. Sie hat sich nach seinem Tod viel Mühe gegeben, alles allein in Schuss zu halten, aber in dem hohen Alter ist das natürlich schwierig. Und inzwischen geht es eben gar nicht mehr. Das Haus liegt außerdem näher am See als meins.«

Mit Freude bemerkte Kajsa, dass Diane der letzte Satz besonders erreichte, war sie doch sehr Wasseraffin.

Die Schwedin fuhr fort. »Im Sommer kannst du deine Übersetzungen im Garten erledigen, im Winter am Kamin. Das bietet dir deine Wohnung in Flensburg nicht.«

»Na gut, aber mein großer Balkon ist ebenfalls recht schön.«

»Hier hast du einen Ausblick in die ursprüngliche Natur. Vielleicht besucht dich im Winter ja mal ein Elch.«

»Das wäre natürlich der Knaller. Ein Foto davon würde ich meinem Chef schicken. Der steht total auf Elche. Er hat sogar ein Bild davon in seinem Büro hängen. Nebenbei bemerkt, ich könnte, wenn du möchtest, die Woche über bleiben. Ich habe noch keinen Rückflug gebucht.«

Kajsas Kopf flog herum. »Das ist wundervoll«, quietschte sie. »Ich kann meine Reportagen etwas schieben.« Sie arbeitete für eine bekanntes schwedisches Lifestyle Magazin und konnte sich somit, genau wie Diane, ihre Zeit frei einteilen, Hauptsache, der Abgabetermin wurde eingehalten. »An was arbeitest du gerade?«

»Ich übersetze einen Liebesroman. Das nächste Projekt ist ein Thriller, das wäre auch der Grund für das Meeting heute gewesen, aber der Termin wurde verschoben.«

»Siehste, Schicksal, das sollte so sein!«

Ihr Ziel, das Dorf, in dem Kajsa lebte, war mit begleitendem Sonnenschein erreicht. Die Natur präsentierte sich malerisch. Wohin man sah, Bäume, Tannen und sattgrüne Flächen. Kleine Holzzäune grenzten einzelne Grundstücke ab, auf denen die typischen Häuser in ihren unterschiedlichen Farben standen. Sattes und helles Gelb, Hellblau, Hellgrau und das charakteristische Schweden-Rot.

»Was meinst du, sollen wir erst dein Gepäck zu mir bringen und danach zu Greta Mattson fahren? Ich kündige uns telefonisch an«, schlug Kajsa vor.

»Guter Vorschlag. Die alte Dame ist bei so einer Lebensentscheidung bestimmt sehr aufgeregt.«

»Das ist nachvollziehbar. Auf gewisse Weise tut sie mir leid, sie liebt ihr Haus. Auf der anderen Seite ist das Leben ein stetiger Wandel und sie weiß, dass diese Entscheidung eine gute ist.«

Obwohl sie es gar nicht wollte, wurde Diane von Minute zu Minute nervöser und war froh, als sie eine knappe Stunde später das hübsche, hellblau gestrichene Heim von Kajsa verließen.

Der Fußweg dauerte nur wenige Minuten. Kajsa blieb vor einem bereits geöffneten Holztörchen stehen und machte mit einem Lächeln eine einladende Geste.

Diane stockte der Atem. »*Das* ist es?«

♥ 4 ♥

Dianes erstaunte große Augen wanderten über das Haus. Das kannte sie doch und hatte es als unglaublich schön empfunden!

Gemeinsam war sie mit Kajsa in ihrem letzten Winterurlaub hier vorbeigeschlendert. Haus und Garten hatten sich natürlich in einem prachtvollen Winterkleid gezeigt.

Leider hatte sie für die beiden Adventswochen, an denen das Winterdorf für alle geöffnet war, keinen Urlaub erhalten und so nur die letzten beiden Tage davon mitbekommen. Aber die Zeit in Schweden war auch so zauberhaft gewesen. Die Freundinnen hatten mit dicken Kuschelsocken am prasselnden Kamin gesessen, Glögg und heißen Kakao getrunken, Zimtschnecken und Mandeltorte, deutsche und schwedische Weihnachtsplätzchen vernascht genauso wie eingelegte Heringe, Graved Lachs und Köttbullar gefuttert. Das alles im Schein von vielen Kerzen und dem leuchtenden Weihnachtsbaum sowie Dekorationen, als da waren kleine Wichtel und Elfen, Elche, Rentiere und Sterne.

All das sah Diane vor ihrem geistigen Auge, als sie das ansprechende Holzhaus im Sommersonnenlicht betrachtete. Ihr Blick fiel auf die Gaube im Obergeschoss und in diesem Augenblick brach sich ein Sonnenstrahl in dem Fenster – es schien, als zwinkere ihr das Haus geradewegs zu.

»Es hat eine Gaube«, raunte Diane fast andächtig.

»Habe ich dir doch gesagt. Ich wusste, dass dir das gefällt.« Kajsa freute sich, dass ihr die Überraschung gelungen war. Ganz bewusst hatte sie nichts von dem unmittelbar angrenzenden See erwähnt.

»Sieht das nur so aus, oder geht das Grundstück etwa bis an den See?« Diane konnte weder die Augen abwenden noch ihre Aufregung verstecken, denn das war ihr im letzten Winter entgangen. Sie sah einen Steg, an dem ein kleines Boot idyllisch dümpelte. Es war nahezu Windstille, sodass die Sonne tanzende Glitzerpunkte auf die Oberfläche des glatten Sees schickte.

»Es ist ein Grundstück an der Westseite unseres Sees. Und das ist der schönste Seebereich. Nun geh schon!«, drängte Kajsa sie und schob sie ein Stückchen vor.

»Nein, geh du vor, bitte.«

Sie wanderten an der großen Tanne vorbei, die im letzten Winter prächtig geschmückt gewesen war, auf die Haustür zu, die sich in diesem Augenblick öffnete. Eine zierliche weißhaarige Seniorin trat heraus, schenkte ihnen ein freundliches Willkommenslächeln, begrüßte sie mit dem schwedischen »Hej«, und setzte noch hinzu, weil man sich in Schweden ja untereinander grundsätzlich duzt: »Ich bin Greta.«

»Hej«, sagten die zwei gleichzeitig und Diane

nannte ihren Namen.

Die alte Dame sah Diane prüfend in die Augen. Hoffentlich gefalle ich ihr, dachte Diane und erkannte in demselben Augenblick mit einem leichten Schrecken, dass dieses Schwedenhaus vor wenigen Minuten bereits mit ihr geflirtet hatte.

Greta Mattson bat die jungen Frauen herein, machte eine Hausführung und erzählte dabei aus der Vergangenheit; von dem Einzug in dieses Haus mit ihrem Mann, den Zeiten des Glücks, gekrönt durch zwei Kinder, die hier eine wunderbare Jugend verlebt haben, ihrem Auszug als Erwachsene und die merkwürdige Ruhe, die sich danach ausgebreitet hat. Sie sprach von den Jahren mit ihrem Mann allein, seiner Krankheit, der vergeblichen Hoffnung und letztendlich seinem Tod. Und von ihrem Alter und den Mühen, die dieses Haus nunmehr bereithielt. Ihr Sohn habe nun für sie eine hübsche kleine Wohnung in der Nähe seiner Familie gefunden.

»Mit meinem Schicksal bin ich ausgesöhnt«, versicherte sie Diane, »wenn ich einen würdigen Käufer für unser Herzhaus finde.«

Diane versuchte, ihre Begeisterung ein wenig zu verstecken, deshalb sagte sie nur knapp, aber freundlich: »Das verstehe ich.« Trotzdem klopfte ihr Herz schneller, als sie das Zimmer mit der Dachgaube erreichten. Genau so einen Raum hatte sie sich immer gewünscht, erträumt. Durch die Gaube und die Schräge wirkte es auf sie extrem gemütlich. Es war das Schlafzimmer von Greta und Diane würde es weiterhin als solches nutzen. Hier könnte sie sich zurückziehen, sich einmummeln und wohlfühlen. Das Zimmer ließ sie seine Aura spüren, denn sie richtete es schon gedanklich ein.

Zurück im Erdgeschoss bot ihnen Greta einen Kaffee an, den beide gerne annahmen. Sie setzten sich um den dunklen, runden Holztisch, der eine gehäkelte Decke trug. Die alte Dame stellte zusätzlich einen Teller mit Gebäck hinzu. »Das sind Safran-Plätzchen, selbstgebacken.«

Die mussten die Mädels natürlich kosten, knabberten munter drauf los und lobten ehrlich den Geschmack.

Greta fragte nach Dianes Beruf.

»Ich übersetze Bücher.«

»Du musst also nicht woanders hinfahren, um zu arbeiten?«

»Nein, ich kann meinen Job von daheim aus erledigen.«

»Wie praktisch, dann hast du mehr Zeit, im Garten zu arbeiten, wenn keine Fahrstrecke anfällt. Wir sollten uns jetzt die Terrasse und den hinteren Teil des Grundstückes anschauen.«

Diane konnte das Stückchen Land nur als wunderbar bezeichnen. Die Terrasse bot freien Blick auf den See, auf dem gerade zwei Ruderboote unterwegs waren. Sah sie genauer hin, schien es, als seien Pärchen auf dem Wasser. Im Boot von seinem Traumpartner über einen See gepaddelt zu werden, war sicherlich ein Highlight.

»Das Boot am Steg«, Diane deutete mit dem Finger in diese Richtung, »gehört zum Haus?«

Greta bejahte. »Die gesamte Grundstückslänge des Sees auch. Mein Mann hat das Bötchen vor vielen Jahren angeschafft. Und mitnehmen kann ich es leider nicht.«

Langsam wanderten sie Richtung Bootssteg. Das

Wasser plätscherte leise um die Pfähle. Das Boot hatte deutlich bessere Zeiten gesehen, aber da brauchte nur Abhilfe geschaffen werden, aktuell schwamm es ja. Sie sah sich bereits mit Kajsa auf den See hinauspaddeln.

Diane drehte sich um und schaute zum Haus. Ohne Frage, die Holzterrasse lud zum Grillen und zum Verbringen angenehmer Sommerstunden ein. Im Geiste sah sie sich bereits auf ihrem Laptop tippend unter dem großen schattenspendenden Baum sitzen. Was für ein schöner Gedanke!

Und im gleichen Augenblick fragte sie sich selbst, was sie hier machte. Sie lebte in Flensburg, hatte dort eine schöne Wohnung und sollte nun Knall auf Fall eine Entscheidung für ein Haus in Schweden treffen? Oh – mein – Gott! Was für eine irre Situation! Ihr Herz hatte sein Votum schon abgegeben, ihr Kopf warnte weiterhin vor einem Schnellschuss.

Später, zurück im Haus, nahmen sie noch einmal am Esstisch Platz. Kajsa ergriff die geschäftliche Initiative und lenkte geschickt auf das Thema Geld und einen eventuellen Übergabetermin.

»Ich werde Anfang Oktober nach Malmö ziehen«, tat Greta kund und fragte Diane, ob sie denn bereit wäre, ihr Haus zur Adventszeit für die Öffentlichkeit zu öffnen und was sie zu verkaufen plane.

An dieser Stelle kam Diane ins Schleudern. Was sollte sie verkaufen? Diese Frage hatte sie weder erwartet, noch hatte sie eine Idee. Kajsa griff helfend ein.

»Meine Freundin übersetzt, wie schon erwähnt, Bücher. Es wäre zum Beispiel eine Möglichkeit, diese mit Unterstützung des Verlages anzubieten.«

Greta sah mit großen Augen zu Diane. »Oh, das ist interessant und wäre etwas völlig Neues.«

Diane empfand das allerdings auch. An eine derartige Option hätte sie nicht im Entferntesten gedacht.

»Welche Art von Büchern übersetzt du denn? Ich bin selbst eine Leseratte«, gab die Seniorin zu.

»Belletristik. Liebesromane und Krimis.«

»Und in welche Sprachen?«

»Ich übersetze in skandinavische Sprachen und umgekehrt.«

»Da kannst du aber viel!«, staunte die alte Greta.

»Ach«, winkte Diane ab, »ich komme aus Flensburg. Meine Großmutter ist Dänin. Sie hat Wert daraufgelegt, dass ich die Sprache von klein auf lerne. Deshalb bin ich schon zweisprachig aufgewachsen. Meine Oma lebt im Haus meiner Eltern, sie war nahezu täglich mit mir zusammen.«

»Ich habe meine Enkel immer nur in den Ferien gesehen«, erzählte Greta. »Und zu besonderen Festen wie Geburtstag an Wochenenden, aber Malmö ist weit, weit weg. Jetzt sind sie natürlich erwachsen, trotzdem freue ich mich, in Zukunft in ihrer Nähe zu leben und meine beiden Urenkel öfter zu sehen. Einer meiner Söhne hat übrigens in Deutschland studiert.«

»Diane hat Skandinavistik studiert«, warf Kajsa ein.

Diane lächelte. »Daran ist hauptsächlich Kajsa schuld. Wir haben uns über einen Schüleraustausch kennengelernt.«

Über die weiteren Erzählungen kam man letztendlich zur Essenz des Besuches, den Kaufpreis. Greta hatte sich von ihrem Sohn beraten lassen. Man merkte ihr an, dass ihr die Nennung der Summe unangenehm war, denn sie schaute etwas verschämt.

Diane war absolut erstaunt, sie hätte deutlich mehr erwartet. »Das wäre für mich in Ordnung«, sagte sie deshalb, ohne auch nur ansatzweise verhandeln zu wollen. Bei dieser Summe hätte sie weiteres Feilschen als unseriös empfunden.

Greta bat Diane, sie möge sich bis zum nächsten Morgen entscheiden, ansonsten hätte sie einen weiteren Interessenten. Sie wolle den Verkauf des Hauses für sich so zeitsparend wie möglich abschließen. Diane versprach, die Nacht darüber zu schlafen und sich am kommenden Tag zu melden.

Mit dieser Zusage verabschiedeten sich die Mädels.

Auf dem Rückweg zu ihrem Haus grummelte Kajsa vor sich hin, wer denn die Konkurrenz um diese Immobilie sein könne. »Hoffentlich keine Familie. Da könnte die alte Greta schwach werden, weil dieses Fleckchen Erde für Kinder so schön ist. Wir rufen sie morgen früh zeitig an, da sollten wir nicht eine Minute kostbare Zeit verschwenden.«

Beide hatten nach dieser Besichtigung samt Gespräch Appetit auf etwas Herzhaftes. Kajsa hatte für den Abend zwei dicke Stücke fangfrischen Lachs besorgt, denn gebratener Lachs zählte zu Dianes Lieblingsgerichten. Das war natürlich Absicht gewesen, denn sie wollte Dianes Lust auf das Leben in Schweden deutlich erhöhen. Der Lachs brutzelte kurz danach in der Pfanne und verbreitete einen appetitlichen Duft. Dazu servierte Kajsa gemischten Salat und frisches Brot.

Wie konnte es anders sein, das Thema zum Essen

war das Wintermärchen-Haus.

»Du hast natürlich recht, so ein Objekt ist schwer zu finden, wenn nicht gar unmöglich. Man benötigt Insiderwissen von Einheimischen und gute Kontakte. Ich weiß das, Kajsa.« Diane wischte über ihre Stirn. »Aber ich soll mich bis morgen früh entscheiden ... weißt du, wie schwierig das ist? Stell es dir umgekehrt vor.«

Kajsa stimmte ihr zwar zu, sie versuchte trotzdem, ihre Freundin zu beeinflussen. »Nur man muss die wichtigen, entscheidenden Chancen im Leben erkennen und obendrein ergreifen.«

»Ich weiß. Ich werde die Nacht schlaflos sein«, befürchtete Diane.

Aber das passierte nicht. Sie wägte noch ein wenig ab, fand aber keinen gravierenden Nachteil, leisten konnte sie es sich im Prinzip – und schwupp, war Diane in Kajsas Gästebett mit der weichen Blümchenbettwäsche auch schon eingeschlafen. Allerdings war das alte Holzhaus der allererste Gedanke am frühen Morgen.

Kajsa erschien mit zwei Tassen Kaffee. »Hej«, grüßte sie ihre Freundin. »Gut geschlafen?«

»Ja. Im Prinzip wie ein Stein.« Diane knibbelte mit den Augen. »Nur Steine kriegen nichts mit und fällen keine Entscheidungen.«

Kajsa reichte ihr eine dampfende Tasse. »Hier, das macht wach!« Die Aufregung in ihrer Stimme konnte sie nicht vermeiden, als sie fragte: »Und? Wie entscheidest du dich?«

♥ 5 ♥

Diane gähnte herzhaft und nahm erst einmal einen großen Schluck Kaffee. »Oha! Heiß!«

»Es ist fairer Kaffee, er warnt dich, deshalb dampft er ja«, griente Kajsa.

»Meine Augen waren noch nicht ganz auf.« Diane nippte vorsichtig. »Danke dir, das ist echt das Schönste am Morgen. Heißer Kaffee, der einem so nett serviert wird.«

»Wir könnten demnächst öfter zusammen frühstücken.«

»Hm.«

»Oder du schläfst bei mir und bekommst den Morgenkaffee ans Bett, wenn wir eine lange Nacht vorher hatten.«

»Hm.«

»Oder ... ach Mensch! Mir fällt nichts mehr ein. Kannst du auch was anderes sagen als Hm?« Kajsa zog eine Schnute.

»Ich weiß gar nicht«, begann Diane, »wie ich das meinem Chef verkaufen soll, dass ich aus Deutschland wegziehen möchte. Ich kann nicht jedes Mal zum Meeting nach Hamburg fliegen, das sprengt deutlich den Rahmen.«

»Das heißt ...« Vor lauter Aufregung schwappte bei Kajsa etwas über den Tassenrand auf den Boden.

»Genau, wir rufen Greta gleich an und sagen ihr, ich würde es kaufen, sofern sie es an mich abgeben möchte.«

Der Jubelschrei Kajsas war mit Sicherheit durch das ganze Dorf gedrungen. Sie stellte ihre Tasse ab und hüpfte zu Diane ins Bett, um sie zu umarmen. Die konnte gerade eben ihren Kaffeepott hochhalten, trotzdem tropfte etwas vom Inhalt auf die Bettwäsche.

»Da kann ich aber jetzt nichts für«, verteidigte sich Diane.

»Stell die Tasse weg, ich will dich drücken!«

Kajsa konnte es nicht mehr aushalten. »Wir sagen erst Greta Bescheid, danach schmeckt das Frühstück besser.«

»Ach was«, ärgerte sie Diane, »wir frühstücken zuerst in Ruhe.« Sie sah in das überraschte Gesicht ihrer Freundin und musste innerlich grinsen.

»Erst das Geschäftliche«, versuchte es Kajsa wieder.

»Erst das leibliche Wohl.« Aber Kajsas unglückliche und angespannte Miene ließ sie gespielt klein beigeben, sie hielt es ja selbst kaum aus. »Na gut, rufen wir an. Meinst du denn, die alte Dame ist um diese Zeit schon wach?«

Sie war es und lud die beiden jungen Frauen zu Kaffee und Zimtschnecken ein. Die hatte sie an diesem Morgen frisch gebacken und als Kajsa und Diane eintrafen, duftete es verführerisch nach Zimt.

»Unser Frühstück wird anders als geplant«, raunte Kajsa Diane zu, »aber in jedem Fall lecker!«

Man war sich rasch einig. Greta bestand darauf, das mit Handschlag besiegelte Geschäft mit einem Aquavit zu begießen, woraus letztendlich zwei wurden. Diane hatte in der Folge schwer einen im Schuh und Kajsa fand das lustig. Sie hakte sich auf dem Rückweg bei Diane ein, die sich Zuhause sofort auf die Couch knallte. »Alkohol am Morgen geht gar nicht.« Sie pustete die Luft aus. »Wer die jetzt einatmet, ist automatisch mit besoffen.«

Nach diesem denkwürdigen Kauf per Handschlag nahm alles seinen aufregenden rechtlichen Lauf. An die Hektik, den Stress, den ihre Entscheidung verursacht hatte, sie alle Nerven gekostet hatte und so manche Träne, ob der Entschluss wirklich der richtige gewesen war, wenn sie in schwachen Momenten vor ihrer eigenen Courage kapitulierte, wollte sie gar nicht mehr denken. Sie war endlich angekommen, mitten im schwedischen Winter, in ihrem eigenen Holzhaus.

Was war es beruhigend, fallendem Schnee zuzuschauen, wenn es im Kamin knisterte und knackte. Sie lächelte, als sie feststellte, dass etwas fehlte; ein Hund oder eine Katze. Aber das Projekt würde sie erst in nächsten Sommer in Angriff nehmen.

Diane entschied sich, ein Stückchen von dem Mandelkuchen zu essen, den sie sich aus der Dorfbäckerei mitgebracht hatte. Eigentlich hatte sie sich vorgenommen, mit Chef Andy zu telefonieren. Aber

Morgen war auch noch ein Tag und der Glögg tat sein Übriges.

Daher saß sie relaxt auf der Couch, auf der sie später einschlief. Erst mitten in der Nacht wechselte sie in ihr kuscheliges Bett in dem gemütlichen Gaubenzimmer.

Am folgenden Morgen stand sie zeitig auf, denn Kajsa wollte mit einem gewissen Krister erscheinen. Sie hatte kaum gefrühstückt, da kamen die beiden schon durch ihre Tür und brachten einen Schwall kalter Schneeluft mit herein. Kajsa drückte ihr eine große Tüte mit Zimtschnecken in die Hand und stellte ihr den jungen Mann vor. Diane konnte nicht umhin, ihn länger anzusehen. Ein Bild von einem Kerl – groß und blond, ein Schweden-Happen.

»Lass uns zuerst besprechen, was du alles beleuchtet haben möchtest«, schlug Kajsa vor und beide zogen sich, während sie sprach, schon gemäß schwedischem Brauch die Schuhe aus. Auf Socken betraten sie den Wohnbereich.

»Na«, meinte Diane, »die Jacken solltet ihr gleich mit ablegen, denn einen Kaffee mögt ihr doch sicher als Erstes.«

Beim Kaffeeplausch wurde festgelegt, wie die Beleuchtung am Haus angebracht werden sollte. Krister machte einige Vorschläge und Diane entschied sich für seinen ersten, rund ums Häuschen, immer schön am Dach entlang und vorne um die Veranda. Die Tanne neben dem Haus sollte, wie es auch Greta Mattson jahrelang gehalten hatte, mit Lichterketten und Outdoor-Kugeln geschmückt werden. Die Lichterketten, die Greta ihr dagelassen hatte, entpuppten sich allerdings als schadhaft.

»Das dachte ich mir«, winkte Krister ab, »die waren im letzten Jahr bereits grenzwertig, deswegen habe ich Flatschneue mit.«

»Und ich habe an die Kugeln gedacht. Das wird klasse aussehen.« Kajsa war guter Dinge.

Diane empfand Krister als total nett. Nichts an Arbeit war ihm zu viel, als er einmal begonnen hatte. Die Mädels dirigierten vor dem Tannenbaum, wo welche Kugel und welche Farbe hängen sollte. Da bewies er echte Nervenstärke, denn Kajsa wollte die dritte Kugel rechts neben ihm gegen die fünfte links eingetauscht haben, wegen des Gesamtbildes, und Diane bat um einen Tausch, weil zwei gleiche Farben nebeneinander nicht wirklich passten, ihrer Meinung nach.

Krister erfüllte stoisch ihre Wünsche, verdrehte aber ab und zu heimlich die Augen. Frauen, dachte er, warum sind sie derart kompliziert? Es ist doch schnuppe, ob zwei gleichfarbige Kugeln nebeneinander hängen, schließlich ist es auch so hübsch anzusehen.

Aufgrund der exakten Wünsche dauerte es etwas, bis alles geschafft war. Während Krister ziemlich ins Schwitzen kam, stapften die Mädels schon auf den Boden und rieben sich, trotz wärmenden Handschuhen, die Hände. Krister überprüfte noch einmal seine Elektroinstallation und dann kam der große Moment – funktionierte die frisch installierte Beleuchtung?

»Yeah!«, rief Kajsa voller Freude, als die Lichter an Haus und Tannenbaum aufleuchteten. »Sieht das nicht toll aus, Diane?«

Die starrte auf Kristers Werk. »Es ist ... es ist ...

großartig! Danke, Krister.«

Der machte eine leichte Verbeugung in Richtung der beiden und bat um einen heißen Kaffee. Diane sauste ins Haus zurück, das heißt, sie wollte, denn kurz vor der Veranda rutschte sie im frisch gefallenen Schnee aus und landete auf dem Hintern. Krister war sofort bei ihr und half ihr auf. »Alles heil?«, fragte er besorgt.

Vorsichtig bewegte Diane die Hände, damit hatte sie sich abgestützt. Die Füße waren in Ordnung, darauf stand sie bereits wieder.

»Alles gut.« Trotzdem zitterte ihre Stimme ein wenig. Der Gedanke, sich zum jetzigen Zeitpunkt etwas zu brechen, war schockierend gewesen. Aber sie war von einem sehr attraktiven Schweden gerettet worden. Das war doch schon mal was! Sie atmete tief durch, bedankte sich und ging langsam ins Haus.

Beim Kaffee allerdings war der Sturz vergessen. Sie hatte Kajsas mitgebrachte Zimtschnecken in einer Schale auf den Tisch gestellt.

Für diese Adventszeit hatte sie sich vorgenommen, selbst Plätzchen zu backen, sofern es ihre Zeit zuließ. Leckeres Weihnachtsgebäck, das sie aus ihrer Kindheit kannte und dessen Rezepte sich seitdem nicht verändert hatten. Die einfach nach Liebe, Vertrauen, Gemütlichkeit und Familie schmeckten – und für sie wunderbare Erinnerungen an Deutschland waren.

Krister wurde ihr derweil immer sympathischer. Er konnte gut erzählen, während er sein Gebäck aß und sie hing an seinen Lippen. Er lebte seit fünf Jahren hier und bewohnte ein Haus am Ende des Dorfes. Von seiner Frau sei er getrennt, verriet er

Diane, den Grund allerdings nannte er nicht, nur, dass im Sommer die Scheidung durch wäre.

Das waren schöne Informationen, empfand Diane. Das Dorf bot demnach doch Männer, wer hätte das gedacht! Kajsa hatte angedeutet, hierzulande gäbe es kein männliches Material.

Sie nahm sich vor, in Zukunft die eine oder andere Elektroarbeit für Krister zu finden, erfinden ... wie auch immer.

Nach Kaffee und Zimtschnecken stand er auf und verabschiedete sich, er hatte einen weiteren Termin. Er gab Olof die Klinke in die Hand, der gerade eintraf. Die beiden Mädels verfrachteten Olof erst einmal an den Tisch zu Kaffee samt Zimtschnecken, was er als Fika gleich begeistert annahm.

Diane schätzte den braunhaarigen, schlanken Mann auf Ende Fünfzig. Er berichtete, er sei vor drei Tagen Großvater geworden. Er war hin und weg von seiner kleinen Enkeltochter, die er stolz mit verschiedenen Handybildern präsentierte und die Kajsa und Diane natürlich gebührend bewunderten.

Danach begab er sich mit seinem Werkzeugkasten zielstrebig ins Badezimmer, um sich dem schlecht ablaufenden Waschbecken zu widmen. Die Verstopfung war in einer Viertelstunde beseitigt und Diane war erleichtert, endlich musste sie das schreckliche Blubb des sich wehrenden, hochstauenden Wassers nicht mehr hören. Die Rechnung bezahlte sie ihm bar.

Kajsa war in der Zwischenzeit einkaufen gefahren, denn die Mädels hatten sich entschlossen, gemeinsam den Abend zu verbringen.

Diane sah auf die Uhr. Kurz nach drei. Gleich folgte der Sonnenuntergang. Daran musste sie sich erst gewöhnen. Sei's drum, ihr Haus hatte Licht und Kerzen gab es reichlich. Die waren Kajsas Einzugsgeschenk gewesen. Verschiedene Windlichter und jede Menge Kerzen, von Teelichtern über Stumpen zu langen schlanken Exemplaren war alles dabei, obendrein ein sechsarmiger Kerzenleuchter, der einen ehrenvollen Platz auf ihrem Sideboard gefunden hatte.

Sie sah Kajsas Wagen langsam anrollen und öffnete ihr die Tür einen Spalt, damit sie nicht erst läuten musste. In der Zwischenzeit holte sie ihren Kerzenvorrat hervor und begann, jedes Fenster auszuleuchten.

Ihre Freundin schleppte zwei große Tüten herein. »Ich habe großzügig eingekauft und einiges für dich mit, sofern dir das recht ist.«

»Danke, wie nett von dir. Wenn ich nicht raus muss bei dem Wetter, umso besser.«

In dieser Hinsicht waren sie wie Schwestern. Sie kannten ihre gegenseitigen Vorlieben. Gemeinsam räumten sie die für Diane gedachten Lebensmittel in die Schränke.

Wie nebenbei fragte Diane: »Sag mal, du kennst Krister doch näher. Wie ist der denn so?«

♥ 6 ♥

Kajsa sah sie an. »Aha! Auch bei dir wirkt sein Charme.«

»Was willst du denn damit sagen? Wieso *auch*?« Diane fühlte sich unangenehm ertappt.

»Weil Krister der Womanizer dieses Dorfes ist. Jede Frau mag ihn auf die eine oder andere Art. Er gibt jeder das Gefühl, etwas ganz Besonderes für ihn zu sein.«

»Ah so.« Diane brach in Lachen aus. »Demnach ist er ein Ladykiller? Und ich bin ebenfalls drauf reingefallen.«

»Nimm dir das nicht zu Herzen. Auf Frauen hat er eine Art magnetische Ausstrahlung. Sie umschwirren ihn, um es poetisch auszudrücken, wie Motten das Licht. Man munkelt da einiges, aber nichts Genaueres kommt ans Tageslicht. Ich gebe zu, sein Charisma wirkt auch bei mir, ich finde ihn äußerst attraktiv. Aber mich erschreckt immer, wenn ein Mann alle Optionen offen hat. Da melden sich meine Alarmglocken. Mir gäbe es das Gefühl, den hätte ich nie für mich alleine. Und wenn ich etwas *nicht* will, ist es das. Außerdem ist er noch verheiratet, wie er ja ehrlich sagte, und es heißt, nicht er hat sich getrennt, sondern sie. Ich kann mir durchaus vorstellen, es lag an seiner Art, alles anzugraben, was weiblich und hübsch ist.«

»Na komm, lassen wir Krister jetzt Krister sein und konzentrieren uns mit all unserem Sehnen auf das Abendessen.«

Die beiden kochten gemeinsam und es gab das eine oder andere Gelächter, weil Diane nicht wirklich wusste, wo sie was in der Küche hinsortiert hatte. Später lümmelten sie auf der Couch und schauten eine angesagte Netflix-Serie.

Als sich Kajsa danach verabschiedete, begann es wieder sanft zu schneien. »Wie gut«, meinte sie, »dass du die Weihnachtsbeleuchtung hängen hast. Mit zunehmender Schneehöhe hätte Krister wahrscheinlich nur eine abgespeckte Version anbringen können.«

Krister. Da war der Name wieder und Diane hatte sogleich sein sympathisch-attraktives Gesicht vor Augen. Was für ein Typ!

»Morgen«, sprach Kajsa weiter, »bekommst du übrigens das Gegenstück von Krister zu sehen. Fynn.«

»Beschreib mal.«

»Nee, das kann ich nicht. Den muss man erleben.«

War Diane in den letzten Tagen immer zeitig aufgestanden, um sich schnell so gut wie möglich einzurichten, gönnte sie es sich an diesem Morgen, länger liegenzubleiben.

Von ihrem Bett aus sah sie durch das Gaubenfenster nach draußen in einen schneeverhangenen Himmel. Vor dem Fenster tanzten gutgelaunte Schneeflocken. Sie zog ihre Decke bis ans Kinn hoch, mummelte sich ins Kopfkissen und schaute eine Weile dem munteren Treiben durch die Scheibe zu.

Der Kaffeedurst sorgte letztendlich dafür, aufzustehen. Mit nackten Füßen tapste sie die Holzstufen hinunter ins Erdgeschoss. Hu, doch etwas frisch! Mit flinken Händen fütterte sie den Kamin und blieb einige Minuten bei der sich entwickelnden Hitze sitzen. Herrlich, wenn die Wärme vom Körper aufgesogen wurde.

Eine Stunde später war sie geduscht, geschminkt und angezogen. Es konnte nicht mehr lange dauern, bis dieser Fynn eintraf.

Das Wetter hatte sich massiv verändert. Der Himmel war von einem hellgrauen Ton mit einem leichten Wolkenbild zu dunkelgrauen Wolkenbergen mutiert und die versprachen jede Menge Neuschnee.

Sie hörte einen Wagen vorfahren und schaute neugierig aus dem Fenster. Ein schwarzer SUV mit Ladefläche hielt vor dem Haus. Sie stob in die Gästetoilette, blickte in den Spiegel und wuschelte in ihrem Haar. Yes, so ging es.

Schon klingelte es, sie lief zur Haustür und zog sie erwartungsvoll auf. Erschreckt trat sie einen Schritt zurück. Vor der Tür stand – wie konnte man diesen Menschen am besten beschreiben – das Abbild eines Wikingers! Dieser Mann war groß und breit, er trug einen dunkelblonden Vollbart und sein Haar war auf dem Oberkopf zu einem Dutt geknotet. Seine auffallend tiefblauen Augen wirkten aber genauso grimmig wie der Rest seines verschlossenen Gesichtes. Hätte man ihm eine Axt in die Hand gedrückt und ihn loslaufen lassen, man hätte ihn in einen Historienfilm packen oder auch Angst bekommen können.

Sie scannten sich gegenseitig ab. Dieser menschliche Berg sprach zuerst. »Hej, ich bin Fynn, der Tischler.«

»Hej, und ich heiße Diane.« Etwas zögerlich machte sie ihm den Weg frei und ließ ihn eintreten. Sofort zog er sich die Schuhe aus. »Was gibt es zu tun?«

Sie wagte gar nicht erst, ihm einen Kaffee anzubieten. Das war gestern bei Krister und Olof so einfach gewesen.

»Ich hätte gerne einen Einbauschrank in einer offenen Nische im Badezimmer.« Diane ging vor und er folgte ihr. Ein komisches Gefühl beschlich sie. Er wirkte auf seltsame Weise wild und bisher hatte noch keine Regung seine strengen Gesichtszüge aufgelockert.

Aber gut, er war eine Empfehlung von Kajsa, das reichte.

Diane zeigte ihm den Platz, wo sie sich den Schrank gedacht hatte. Fynn stand davor und sagte nichts. Auweia, dachte Diane, ob er de facto weiß, was ich meine? Er maß routiniert aus und äußerte sich mit keinem einzigen Wort.

Nachdem er alle Maße notiert hatte, sah er Diane fest in die Augen. »Ich hätte einen anderen Vorschlag.«

»Dann mal raus damit.« Diane überwand sich zu einem Lächeln, erntete aber keins.

»Warum möchtest du einen Schrank? Der ist einfach nur teuer. Nimm ein Einbauregal. Die Handtücher können doch offen übereinander liegen und oben kannst du Deko draufstellen.«

Was für eine Idee! Sie musste so nicht jedes Mal eine Schranktür öffnen, wenn sie ein Handtuch benötigte.

»Du musst den Gedanken natürlich nicht übernehmen, ich zimmere dir auch Türen.«

»Nein, nein, die Idee gefällt mir gut. Das nehme ich. In der Küche bräuchte ich ebenfalls ein Regal.«

»Kein Problem.« Er drehte sich um und ging einfach nach unten. Erstaunt sah ihm Diane hinterher. Er war – anders. Es kam ihr vor, als hätte er so etwas wie ein unsichtbares Schild um sich herum.

In der Küche wurden sie sich einig und er fragte nach den Undichtigkeiten, die Zugluft verursacht hatten, wie von Kajsa erwähnt. Diane zeigte ihm die verschiedenen Stellen und er versprach, Abhilfe zu schaffen. »Ich melde mich, wenn ich beide Regale fertig habe. Um die Undichtigkeiten kümmere ich mich jetzt sofort, sofern du willst.«

»Danke, ja, das ist sinnvoll. Machen wir es so.« Alles, was sie augenblicklich zur Renovierung des Hauses in Auftrag geben konnte, hieß einen Schritt weiter und eine Streichung auf der Liste der ausstehenden Arbeiten. Außerdem bedeuteten dichte Wände weniger Kosten.

»Okay, ich hole das Material aus dem Wagen.« Fynn ging zur Haustür, zog seine Schuhe über und verschwand.

Ich schmeiß ruckzuck die Kaffeemaschine an, dachte sich Diane und war erstaunt, dass Fynn nach seinen ersten Arbeiten bei ihr die Tasse Kaffee ablehnte. »Nein, danke.« Mehr sagte er nicht.

»Magst du keinen Kaffee? Du kannst alternativ

gerne Tee oder Kakao bekommen.«

»Nein, wirklich nicht.«

»Und er wollte keinen Kaffee trinken und Kakao oder Tee auch nicht«, erzählte Diane, immer noch verwundert, ihrer Freundin am Telefon. »Fika, habe ich gedacht, ist euch Schweden heilig. Oder ist er gar keiner?«

»Doch. Ein Ur-Schwede wohl, sieht man irgendwie, er ist so ... so ursprünglich«, Kajsa kicherte albern.

»Du hättest mich ruhig vorwarnen können. Ich bin echt erschrocken«, beschwerte sich Diane. »Das Wetter war obendrein passend. Der Himmel war schwarz und bildete den perfekten Hintergrund zu seinem grimmigen Blick. Da denkt man kurz, man ist in die Vergangenheit gebeamt worden und die Vorhut eines grausamen Überfalls klopft unheilbringend an.«

»Hab dich nicht so! Nur die Harten kommen in den Garten, sagt ihr Deutschen doch immer.«

Diane knurrte als Antwort nur kurz.

»Dafür kann ich dich trösten«, sprach Kajsa gutgelaunt weiter. »Er arbeitet hervorragend. Du glaubst nicht, was für schöne Holzarbeiten er in seiner Werkstatt hat und die liegt gar nicht weit von dir entfernt. Wenn du auf die Dorfstraße kommst, dich links hältst und die zweite wieder links abbiegst, steuerst du frontal darauf zu. Die Tischlerei ist nicht zu übersehen.«

»Den Griesgram auch noch besuchen? Nein, danke!«

»Du versäumst echt was. Fynn arbeitet über das Jahr für die Adventswochen vor, er verkauft natürlich seine Holz-Deko. Ach, was ich dir unbedingt mitteilen möchte: Freitagabend treffen wir uns alle in unserer Dorfkneipe am Marktplatz. Dort wird besprochen, wer was in den Häusern anbietet beziehungsweise ob es dabei bleibt, was beim letzten Treffen beschlossen wurde.«

»Auweia, ich habe bisher nicht mit Andy gesprochen.«

»Das solltest du dringend nachholen.«

»Mach ich morgen.«

Puh, mit diesem ans Herz gelegten Auftrag fing der Tag schon mit einem gewissen Stresslevel an. Diane schob verschiedene Argumente gut eine Stunde hin und her, verwarf den ersten Ansatz wieder, schoss sich auf den zweiten ein, um diesen ebenfalls als nicht günstig in die geistige Tonne zu packen.

Ich vertage das Telefonat auf den Nachmittag, entschied sie. Aber das gelang ihr nicht, denn eine halbe Stunde später schellte ihr Telefon. Sie schielte auf das Display. Chef Andy!

Tief luftholend nahm sie das Gespräch an.

♥ 7 ♥

»Hallo meine Liebe, von dir hört man ja gar nichts mehr. Hat Schweden dich aufgesogen?«, scherzte Andy, aber ein gewisser mäkelnder Unterton war doch zwischen den Worten festzustellen.

»Ach, Andy, ich hatte enorm viel zu tun! Die Kisten mussten ausgepackt werden, damit ich nicht das große Suchen starte, ich hatte mittlerweile die ersten Handwerker im Haus. Du weißt, es hat schon gehörig Jahre auf dem Buckel und dementsprechend ist der Gesamtzustand. Das habe ich bei der Besichtigung im Sommer so nicht erkennen können.«

»Kannst du dafür die Verkäuferin nicht in die Haftung nehmen?«

»Um Gottes willen, nein!«, wehrte Diane ab. »Die alte über achtzigjährige Dame hat mir einen echt fairen Preis gemacht und ich weiß ganz sicher, dass sie sich dieser Reparaturbedürftigkeit gar nicht bewusst war. Sie hat halt die letzten Jahre allein gelebt. Das ist meine Aufgabe für das Haus und ich habe tolle Unterstützung aus dem Dorf. Alles im grünen Bereich. Außerdem hat es geschneit. Ich lebe faktisch inmitten einer frostigen, aber wunderschönen Winterwelt. Nachts ist es, wenn der Mond nicht durch die Wolken kommt, zappenduster. Du siehst die Hand vor Augen nicht. Ist es sternenklar, leuchten tausende Sterne vom Himmel herab. Yeah, ich habe es genau richtig gemacht.«

»Du bist zu beneiden. Schnee anstelle Regen hätte ich auch zu gerne, hier pieselt es nämlich schon seit mehreren Tagen. Ich muss dir leider trotzdem die Frage stellen, wie weit du mit der Übersetzung für den Cosy-Krimi bist.«

»Ich habe nebenbei gearbeitet, Andy. Und die Arbeit ist im Zeitplan. Du hast das pünktlich auf dem Tisch, wie immer. Nur mit dem Titel müsst ihr euch ein weiteres Mal auseinandersetzen. *Schwedische Hühner gackern anders* ist für mich kein Titel! Der passt überhaupt nicht zu einem Krimi, da muss was mit Mord oder Tod rein und außerdem ist er, offen gesagt, einfach nur dämlich.«

Andy lachte laut auf. »Der Meinung bin ich auch. Hat unser Walter verzapft, während ich nicht im Büro war.«

»Nehmt wenigstens so etwas wie: *Mordsmäßiges Gegacker* oder *Tod unter Hühnern* oder *Drei Hühner, Drei Morde.* Jedenfalls irgendwas in dieser Art.«

»Supi. Hab ich gleich notiert.«

»Na toll! Kriege ich dafür eine Sonderprämie?«

»Wir sind alle ein Team ...«, hörte sie Andy lahm sagen und deshalb wechselte sie zu dem Thema, das ihr Kopfschmerzen bereitete. Sie berichtete Andy von Kajsas Idee, in den beiden Adventswochen Bücher zu verkaufen. Dabei hatte sie Magengrummeln, immerhin war dies ein völlig ungewöhnlicher Vertriebsweg. Ob das überhaupt Erfolg versprach, wagte Diane zu bezweifeln.

Erstaunlicherweise war Andy Feuer und Flamme für Kajsas Vorschlag. »Das ist ein prächtiger Gedanke! Ihr Mädels seid ja richtig kreativ! Ist das die kalte Schneeluft, die Reserven freisetzt?«

»Warum sagst du das so süffisant?«, wollte Diane wissen.

»Hab ich gar nicht! Im Winter wird nun mal viel gelesen. Ich lasse dir vierhundert Stück schicken. Welche Sprachen benötigst du?«

»Moment!« protestierte Diane energisch. »Wo soll ich denn diese Anzahl Bücher lagern?«

»Du hast doch jetzt ein Haus«, äußerte Andy lapidar.

»Aber kein Lagerhaus.«

»Irgendein Eckchen wirst du wohl ...«

Diane grätschte ihm sogleich in den Satz. »Nein! Ein klares, fettes Nein, Andy.«

»Hm. Dann muss ich mir etwas anderes einfallen lassen.«

»Ich bitte darum. Sei du bitte jetzt kreativ.«

Nach diesem Gespräch musste Diane sich dringend abreagieren und das gelang ihr am besten mit einer energischen Putzeinlage. Das war ihre Reaktion auf Andys kuriosen Vorschlag, bei ihr unglaubliche vierhundert Bücher zu lagern! Die mussten reingetragen, ausgepackt und gestapelt werden. Und diejenigen, die nicht verkauft wurden, blieben ihr, ordentlich Platz brauchend, liegen. Im Endeffekt durfte sie sorgen, dass die wieder auf den Weg retour gingen. Demnach wären die Umkartons zusätzlich aufzubewahren. Oh no! Davon abgesehen, der Platz für so eine Aktion war tatsächlich nicht gegeben. Männer kamen auf grauenhaft komische Gedanken! Vorher einfach mal nachdenken ...

Sie grummelte noch vor sich hin, als es klingelte. Nanu? Besuch erwartete sie keinen. Wer konnte das denn sein?

Durch die Scheiben erkannte sie den warm eingepackten Krister. Hatte er etwas vergessen?

Mit einem umwerfenden Lächeln stand er vor der Tür. »Hej, Diane, ich habe mir gedacht, ich kontrolliere zusätzlich deine Elektrik am Ofen und der Heizung. Das alles ist ewig lange nicht mehr nachgesehen worden, ich mache Brandschutz, sozusagen.«

»Äh ... hm ...« Diane war verwirrt und blieb wie angewurzelt stehen.

»Wenn du aber nicht möchtest ...«, zog Krister sein Angebot zurück.

»Nein, das ist schon okay und ja, es ist nett, dass du daran denkst. Ich hätte das überhaupt nicht ansatzweise in Betracht gezogen. Komm rein!«

Während Krister mit der Prüfung des Herdes begann, klingelte es erneut. Eine ältere Frau, sicherlich sechzig plus, eingemummelt in eine dick wattierte Jacke, stellte sich vor. »Hej, ich bin Siw, Siw Viklund, ich möchte dich zu unserem Treffen einladen, ganz offiziell, als Vorsitzende der Dorfgemeinschaft. Ich weiß natürlich, dass Kajsa dich bereits über alles informiert hat. Aber ich wollte dich gern vorher kennenlernen.«

»Hej, Siw, komm doch rein, ich bin Diane.« Sie reichte der sympathisch wirkenden Frau die Hand, die ihr freudig ein Glas Marmelade überreichte.

»Preiselbeermarmelade. Selbst gemacht.«

»Wie nett, danke!«

Kurz darauf saßen die beiden Frauen am Tisch, tranken Kaffee und knabberten Gebäck. Den Duft hatte Krister wohl in die Nase bekommen, jedenfalls enterte er das Wohnzimmer. »Bin fertig. Hoho, es gibt Kaffee?«

»Setz dich, ich hole eben eine Tasse.«

Nachdem Krister versorgt war, kam auch das Gespräch wieder in Gang. Siw grinste Krister spöttisch an. »Und du hast natürlich gleich etwas zum Arbeiten bei Diane gefunden, was?«

»Siw! Wie sich das anhört. Ich habe mich überhaupt nicht angebiedert, Kajsa hat mich gebeten, bei ihrer Freundin für die Weihnachtsbeleuchtung draußen zu sorgen.« Er schenkte ihr ein strahlendes Lächeln.

»Das ist so«, versicherte Diane schleunigst. »Ich bin Kajsa für diese Unterstützung dankbar.« Sie erwähnte nicht, dass das heutige Erscheinen von Krister nicht nötig gewesen wäre, aber er selbst sagte natürlich keinen Quietscher darüber.

Zur Ablenkung bot Diane beiden einen Eierlikör an, den sie gerne annahmen.

»Der ist selbstgemacht nach einem Rezept meiner Großmutter«, erklärte Diane stolz und erntete dafür ein dickes Lob.

Siw, schon beim zweiten Eierlikör, erzählte noch ein wenig über das Dorf, den Kauf ihres Hauses vor dreißig Jahren und verabschiedete sich wenig später.

Krister hingegen machte keine Anstalten zu gehen. Eine weitere halbe Stunde verging mit Smalltalk. Die Unterhaltung war zwar durchaus angenehm, aber Diane wollte unbedingt an ihre Überset-zungsarbeit, daher fragte sie Krister: »Was bekommst du denn für deine Arbeit heute?«

»Nichts. War ein Service meines Hauses.«

»Das geht doch nicht.«

»Klar geht das. Ich habe Kaffee getrunken und Plätzchen gefuttert, passt alles. War ja ein freiwilliger Einsatz.«

»Das möchte ich eigentlich nicht. Ich arbeite auch und tue das nicht umsonst.«

Dadurch neugierig geworden, fragte Krister natürlich nach ihrem Beruf und war davon völlig geflasht. »Du kannst also immer Bücher lesen.«

»Ich lese sie anders als du. Meine Aufgabe ist es, Gefühle und Eindrücke des Autors zwischen den Zeilen aufzuschnappen und diese in der zu übersetzenden Sprache in den richtigen Ausdruck zu bringen. Das bedeutet, nicht einfach runterlesen, sondern intensive Beschäftigung mit dem Stil, der Sichtweise, den Impulsen des Autors. Und ich muss heute noch einiges tun.«

»Ah, verstanden, dann will ich dich nicht länger stören. Hast du denn an den Wochenenden frei?«

»Im Prinzip kann ich mir meine Arbeit einteilen, aber ich habe Abgabetermine, an die ich mich halten muss. Da ist eben manchmal Nacht- oder Wochenendarbeit eingeschlossen.«

Krister startete ungerührt ihrer Ausführungen einen Frontalangriff. »Wie wäre es am Samstagabend mit einem Blockbuster? In der Stadt gibt es ein tolles Kino.«

Wow, dachte Diane, dieser Typ lud sie ein, so fing ihr Leben in Schweden bestens an! Aber trotzdem machte sie einen Rückzieher. Das ging ihr alles zu schnell. »In die Stadt am Abend bei diesem Wetter? Lieber nicht.«

»Bleiben wir auf dem Rückweg liegen, halte ich dich warm. Nein, Scherz beiseite, ich bin ein fabelhafter, routinierter Fahrer und habe einen geländegängigen Wagen.«

Das wär's noch, dachte Diane. Nachts in klirrender Kälte mit dem Auto liegenbleiben. Sie schüttelte den Kopf. »Nein, leider. Ich muss intensiv arbeiten, der Umzug hat mich viel Zeit gekostet, die gilt es aufzuholen.«

»Schade.« Krister zog sich seine Schuhe an und nahm die Winterjacke von der Garderobe. »Aber aufgeschoben ist ja nicht aufgehoben.« Er blinzelte ihr zu und verschwand.

Hatte sie gerade echt ein Date mit dem attraktiven Krister abgesagt? Und warum? Weil Kajsa ihr verklickert hatte, er sei der Womanizer dieses Dorfes? Halb und halb, gab sie sich die Antwort, halb wegen Kajsas Bericht und in der Tat halb aufgrund des schlechten winterlichen Wetters. Ins Kino kam man sicherlich, die Schwierigkeit war der Rückweg in der Nacht, zumal vor Glätte gewarnt worden war. Nein, da würde sie sich einfach nicht wohlfühlen. Ihren allerersten langen schwedischen Winter wollte sie für sich selbst erleben, um ein Gefühl für diese Mengen an Schnee zu bekommen, für die Wetterlagen und damit gekoppelt, die Dos and Don'ts.

Die Zeit momentan nutzte sie besser, ihre Arbeit voranzutreiben, denn in den Adventswochen, wenn hier *Open House* war, käme sie garantiert zu nichts. Bevor sie sich jedoch an das zu übersetzende Manuskript machte, schlüpfte sie in ihre Moonboots und zog sich die Jacke über. Den Schal drehte sie sich zweimal um den Hals.

Die Wegbeschreibung von Kajsa hatte sie bekommen. Zumindest von außen wollte sie sich die Tischlerei von diesem Fynn ansehen, Kajsa hatte mehrfach mit Lob um sich geworfen. Energisch stapfte sie los.

♥ 8 ♥

Kaum hatte Diane die ersten Schritte durch den unter ihren Füßen knirschenden Schnee gemacht, zog sie sich auch schon die Kapuze über den Kopf. Es war unangenehm kalt und sie hatte eh empfindliche Ohren.

Außerdem, dachte sie mit einer Prise Humor, würde sie so nicht zu erkennen sein. Winterklamotten ergaben eine extrem gute Tarnung. Diane auf geheimer Mission, sie schmunzelte über sich selbst.

Kaum bog sie in die genannte Straße ein, sah sie von weitem das Schild seines Handwerkbetriebes.

Fynn Holmgren
SNICKERI

Aber nicht das flashte sie, sondern die beleuchteten Fenster. Auf den Fensterbänken reihten sich Windlichter, in denen Kerzen gemütlich und heimelig flackerten. Viele kleine Holzsterne in allen Formen und Größen leuchteten um die Wette.

Auf dem Gelände zum Eingang standen neben diversen Holzskulpturen Outdoor-Holzlaternen, allesamt beleuchtet. Das warme Licht verlieh dem Schnee einen schimmernden Glanz.

Wenn sie etwas nicht erwartet hatte, war es das! Was es allein für Mühe bereiten musste, all diese Gegenstände zu beleuchten, sei es mit Lichterketten oder Kerzen.

Kajsa hatte recht, er besaß Feeling – für Holz jedenfalls. Für Menschen wohl weniger.

Einige Momente stand sie im Schutz einer Tanne, um anschließend zufrieden den Rückweg anzutreten. Ihre Aufträge waren bei ihm sicherlich in besten Händen – und das gab ihr ein gutes Gefühl.

Wieder daheim, setzte sie sich gleich an die Übersetzung und arbeitete bis in den späten Abend. Jedes Mal, wenn sie aus dem Fenster in die Winterlandschaft sah, hatte sie den Eindruck, die Arbeit ging ihr ein gutes Stück leichter von der Hand. Es fühlte sich an, als übe dieses Haus eine geheime Magie aus, fülle sie insgeheim mit Energie auf.

Ihre Entscheidung war goldrichtig gewesen.

Am folgenden Morgen mischte ihr Chef sie gleich telefonisch auf. »Heiho, Diane, unsere weltbeste Übersetzerin.«

»Ihr habt keine andere«, antwortete sie schnodderig.

»Deshalb ja«, lachte Andy. »Ich habe die Lösung für unser Lagerproblem gefunden.«

»Aha. Und die wäre?« Das sagte sie locker, nicht ahnend, was Nervenzerfetzendes auf sie zukam.

»Ich komme mit einem Transporter zu euch und bringe die Bücher. Für die beiden Wochen eures

Action-Festes habe ich Urlaub, schaue mir das bunte Treiben an und nehme die übriggebliebenen Bücher wieder mit.«

»Ööh ...«

»Was ist?«, meinte Andy amüsiert. »Hat es dir die Sprache verschlagen?«

»Ziemlich. Ich weiß nur nicht, ob du in der Nähe überhaupt noch ein Hotel buchen kannst. Die beiden Adventswochen in unserem Wintermärchendorf sind äußerst beliebt und ich weiß, dass viele Touristen jährlich kommen und bereits bei der Abreise für das neue Jahr reservieren.«

»Kannst du dich bitte um ein Hotel für mich kümmern?«

»Ach Andy!«, protestierte Diane. »Ich soll fristgerecht die Übersetzung abliefern und nebenbei die einzelnen Hotels abtelefonieren? Ich schicke dir eine Liste und du machst das selbst.«

»Diane, mein Herzchen, ich spreche kein Schwedisch. Der Abgabetermin ist aufgrund dessen um einen Tag verlängert. Länger brauchst du doch nicht, um die Hotelfrage zu klären, oder?«

Diane verzog schmerzhaft das Gesicht und verdrehte die Augen. Sehen konnte Andy das nicht.

»Gut, ich kümmere mich und rufe dich an, wenn ich was habe.« Sie hatte blöderweise gar keine andere Wahl. Chef ist Chef.

»Und ich soll mich jetzt für ihn um ein Hotel kümmern«, jammerte Diane mitgenommen ins Telefon, denn sie musste nach dieser Hiobsbotschaft unbedingt von ihrer Freundin getröstet werden.

»Wenn du möchtest, kann ich es versuchen, das geht als Einheimische besser«, bot Kajsa an.

»Echt? Ich wäre dir unendlich dankbar und könnte dir dafür einen leckeren deutschen Pfannkuchen backen. Herzhaft oder süß, ganz nach deinem Gusto.«

»Das ist ein absolut perfekter Deal«, quietschte Kajsa vor Freude.

Leider kam sie am frühen Nachmittag bei Diane mit negativem Ergebnis an. »Da ist echt nichts zu machen. Die Hotels in der Umgebung sind bis unter die Pfannen voll. Und noch weiter raus macht keinen Sinn, je nach Wetterlage sind die Straßen gar nicht oder nur schlecht zu bewältigen.«

»Ach du Schreck. Was nun?«

»Ruf ihn einfach an und sag ihm das.«

»Das mache ich, unangenehme Dinge sollte man direkt erledigen, aber vorher essen wir den Pfannkuchen.«

»Das ist natürlich doof«, antwortete Andy auf die schlechten Nachrichten, um unverzüglich eine Lösung zu präsentieren. »Aber ich könnte bei dir schlafen, du hast doch ein Gästezimmer, hast du erzählt. Die Unkosten trägt selbstredend der Verlag.«

Diane entgleisten die Gesichtszüge. Zwei Wochen lang den Chef im Haus? Sie mochte ihn zwar – aber das? Never!

»Andy, das geht nicht. Wahrscheinlich habe ich zu dieser Zeit schon einen Gast«, log sie.

Kajsa machte ihr Zeichen, aber Diane verstand nicht.

»Du, ich melde mich später noch einmal«, rief sie ins Telefon. »Ich bekomme gerade Besuch. Bis dahin.« Und ehe Andy antworten konnte, klickte sie das Gespräch entnervt weg.

Das amüsierte Lachen ihrer Freundin musste Diane ertragen. »Du kannst ja vielleicht lügen!«

»Ich gebe zu, dass ich bereits einen Gast zu dieser Zeit beherberge, stimmt natürlich nicht, ich habe aber auch *wahrscheinlich* gesagt. Und Besuch habe ich bekommen, du bist schließlich hier. Die Aussage muss man eben ein bisschen zeitversetzt betrachten.«

»Schlaues Dianelein«, spottete Kajsa, wurde jedoch gleich darauf ernst. »Wie wäre es denn, wenn ich dir deinen Chef abnehmen würde? Ich habe oben zwei freie Zimmer. Warum soll er nicht eins davon belegen? Der rückt dir so oder so auf die Pelle, auf diese Weise hast du ihn wenigstens nachts aus dem Haus.«

»Das kann ich unmöglich von dir verlangen.«

»Du verlangst ja auch nichts. Es ist ein Angebot von mir. Und ehrlich, wenn der Verlag die Unterbringung zahlt, soll er mir das Zimmer vergüten. Sag ihm, er könne bei mir übernachten, mit Frühstück, für 50 Euro die Nacht. Das ist immerhin wesentlich billiger als in jedem Hotel.«

»Willst du das wirklich? Du musst das nicht mir zuliebe tun.«

»Diane, ich weiß das. Aber ich habe da selbst was von. Ich schreibe für eine Zeitschrift, da werden bestimmt interessante Gespräche aufkommen. Außerdem hast du mir gesagt, er ist ein umgänglicher, netter Mensch. Damit kann ich gar nicht viel falsch machen. Und gerade diese zwei Wochen gehen rum wie nix.«

»Hm ...«, Dianes Gedanken rotierten immer noch.

»Biete ihm das einfach an. Und jetzt rechnen wir

beide. Nehmen wir nur die zwei Wochen ohne An- und Abreisetag, wären das – Vierzehn mal fünfzig – rundgerechnet 700 Euro. Davon gönnen wir zwei uns ein nettes Wochenende in Göteborg.«

Dianes Augen blitzten auf. »Joah, das ist eine Knalleridee!«

»Die habe ich öfter«, griente Kajsa breit und warf eine blonde Haarsträhne auf ihren Rücken zurück. »Ruf ihn an. Wir hören, ob er das möchte.«

Und ob Andy das wollte! »Das ist tofte, quasi dörflicher Familienanschluss. Und der Preis geht voll in Ordnung. Sag deiner Freundin ein dickes Dankeschön, ich nehme das Angebot an. Da brauche ich gar nicht erst überlegen.«

»Ich sage Kajsa Bescheid.«

»Und ich starte mit der Planung, nur benötige ich etwas Input von dir. Welche Bücher, die du übersetzt hast, wären am geeignetsten und welche Sprachen soll ich mitbringen? Ich kümmere mich um den Rest.«

»Ich verschaffe mir einen Überblick, allerdings muss ich mich erst mit Kajsa kurzschließen, die weiß oder wird in Erfahrung bringen, welche Nationalitäten am häufigsten vertreten sind. Es kann zwei Tage dauern, bis ich mich melde.«

»Kein Ding.« Andy räusperte sich und stellte eine Frage, die er keinesfalls rausgehauen hätte, wenn er sich bewusst gewesen wäre, das Kajsa neben Diane saß. »Sag mal, ist deine Freundin genauso hübsch wie du, nur in Schwedenblond?«

Kaum aufgelegt, kugelten sich die beiden Mädels.

»Männer!« Diane schüttelte den Kopf. »Du hast

recht, Kajsa, die haben ein Bild von einer Schwedin. Süß und blond, unbeschwert und sexy.«

»Sag ich doch«, gluckste Kajsa vergnügt. »Der wird Augen machen, wenn er ankommt. Du bist aber auch gemein, ihm eine falsche Antwort zu geben.«

»Was denn? Ich habe nur mitgeteilt: In diesem Falle nicht. Kajsa ist klein, hat ein paar Kilos zu viel, sie nimmt allerdings gerade wieder ab – unter uns gesagt, das wird nix – und trägt einen braunen Pixycut. Nicht unbedingt typisch schwedisch. Du wirst sie aber mögen, sie ist unheimlich lieb und nett.«

Der kleine Dämpfer, den Andy erhalten hatte, kam mehr oder weniger durchs Telefon gekrochen. Ob er es schade fand, dass er zugesagt hatte? So gab es eventuell einen winzigen Hoffnungsschimmer, dass er diese Tour samt Aufenthalt noch einmal gründlich überdachte.

»Jetzt eine ernste Frage«, wechselte Diane das Thema. »Es wird verlangt, dass man etwas Selbstgemachtes verkaufen muss. Die Bücher sind das eigentlich nur indirekt. Ich habe da gar nichts zu bieten, was soll ich bei der Versammlung denn sagen? Das macht mir echt Kopfschmerzen.«

Kajsa überlegte einen Moment. »Ich hätte da eine Idee.«

♥ 9 ♥

»Schieß los!« Diane sah ihre Freundin voller Spannung an.

»Ist doch eigentlich ziemlich einfach. Du fertigst zu den Büchern, die du verkaufst, individuelle Lesezeichen. Die können die Kunden dazu erwerben, wenn sie möchten. Da sind der Fantasie keine Grenzen gesetzt. Du könntest dir per Laptop und speziellen Programmen Motive aussuchen, auf festem Papier drucken, laminieren, Bändchen dranhängen und dieses mit Herzchen, Perlen oder was immer dir einfällt, verschönern. Du kannst die Lesezeichen für wenig Geld verkaufen, ich denke, die Menge macht es. Manche kaufen vielleicht auch eins, weil es ein tolles Mitbringsel ist, entweder als Erinnerung oder kleines Geschenk, wiegt nichts und nimmt keinen Platz im Koffer weg. Du musst halt nur die Schweden-Liebe bedienen, zum Beispiel ein Haus im Sommer oder Winter als Motiv oder Zimtschnecken darauf oder ... ich weiß nicht, eben Schweden-typisches.«

Diane wurde enthusiastisch. »Jaaa! Das bekomme

ich hin.«

Gemeinsam suchten sie im Internet nach hübschen Perlen und anderen Dingen.

»Gib mal Streu-Deko ein«, schlug Kajsa vor. »Die müssen aber zwingend ein Loch haben, damit du die als Lesezeichen-Anhänger verwenden kannst.«

»Ich gebe Streu-Deko mit Loch ein, sehen wir, was kommt.« Diane tippte.

Das Angebot war groß und sie fanden reichlich Passendes. Auf die hübschen kleinen Holzsterne musste sie allerdings verzichten.

»Zu blöd, die sind erst nach Weihnachten wieder lieferbar«, ärgerte sich Diane.

»Wo ist dein Problem? Ich schlage vor, du gehst zu Fynn. Der macht dir in Windeseile hunderte davon.«

»Nee, diesen Griesgram frage ich nicht! Er soll mir die Sachen fertigen, die ich benötige und basta.«

»Ich gebe ja zu«, gestand Kajsa aufrichtig, »er ist nicht so ein Charming Boy wie Krister, aber er hat einen ganz weichen Kern und ist unheimlich lieb. Griesgram passt gar nicht, Brummbär ist treffender.«

»Mir egal, wie du ihn nennst, das mache ich nicht!« Diane verschränkte die Arme vor der Brust.

»Ist ein Fehler. Überlege es dir.«

»Möglicherweise liegt es auch an mir, dass er derart grummelig ist.«

»Nö. Das hat mit dir gar nichts zu tun. Ist wohl in seiner Vergangenheit begründet. Da muss was Schlimmes passiert sein, jedenfalls munkelt man das. Aber niemand weiß etwas Genaueres. Ich vermute ...«

Diane ließ sie nicht ausreden. »Bei dem wäre ich als Frau auch nicht geblieben.«

Kajsa war ihr einen missbilligenden Blick zu, den ihre Freundin gar nicht wahrnahm. Deshalb brachte sie ihren angefangenen Satz aufgrund von Dianes Äußerung nicht zu Ende, sondern startete anders. »Er hat die Tischlerei vor ungefähr drei Jahren übernommen, wird hier im Dorf hochgeschätzt. Er ist stets zu Stelle, wenn Not am Mann ist, ohne große Worte. Er ist einfach da und hilft oder macht.«

Das passt ins Bild, dachte sich Diane, sagte es allerdings nicht laut. Er hatte ihr Verbesserungsvorschläge gemacht, hätte er ja nicht gebraucht. Sie lenkte ab. »Magst du einen Eierlikör? Selbstgemacht nach einem Rezept meiner dänischen Omi.«

»Eierlikör? Aber immer! Her damit!«

Diane holte die Flasche aus dem Kühlschrank und schenkte zwei Gläschen ein.

Ihre Freundin nippte. »Yammi! Ist der schwer herzustellen?«

»Ach was, ganz simpel. Du kochst einfach anderthalb Liter Sahne mit einer ausgekratzten Vanillestange und der Vanillestange selbst auf. Die Sahne lässt du erkalten und fischt die Vanillestange raus. Fünf Eidotter schlägst du mit 250 Gramm Zucker auf, diese Mischung gibst du mit einem Viertelliter Cognac zu der erkalteten Sahne und zack, fertig ist ein superleckerer Eierlikör.«

»Kannst du mir die Menge vom Cognac nochmal sagen?« Kajsa tippte das Rezept eifrig als Notiz in ihr Smartphone.

»Ein Viertelliter.«

»Ist aber wenig.«

Diane lachte los. »Du alte Schnapsdrossel. Das

reicht. Glaub mir. Blöd ist halt, dass jede Menge Eiweiß übrig bleibt. Meine Omi hat davon Makronen gebacken. Das Rezept habe ich im Kopf, nur hatte ich bisher keine Zeit, die zu backen. Mich küchentechnisch rundum ausprobieren möchte ich erst, wenn meine neue Küche kommt. Die Adventswochen sind dann längst Geschichte und ich bin nicht so in Eile wegen der Übersetzungen.«

»Nein!« Kajsa machte große Augen. »Sag nicht, du hast eine Küche bestellt und mir nichts gesagt!«

»Natürlich nicht. Das teure Projekt nehme ich Anfang nächsten Jahres in Angriff. Bis dahin muss Gretas altes Exemplar reichen. Sie ist funktionstüchtig und zum Pizza aufbacken reicht sie dicke – nur ist sie halt nicht mein Stil und moderne Geräte müssen her. Es gibt keine Spülmaschine, das Waschbecken hat auch schon glänzendere Tage gesehen, der Ofen ist antiquiert und bei drei Schränken traut man sich nur vorsichtig, sie zu öffnen, vor Angst, man hat die Tür in der Hand«, machte sich Diane über die nicht optimale Ausstattung lustig. »Nichtsdestotrotz soll die Neue im Scandi Style hier reinpassen.«

Da brauchst du gar nicht lange suchen. Geh zu ...«

»Sag bitte nicht Brummbär Fynn«, fiel ihr Diane ins Wort.

»Dohoch.«

»Ach Kajsa, ich kann nicht mit Menschen, die nicht lachen können oder deren Gesichtszüge sich wenigstens zu einem erkennbaren Grinsen verziehen. Der ist ja eine Wikinger-Mumie pur.«

Kajsa zuckte mit den Schultern. »Fynn lacht eben nach innen. Nimm ihn doch einfach so, wie er ist.«

»Vielleicht hat der Kerl gar keine Zähne, deshalb

lacht der nicht«, vermutete Diane mit Sarkasmus.

»Jetzt ziehst du genauso ein brummeliges Gesicht wie Fynn.«

»Na danke!« Diane schoss einen bösen Blick auf Kajsa ab. »Sag du mir, was du in den beiden Adventswochen anbietest. Was machst du selbst?«

»Wieder das Gleiche wie im vergangenen Jahr. Ich bin spezialisiert auf Smörgåstårta.«

»Wundervoll, ich liebe diese herzhaften Brottorten! Wenn ich nur an Lachs- und Krabbencreme denke, yammi. Und frischen Schnittlauch, Gürkchen und Räucherlachs, Avocado- und Frischkäsecreme, mmh!«

»Petersilie und Dill gehören auch dazu«, ergänzte Kajsa. »Ich habe mich dafür entschieden, weil ich die richtig gut kann, ich habe ja eine Reihe leckere Familien-Rezepte. Die sind, finde ich, schnell gemacht und repräsentieren Schweden für die Touristen im Winterdorf sehr gut. Wenn man so will, hergestellt mit Herz und Seele.«

»Das ist perfekt. Heb mir bloß was davon auf«, bat Diane.

»Ich mache uns vorher extra eine eigene Torte. Mit viel Lachs und Krabben.«

»Ja, ja, ja! Und wir essen uns daran rund und kugelig.«

»Worauf du dich verlassen kannst.«

Als Kajsa gegangen war, widmete sich Diane wieder ihrer Übersetzung. Das Thema Lesezeichen ließ sie nicht los. Es war eine tolle Idee und so durchstöberte sie das Internet erneut. Aber sie fand keine anderen Anhänger mehr als die schon ausgesuchten. Und die Holzsterne waren bis auf Weiteres ausverkauft. Schade.

Zwei Stunden arbeitete sie intensiv und nahm sich anschließend eine Pause.

Warm angezogen ging sie hinaus in den Schnee. Erst umrundete sie ihr eigenes Haus und schoss einige Fotos, die sie zu ihren Eltern nach Deutschland schickte. Schweden-Winter-Wunderland schrieb sie und war mächtig stolz auf ihr neues Heim. Die bunten Lichterketten, die Krister angebracht hatte, leuchteten und wirkten besonders schön im Kontrast zum weißen Schnee und dem warmen Holzton des Hauses.

Und Knall auf Fall stach sie der Hafer. Das schönste Foto schickte sie zu Andy und klebte ein breit grinsendes Smiley drunter. Sie wollte, dass er sie beneidete, wenn er schon zu den beiden Adventswochen nervte. Aber wahrscheinlich klappte es mit seinem Urlaub letztendlich doch nicht. Wäre ja nicht das erste Mal, dass er Geplantes kurzfristig canceln musste. Noch war sie in dieser Hinsicht hoffnungsfroh.

Prompt bekam sie eine Rückmeldung von ihm.

Sieht prächtig aus. Ich freue mich jetzt total auf reichlich Schnee und leckeren Glögg. LG Andy

War doch nicht die beste Idee gewesen, ihm ein Bild zu schicken ...

Sie stapfte ein Stück den Bürgersteig entlang und war plötzlich an der Straße zur Tischlerei angekommen. Unschlüssig blieb sie stehen, weil die Neugier sie packte. Hatte der grummelige Brummbär Fynn seine Fenster heute auch ansprechend beleuchtet oder tat er das nur an Tagen, an denen er Kundschaft erwartete? Wie lief das in einer Tischlerei? Davon hatte sie keinerlei Ahnung.

Wie von selbst trugen sie ihre Füße so weit, bis der Handwerksbetrieb in ihr Sichtfeld kam. Schon von Weitem zeigte sich das gleiche Bild. Kalter Schnee – warmes Licht.

Bis zur Tanne konnte sie gefahrlos laufen. Es sah sie an dieser Stelle niemand.

Vor der Tischlerei herrschte reges Leben. Zwei Frauen traten mit Taschen aus dem großen Eingangstor, das heute weit offenstand. Sie entschwanden in Gegenrichtung, um dort in ein Auto zu steigen. Ein Pärchen, das über den erleuchteten Weg des Tischlereigeländes schlenderte, entschied sich für eine der schönen, schweren Holzlaternen vom Hof und sprachen mit Fynn, der soeben in der Tür erschien. Er verschwand mit ihnen im Inneren, um das Pärchen kurz darauf wieder zu entlassen – mit gekaufter Laterne, die der Mann schleppte.

Sieh an, dachte Diane, das Geschäft läuft. Aber sie erschrak, als das Paar munter plaudernd auf sie zusteuerte. Sie drückte sich einmal mehr in den Schatten der Tanne, deren dichte, dick mit Schnee bedeckten Zweige einen guten Sichtschutz boten. Die jungen Leute bemerkten Diane gar nicht, so groß war die Freude über ihren Kauf, den sie in einem nahebei geparkten SUV verstauten.

Kaum saßen die zwei im Wagen und fuhren los, hörte Diane Fynns tiefe Stimme rufen. »Komm mal hinter deiner Tarn-Tanne hervor, Diane!«

♥ 10 ♥

Diane erschrak fürchterlich. Das gab es doch gar nicht! Er hatte sie tatsächlich gesehen und blöderweise erkannt, obwohl sie so vermummt war.

Was tun? Abhauen wäre peinlich, deshalb trat sie beherzt hervor. »Hej, Fynn«, grüßte sie möglichst lässig.

Er winkte sie heran. »Hej. Du wolltest zu mir?«

In diesem Augenblick half nur noch der Weg nach vorne, um sich nicht komplett der Lächerlichkeit preiszugeben. »Ja«, log sie.

»Wie kann ich dir helfen? Oder wolltest du sehen, wie weit ich mit deinen Regalen bin?«

»Nein, ich wollte nicht drängen.« Das zumindest stimmte. Wie jetzt aus der Situation herauskommen – urplötzlich war der Geistesblitz da. »Ich wollte fragen, ob du mir kleine Holzsterne schreinern kannst. Ich werde für die Adventswochen Lesezeichen fertigen und würde die gerne mit an die Seidenbänder binden.«

»Komm mit rein.« Gezwungenermaßen trottete Diane hinter ihm her. Die Überraschung traf sie wie ein Schlag. Im Inneren der Schreinerei standen mehrere Tische, auf denen weihnachtliche Holzarbeiten präsentiert wurden. Sterne, Trolle, Kerzenleuchter, Schlitten und Tannen. Dianes Augen wanderten zu Rentieren und Elchen in allen Größen, von der Tischdekoration über Weihnachtsbaumschmuck bis hin zu Exemplaren, die im Garten den perfekten Hingucker geben würden.

Eine Ecke der großen Tischlerei war nur für Krippen reserviert, eine schien schöner als die andere. Auch kleine Weihnachtsdörfer für die Fensterbank gab es zu kaufen. Alles war filigran gearbeitet, mit viel Liebe zum Detail hergestellt.

Fynn hatte ihren Blick bemerkt. »Ich arbeite grundsätzlich lange vor für die Weihnachtswochen. Holzarbeiten sind nicht so fix gefertigt wie Torten oder das Erwärmen von Glögg.«

»Leuchtet ein.« Dianes volle Bewunderung brach ehrlich durch. »Die Sachen sind sehr, sehr schön.« Sie machte ein paar bedachte Schritte auf die Ausstellung zu. »Was sind diese kleinen Elche hübsch!« Vorsichtig hob sie ein Exemplar hoch, als seien sie zerbrechlich.

»Das freut mich«, antwortete Fynn, trotzdem erschien nicht die Andeutung eines Lächelns auf seinem Gesicht.

In der nächsten Viertelstunde hatte Fynn einen kleinen Sternchen-Prototyp gefertigt. Die Sterne würden wundervoll an dem Satinband aussehen! Wie er mit seinen großen Pranken derart filigran arbeiten konnte, war ihr ein Rätsel. Überhaupt, dieser Baum von Mann stellte viele ansprechende Dinge aus Holz her, die ihr auf Anhieb gefielen, betrachtete sie allein die Elche, die auch lebendig hätten sein können, so naturgetreu waren sie in der Bewegung eingefangen.

»Hast du dir die Sterne so vorgestellt?«, fragte Fynn.

»Genauso! Toll sind sie.«

»Wie viele benötigst du denn?«

»Fünfhundert.« Sie hatte erwartet, dass Fynn diese Zahl schocken würde, aber nein.

Er nahm sie als ganz natürlich an. »Bis wann brauchst du die?«

Diane sah ihn unentschlossen an, so antwortete Fynn stattdessen. »Verstanden. Gestern.«

»Wenn ich sie Anfang nächster Woche haben könnte? Ich kann zwischenzeitlich vorarbeiten.«

»Kriegen wir alles hin. Ich melde mich bei dir, sobald sie fertig sind.«

»Danke.«

»Eine Frage: Warum bist du gestern nicht reingekommen?«

Diane starrte ihn wortlos und mit großen Augen an.

»Du hast eine ganze Weile bei der Tanne gestanden.«

Auweia, er hatte sie gesehen! Nur wie? Das Tor war doch geschlossen gewesen, hinter den beleuchteten Fenstern hatte sie keine Bewegung wahrgenommen. Und sie hatte die Tanne mit ihren verschneiten großen Zweigen als perfekte Tarnung empfunden.

»Ich habe gedacht, es ist nicht für Kunden geöffnet, weil das Tor zu war.« Hoffentlich war das eine gute Ausrede – und tatsächlich, er schluckte ihre Aussage.

»Es war einfach zu kalt, deshalb habe ich es geschlossen. Man kann aber jederzeit bei mir anklingeln, ich bin da vollkommen modern unterwegs, du brauchst also nicht ans Tor hämmern. Ich bin den Tag über meist hier. Und wenn alles beleuchtet ist, sowieso.«

»Okay, dann weiß ich es für das nächste Mal.« Etwas verlegen sah sie auf ihre Armbanduhr. »Ich muss wieder los, ich habe einiges zu arbeiten.«

Fynn sah sie mit seinen intensiv blauen Augen durchdringend an und begleitete sie hinaus.

Als Diane die Straße entlanglief, hätte sie sich am liebsten zu Fynns Tischlerei herumgedreht, aber sie traute sich nicht. Jedenfalls hatte sie sich trotz des Schrecks der Entdeckung recht gut verkauft. Sie schmunzelte. Und sie gab innerlich Kajsa recht. Er hatte eine schnelle Auffassungsgabe und bekam alles mit. Einstein im Yeti-Look.

Kajsa berichtete sie nur, sie habe ihren Rat angenommen und wäre bei Fynn gewesen, um besagte Holzsternchen zu bestellen. »Hat geklappt. Ich bekomme fünfhundert Stück von ihm.«

»Ich habe dir doch gesagt, er macht das.«

»War halt eben auch eine Frage des Preises.« Als sie das locker rausgehauen hatte, fiel ihr siedend heiß ein, sie hatte gar nicht nach den Kosten gefragt. Dumm gelaufen!

Diane warf sich intensiv auf ihre Übersetzungsarbeit und war nunmehr ihrer Zeit voraus. Was für ein schönes Gefühl! Ganz sicher trug dieses wunderschöne Haus dazu bei, das ihr einige geniale Worte und Sätze zuzuflüstern schien, und unweigerlich der Gedanke an Krister. Der hatte sich telefonisch noch einmal gemeldet und ihr seine Hilfe angeboten, sollte sie Probleme haben, wo eine, so O-Ton, »starke männliche Hand gebraucht wird.«

Das Ergebnis dieses Telefonates war ein gemeinsames Kaffeetrinken – bei ihm.

Zwar hatte Diane Kajsas Warnungen zu ihm als Charmebolzen im Kopf, trotzdem hatte sie sich besonders sorgfältig geschminkt und zog am nächsten Mittag los. Die Einladung hatte sie deshalb angenommen, um zu verhindern, dass er erneut zu ihr kam und sie lange aufhielt. Demnach hatte sie es selbst in der Hand, wann dieses Treffen beendet würde.

Krister hieß sie mit einer liebevollen Umarmung willkommen. Diane hatte als kleines Geschenk eine Mini-Flasche Eierlikör im Gepäck, der ihm so gut geschmeckt hatte. Er freute sich sichtlich.

Sein Haus war gemütlich eingerichtet, aber Männer-typisch halt, praktisch und nüchtern. Der Esstisch jedoch war bereits eingedeckt und es standen Mandeltortenstücke auf dem Tisch.

»Die habe ich allerdings beim Bäcker gekauft. Mit Backen habe ich es nicht.«

»Spielt für mich gar keine Rolle.«

Die gehaltvolle Torte schmeckte köstlich. Diane ließ sich gern zu einem zweiten Stückchen überreden.

Sie erfuhr einiges von Krister. Er war in einem kleinen Dorf in der Provinz Örebro großgeworden und liebte das Landleben. In der gleichnamigen Stadt hatte er seine Ausbildung zum Elektriker abgeschlossen. »Mich hat schon immer alles fasziniert, was mit Strom zu tun hat«, erklärte er ihr und führte ihr verschiedene Dinge vor, die in den anderen alten Schwedenhäusern sicherlich nicht vorhanden waren, wie zum Beispiel der Einbau eines Radios in der Badezimmerwand, das er auch vom Bett aus bedienen konnte. »So habe ich Musik, wenn ich das Bad betrete.«

»Cool!«, staunte Diane.

»Willst du das auch? Kann ich für dich erledigen.«

»Später, Krister. Erst muss ich ganz angekommen sein, die Adventswochen hinter mich bringen und, ehrlich gesagt, genauso Weihnachten und das Jahresende. Im neuen Jahr werden die Karten für all das, was ich gerne am Haus noch haben möchte, neu gemischt. Und dann schaue ich, was finanziell auf mich zukommen wird. Und natürlich, wie meine Auftragslage sich entwickelt.«

»Ich mache dir selbstverständlich einen Sonderpreis«, wollte er sie locken.

»Danke. Rechnen muss ich trotzdem.«

»Du kannst bei mir sogar in Raten zahlen«, bot Krister weiter an.

Diane lehnte entschieden ab, da hatte sie ihre Prinzipien. »Ich habe bisher nie etwas auf Raten gekauft und werde das auch in Zukunft nicht tun.«

Diane blieb zu Kristers Bedauern nicht viel länger als eine Stunde. Das reichte ihr. Obwohl, sie konnte sich seinem Charme eigentlich gar nicht mehr entziehen und hatte letztendlich doch einem Kinobesuch zugestimmt. Allerdings nicht sofort, sondern erst nach den Adventswochen. Momentan gab es einfach zu viel zu tun und die Minuten waren kostbar. Sie brauchte außerdem Zeit, sich klar zu werden, ob sie das wirklich wollte. Eigentlich gehörte ein Womanizer nicht unbedingt zu der Sorte Mann, den sie sich an ihrer Seite wünschte.

Wenn sie etwas von den Schweden gelernt und verinnerlicht hatte, insbesondere von Kajsas Family, war es die Bedeutung des Wortes *lagom*. Die hatte ihr Kajsas Vater an einem stimmungsvollen Sommerabend am Lagerfeuer erklärt. »Das ist für uns Schweden ein wichtiges Wort. Es bedeutet nicht zu schnell und nicht zu langsam, nicht zu viel und nicht zu wenig, finde das richtige Maß für dich und dein Leben heraus.«

»Gar nicht so easy«, hatte Diane damals geantwortet.

»Doch, Diane, das ist ganz einfach. »Sei zufrieden mit dem, was dir das Leben gibt, sehe die Schönheiten der Natur, lass dich nicht von Hektik anstecken, die sowieso nichts bringt, dann stimmt auch dein inneres Gleichgewicht.«

Erst im Laufe der Jahre hatte Diane verstanden, was Kajsas Vater ihr seinerzeit als Fünfzehnjährige erklären wollte. Es war eine Prämisse ihres Lebens geworden. Nur noch sehr selten geriet sie in absolute Hektik oder gar in Panik. Und eine Nacht über ein Problem schlafen half oft. Manchmal ließen die Nachtstunden die Schwierigkeiten in einem anderen Licht erscheinen und man war zu einem Entschluss gekommen, der weiterhalf, bestenfalls hatte man eine Lösung gefunden.

Diane hatte sich Zuhause gerade aus ihren dicken Wintersachen geschält, als ihr Telefon klingelte. Das Display verriet ihr den Anrufer. Fynn.

♥ 11 ♥

»Hej Fynn«, begrüßte Diane ihn herzlich. Er informierte sie, ihre Sterne seien fertig.

»Echt? So schnell?«

»War nicht so viel Arbeit.«

Seine tiefe Stimme flashte Diane auf seltsame Art. Aber das war so bei Brummbären, die mussten eine kräftig-warme Stimmlage haben, was Piepsiges wäre dann doch sehr sonderbar.

Sie kamen überein, dass Diane die Sternchen direkt ohne große Umstände einfach abholen solle. Daher zog sie sich nochmals warm an und machte sich auf den Weg zur Tischlerei.

Es begann zu dämmern und aus den aufgetürmten bauschigen Wolken, die bereits den Tag über auf das Dorf hinabgeblickt hatten, lösten sich langsam und leise glitzernde fluffige Flöckchen, die zur Erde rieselten wie Puderzucker, den man sorgsam über einen Kuchen siebte.

Dianes Herz füllte sich mit unbändiger Freude. Was hatte sie im Leben für ein Glück! Noch recht jung, besaß sie nun ein eigenes Haus in Schweden, an einem Platz, von dem andere nur träumen durften und an ihrer Seite stand eine wunderbare Freundin, die ihr das alles ermöglicht hatte.

Noch bevor sie die Tischlerei erreichte, öffnete sich das Tor und Fynn erschien. Er winkte ihr ernst zu, wie stets. Was hatte sie auch erwartet?

Nach der Begrüßung schloss er rasch die Tür hinter ihr. »Damit es angenehm warm bleibt hier drinnen«, begründete er.

Fynn ging vor in seinen Bürobereich. Dort lagen sie, ihre Holzsternchen. Schön waren sie geworden! »Danke! Sie sehen viel hübscher aus als in meiner Vorstellung. Aber ich habe gar nicht nach dem Preis gefragt.« Hoffentlich fiel sie gleich nicht in Ohnmacht.

Sie konnte kaum glauben, was Fynn ihr sagte. »Das Holz habe ich von einem Stück genommen, das eh über war. Lediglich die Arbeitszeit berücksichtige ich.«

»Bist du sicher?«, fragte Diane erstaunt.

»Ja, passt so.« Er stellte ihr zwei Döschen Farbe dazu. »Du wolltest sie doch anpinseln. Ich habe Rosé und Grün, sofern du möchtest.«

»Gern.« Diane musste diese Überraschung erst verarbeiten. Sie hatte die kleinen Sterne zu einem absoluten Spottpreis bekommen und die Farbe obendrauf.

»Wie kann ich mich revanchieren?«, fragte sie, ein bisschen unsicher geworden.

»Alles gut«, war die kurze Antwort mitsamt einem Blick aus seinen ernsten blauen Augen.

»Dann ein dickes Danke.«

Diane bezahlte den gewünschten Preis und Fynn brachte sie hinaus. Dort ergab sich noch ein nettes Gespräch. Plötzlich waren beide still und aufmerksam.

»Hast du auch etwas gehört?«, fragte Diane mit gedämpfter Stimme.

Fynn nickte nur.

Und da war es wieder, wie ein kaum vernehmbares Winseln. Die zwei sahen sich nur an und stapften zusammen in die gleiche Richtung, aus der sie die Geräusche vermuteten. Der Weg führte sie hinter die Tischlerei, dort war es dunkel. Das Winseln war immer noch leise, aber trotzdem besser zu hören.

»Ich hole eine Taschenlampe«, raunte Fynn ihr zu und drehte sich um.

»Warte!«, hielt Diane ihn auf. »Ich habe mein Smartphone hier, da ist eine Taschenlampe integriert.« Schon öffnete sie ihre dicke Winterjacke, griff in die Innentasche, holte das Gerät heraus und schaltete das Licht ein.

Da war es wieder, dieses leise Jammern.

»Leuchte bitte ein bisschen weiter links«, bat Fynn und lief bereits in die Richtung. Hektisch stolperte Diane hinterher.

Er bückte sich und hob etwas Schwarzes aus dem Schnee. »Zurück ins Haus!«, rief er und rannte vor, Diane wieder hintendrein.

Fynn legte das dunkle fellige, heftig zitternde Bündel auf den großen Tisch. »Ach herrje, du Kleines, ein Ausflug in den Schnee im Dunkeln ist doch gefährlich!« Es war nur ein leises Fiepen zu hören.

»Ich komme sofort wieder.« Fynn war schon unterwegs und rief Diane zu: »Ich hole Handtücher und eine Decke.«

Jetzt war Diane allein und sie betrachtete das kleine Wesen, während sie liebevoll über das kalte, nasse Fell streichelte. Der völlig entkräftete Welpe rührte sich nicht mehr. Er lag auf der Seite und sie erkannte, es war ein Rüde.

Schon kehrte Fynn zurück und drückte Diane eine Decke in die Hände. »Halt bitte. Ich rubbel das arme Geschöpf erst ein bisschen warm, bevor wir ihm die wärmende Decke überlegen – ah, es ist ein ER.«

»Lass mich rubbeln und du holst ihm etwas zu trinken und Wurst, die hast du doch, oder?«

»Na sicher.«

Nicht viel später waren die Lebensgeister des kleinen Gepeinigten erwacht, er futterte im Liegen gierig die kleinen Stückchen Fleisch, wohl in der Angst, nicht genug zu bekommen. Auch schlabberte er immer wieder von dem frischen Wasser, das Fynn ihm hingestellt hatte.

Und nun erlebte Diane eine große Überraschung. Sie sah Fynn das erste Mal lächeln. Ein Mensch konnte ihn nicht dazu bringen, aber ein hilfsbedürftiger Welpe schon. Sie starrte ihn an. Hinter seinem Bart lag ein verdammt attraktives Männergesicht versteckt.

Fynn bemerkte ihren Blick und fuhr sich durch das Gesicht. »Habe ich da was?«, fragte er irritiert, wieder mit dem gleichen ernsten Ausdruck wie vorher.

»Nein, nein, ich ...« In diesem Fall rettete sie der Welpe, der sich überraschend aufrappelte. »Schau, er kommt auf die Beine«, lenkte Diane erleichtert ab. »Er ist so hübsch! Schau mal, diese dicken hell- und dunkelbraunen Pfoten, während der Rest ganz schwarz ist.«

»Den Pfoten nach zu urteilen wird er recht groß. Ich werde mich umhören, ob irgendjemand einen Hund vermisst.«

Der Kleine schmuste sich bei Diane an und sie verlor ihr Herz. Sollte das eventuell der Hund sein, den sie – eigentlich geplant im Sommer – haben wollte? Somit käme die Lieferung wohl etwas eher. »Ich bin gespannt, was du herausfindest.«

»Er ist sicher nur getürmt.«

Diane wuschelte durch sein weiches Babyfell. »Kuschelig bist du, kleiner Mann.« Der Welpe drückte sich noch näher an sie, sein Schwänzchen wedelte. Gerade wollte sie hinzusetzen, sollte sich niemand finden, nehme ich ihn, da brach diese Vorstellung wie berstendes Glas in sich zusammen.

»Findet sich keiner, behalte ich ihn«, verkündete Fynn trocken. »Ich habe mir schon immer einen Hund gewünscht.« Er strich dem Welpen sanft über den Rücken, der nun seine Aufmerksamkeit auf Fynn richtete und ihn mit einem herzzerreißenden Blick aus schwarzen Knopfaugen vertrauensvoll ansah, als hätte er ihn verstanden. Wieder erschien ein Lächeln auf Fynns Gesicht – für den Hund.

»Ja dann ... für mich wird es Zeit.« Diane streichelte dem kleinen Fellbündel ein letztes Mal über die dicken plüschigen Pfoten. »Wo habe ich denn überhaupt meine Tüte mit den Sternchen hingestellt?«

»Vor dem Tor links neben dem großen Windlicht. Du hast sie dort abgestellt, als wir das leise Wimmern hörten.«

»Ah, natürlich. Das habe ich vor lauter Aufregung verdrängt.«

Fynn nahm das kleine Bündel auf den Arm und gemeinsam brachten die zwei Diane nach draußen. Diesmal fand der Abschied schnell statt, aber heute drehte sie sich um, nachdem sie schon ein Stück entfernt war.

Noch immer stand Fynn mit dem Welpen auf dem Arm in der Tür. Sie dachte gar nicht darüber nach, sondern winkte ihm. Und sie bekam einen Handgruß zurück.

Zuhause wollte sich ihre Aufregung über den Fund des Hundes gar nicht legen. Sie versuchte, Kajsa telefonisch zu erreichen, aber vergeblich.

So setzte sie sich an ihre Übersetzungsarbeit. Und prompt kam in dieser Geschichte ein Hund vor, dessen Fellfarbe allerdings nicht beschrieben wurde und der Fantasie des Lesers überlassen blieb. Deshalb bekam in ihrer Vorstellung das Findelkind unbewusst ein dunkles Fell sowie schwarze, vertrauensvoll und gleichzeitig ängstlich blickenden Babyaugen.

Nach gut anderthalb Stunden war es mit ihrer Konzentration vorbei.

Hatte Fynn wohl etwas in Erfahrung bringen können über den kleinen Kerl? Am liebsten hätte sie ihn angerufen. Aber nein! Er war fremd, er war zurückhaltend, er war ihr Handwerker.

Sollte er doch anrufen!

Diane entschloss sich, für Andy eine Mischung aus – so glaubte sie – gut zu verkaufenden Büchern auszuwählen. Liebesromane mit Wintertouch und auch vom skandinavischen Sehnsuchtssommer sowie packende Krimis.

Telefonieren wollte sie mit ihm nicht. Nachher fiel ihm noch etwas ein, der hatte mittlerweile immer neue schräge Ideen, was seinen Schweden-Aufenthalt betraf. Deshalb schickte sie ihm die Vorschläge per E-Mail.

Die Rückantwort kam prompt.

Astrein ausgesucht. Ich rufe dich gleich dazu an, bin nur gerade in einer Besprechung.

Genau das wollte sie vermeiden. Schnell schrieb sie ihm, es täte ihr leid, sie sei verabredet und ab jetzt nicht mehr erreichbar. Es sei ja auch alles geklärt.

Trotzdem klingelte zehn Minuten später ihr Handy. Das erste Mal überhaupt traute sie sich, ihren Chef zu ignorieren. Jippie, das tat gut!

Diane hatte einen Pick auf Nudeln und während die vor sich hin kochten, überlegte sie, doch bei Fynn anzurufen und nach dem Welpen zu fragen, denn sie hielt die Ungewissheit nicht mehr aus. Zweimal legte sie das bereits zur Hand genommene Telefon wieder weg, aber es siegte ihre Ungeduld und sie wählte Fynn an, der sich gewohnt brummig meldete.

»Hej Fynn, hier ist Diane. Was macht der Kleine und hast du schon etwas über ihn in Erfahrung bringen können?«

♥ 12 ♥

»Hej Diane. Ich habe rumtelefoniert. Keiner aus dem Dorf vermisst einen Hund und im Nachbarort habe ich nachfragen lassen. Nichts. Ich wette, man hat ihn ausgesetzt und seinem Schicksal überlassen. Er ist schwarz. Und schwarze Hunde haben es leider oft schwer.« Damit hatte Fynn natürlich recht. »Und sind wir ehrlich, wer einen geliebten Welpen vermisst, setzt Himmel und Hölle in Bewegung, um ihn zu finden. Da wäre ein komplettes Dorf auf den Beinen.«

»Dem ist wohl so«, stimmte Diane zu. »Ich verstehe diese Menschen nicht.«

»Ich würde solche Ärsche am liebsten am Schlafittchen packen, in die Wälder fahren und dort aussetzen«, hörte sie Fynns harten Ton. Und als Nächstes überraschte er Diane völlig. »Ich behalte ihn. Magst du ihm einen Namen geben?«

»Ich? Aber du nimmst ihn doch zu dir!«

»Wir haben ihn gemeinsam gefunden.«

Das Telefonat ließ sie kurz danach Revue passieren. Was für ein Mann! Er nahm diesen Hund zu sich und sie sollte den Namen auswählen! Sie hatte sich eine Stunde Bedenkzeit ausgebeten. »Bis dahin ist mir etwas eingefallen.«

Und unvermittelt formte sich der Name in ihrem Kopf. Johnny. Je mehr sie darüber nachdachte, umso besser passte dieser Name für sie. Den würde sie Fynn vorschlagen. Aber die erbetene Stunde wartete sie in jedem Fall ab, nahm sie sich vor.

Dazu kam es allerdings nicht, denn bereits nach vierzig Minuten klingelte es bei ihr. Fynn und Hundi standen vor der Tür.

Sogleich kniete sich Diane hin und breitete die Arme aus, da das Schnuckelchen freudig an seiner Leine zog, wenn man das so nennen konnte. Fynn hatte einen dicken Strick um seinen Hals gebunden und daran einen weiteren. Weil Diane diese Montage beäugte, meinte Fynn, sich gleich rechtfertigen zu müssen. »Ich bin nicht ausgerüstet für einen Vierbeiner. Aber er wollte zu dir, er ist sehr neugierig auf seinen Namen.«

Da stand er nun, dieser Wikinger-Verschnitt mit dem ernsten Blick, einen Welpen bei sich, und wirkte so sympathisch. »Kommt rein«, bat Diane und machte den Weg frei. Die Pfoten des Kleinen trugen Schnee mit hinein und da er sofort schnüffelnd rumwuselte, verteilte er die weiße Pracht gleichmäßig.

»Das tut mir leid«, meinte Fynn, etwas unsicher wegen dieses Malheurs.

»Macht überhaupt nichts. Er hat halt keine Schuhe, die er ausziehen kann.« Sie sah auf Fynns Schuhwerk. »Deine zieh ruhig aus, ich koche uns einen Tee. Möchtest du?«

»Gern. Gib mir einen Lappen, ich wische inzwischen das Schnee-Wasser-Gemisch auf.«

Bedauerlicherweise hatte Krister das Gebäck komplett weggefuttert und Diane hatte bisher nicht die Gelegenheit gehabt, Nachschub zu besorgen. Spontan entschied sie sich zu einem Notprogramm. Sie stellte zum Kaffee eine Käse-Wurst-Platte dazu.

Im Nachhinein empfand sie, das war viel besser als die süße Variante, denn Fynn langte ordentlich zu. Die Wurst teilten sie mit dem Welpen.

»Hast du dir einen Namen überlegt?« Fynn sah Diane mit einer gewissen Spannung an.

»Ja, ich finde, Johnny passt.«

»Johnny«, wiederholte Fynn.

»Gefällt er dir nicht?«

»Doch. Hast du dabei an Johnny Cash gedacht, der ist immer in schwarzer Kleidung aufgetreten.«

Das entlockte Diane ein Lachen. »Nein, gar nicht, aber er ist ein prächtiger Namensgeber. Nur, Fynn, der Hund gehört dir, deshalb sollte er einen Namen haben, der dir gefällt.«

»Johnny finde ich gut. Allerdings fahre ich morgen früh erst einmal in die Stadt zum Tierarzt. Er soll ihn durchchecken und schauen, ob er eventuell gechipt ist.«

»Wenn du in die Stadt fährst, Fynn, kannst du mich mitnehmen? Ich müsste dringend Lebensmittel nachkaufen. Ich bin mir ein bisschen unsicher wegen der Fahrerei bei dem Schnee. Nicht, dass ich mich gar nicht traue, aber es ist ein gutes Stück über Land und ich habe mächtig Angst, liegenzubleiben. Mir fehlt einfach die Erfahrung. Im nächsten Jahr lache ich vermutlich über meine jetzige Besorgnis.«

»Verloren zwischen Eis und Schnee«, kommentierte er. »Dann hole ich dich um zehn Uhr ab.«

Hatte er, oder täuschte sie sich, tatsächlich den Anflug eines Lächelns im Gesicht?

Die nächste Stunde spielten sie gemeinsam mit dem Welpen, auf dem Boden sitzend. Plötzlich war Fynn gar nicht mehr der unnahbare Brummbär, sondern ein ganz normaler Mann mit einem netten Lächeln, das er aber ausschließlich dem Hund schenkte.

Spielt keine Rolle, empfand Diane später, es war schön mit den beiden gewesen.

Am folgenden Morgen war Fynn pünktlich bei ihr. Diesmal mit einem geschlossenen SUV.

»Ui, du hast zwei Autos?«

»Muss ich haben. Den mit der offenen Ladefläche benötige ich für den Transport. Und der ist naturgemäß nicht immer sauber.

»Die Dinger sind schön geländegängig, was?«, meinte Diane, halb fragend, halb feststellend.

»Braucht man hier«, kommentierte er nur kurz.

Johnny hatte es sich auf dem Rücksitz bequem gemacht. Er lag lang ausgestreckt auf seiner Decke.

Diane drehte sich zu ihm. »Hej, Johnny, du hast es dahinten ja total gemütlich.«

»Wenn er groß ist, kommt er bei dem anderen nur noch hinten auf die Ladefläche«, sagte Fynn ungerührt.

Diane erschrak, erkannte aber an Fynns Gesichtsausdruck, dass er scherzte.

»Hattet ihr eine gute Nacht?«, fragte sie, nicht auf seine Bemerkung reagierend.

»Wie man es nimmt. Er wollte unbedingt mit ins Bett. Ich habe ihn ständig rausgeworfen, aber vergeblich. Irgendwann habe ich entnervt aufgegeben und schon war Ruhe. Allerdings musste er natürlich nachts raus. Ich habe ihn zwar trockengerubbelt, aber so schnell trocknet Hundefell nicht. Das Bett kann ich neu beziehen. Und heute kaufe ich ihm ein kuscheliges Körbchen. Bett geht bei aller Liebe nicht.«

Diane war zufrieden, sie hatte weise entschieden. Mit ihrem Kleinwagen die Strecke bei diesen schwierigen Wetterverhältnissen zu fahren, wäre riskant gewesen, jedenfalls für sie als Schweden-Winter-Neuling. Bisher hatte sie Glück gehabt. War sie in den Wintermonaten hier zu Besuch, wurde sie von Kajsa in ihrem Geländewagen kutschiert. Sie sollte über einen anderen Wagen nachdenken. Geländetauglich musste er sein. Stadtleben ade! Nun galt es, sich dorf- und wintertauglich auszurüsten. Allerdings war nächsten Herbst früh genug.

Diesen Gedankengang teilte sie Fynn mit.

»Sag Bescheid, wenn du einen Neuen brauchst. Ich helfe dir gerne«, bot Fynn an.

»Dankeschön, das nehme ich glatt in Anspruch.«

In der Stadt angekommen, parkte Fynn unmittelbar vor der Praxis des Tierarztes. Gegenüber befand sich ein Futtermittelgeschäft.

»Ich gehe da mal rüber und bringe in Erfahrung, was sie haben«, bemerkte Diane. »Sicherlich gibt es dort auch Leinen und Trinknäpfe und so'n Zeug.«

Fynn hatte einen anderen Vorschlag. »Lass uns doch gemeinsam zum Arzt reingehen, im Anschluss schauen wir nach dem Equipment, das Johnny brauchen würde. Unter Umständen sind wir in ein paar Minuten ernüchtert, wenn er tatsächlich einen Chip hat.«

Das war unbestritten die vernünftigere Lösung.

Sie konnten ohne Wartezeit ins Behandlungszimmer durchgehen und Diane sowie Fynn hielten den Atem an, als der Tierarzt *ihren* Johnny mit dem Lesegerät überprüfte.

Er besaß keinen Chip. Hätte man Steine von den Schultern purzeln hören können, es hätte sich bei beiden wie eine Gerölllawine angehört. Diane konnte ihr breites Grinsen gar nicht unterdrücken.

Fynn gab dem Tierarzt den Auftrag, ihn auf Herz und Nieren zu prüfen und ihm einen Chip zu setzen. »Damit gehört er mir.«

Diane beneidete ihn im Augenblick glühend.

Gemeinsam gingen sie in den Futtermittelhandel. Sie kauften Johnny ein Geschirr und ein Halsband und hatten Spaß bei der Anprobe mit dem kleinen Quirl. Er bekam eine blaue Leine, ein Kuschelbett und das beste verfügbare Futter. Fynn hatte gleich einen Zwei-Monatsvorrat an Hundefutterdosen sowie Leckerchen gekauft.

»Man weiß nie, wie das Wetter wird«, hatte er augenzwinkernd gesagt, »manchmal ist man hier wochenlang eingeschneit.«

Diane sah ihn entsetzt und mit großen Augen an.

»Das ist natürlich Blödsinn«, relativierte er wieder. Man sah ihm an, es hatte ihm Spaß gemacht, Diane ein wenig zu erschrecken.

Diane hielt Johnny an seiner neuen Leine, die im Geschirr verankert war, während Fynn den Kofferraum mit den Errungenschaften für ihn füllte. Sich am Kopf kratzend, fragte Diane: »Eigentlich bin ich mitgefahren, um einzukaufen. Wo kann denn da noch was hin?«

»Tja ...«, nun kratzte sich Fynn ebenfalls, allerdings am Bart.

Fynn und Johnny warteten im Auto und Diane schoss mit den Einkaufswagen durch den Supermarkt. Temporeich und effektiv, hieß die Devise. Sie war stolz auf sich, als sie in Rekordzeit den Markt mit einem vollen Korb verließ.

Stolz war hinterher auch Fynn auf sich – obwohl er sich cool gab – weil er all ihre Einkäufe nach einigem Hin und Herschieben, Pressen, Drehen und Wenden untergebracht hatte.

Wieder bei Diane eingetroffen, half Fynn, ihre Einkäufe ins Haus zu tragen. Johnny fand es gar nicht gut, im Wagen festzusitzen und teilte das durch kräftiges Bellen und Kratzen an der Innentür unmissverständlich mit.

»Auwei, der verkratzt mir die Innenverkleidung!« Fynn nahm ihn hektisch aus dem malträtierten Auto und machte ihn an einem Pfahl der Veranda fest.

Johnnys Unmut wiederholte sich. Er entschloss sich deshalb, das Holz anzunagen.

Die Einladung auf einen Kaffee oder Tee lehnte Fynn ab. »Sonst kippt deine Veranda, weil er den Pfahl durchgenagt hat.«

»Unsinn. Kommt beide rein.«

»Das nächste Mal wieder.«

»Und so bin ich zum Einkaufen gekommen.« Diane berichtete ihrer Freundin von dem Fund des Welpen, seiner Namensgebung und der gemeinsamen Einkaufsfahrt. »Das war nett von ihm. Jetzt habe ich alles Nötige daheim für die nächste Woche.«

»Du hättest mich genauso fragen können«, antwortete Kajsa. »Ich fahre da ja auch hin.«

»Ich weiß, doch ich habe die Gunst der Stunde genutzt und bin mit Brummbär gefahren. Stell dir vor, er kann lächeln, ich habe es mit eigenen Augen gesehen. Allerdings gilt das nur für Tiere.«

»Sag das nicht. Ich denke, der Tag wird kommen, wenn er auch uns anlächelt.«

»Na, da bin ich aber gespannt. Brummbär ist Brummbär, der kann gar nicht anders, wetten?«

»Ich wollte dir noch was sagen, Diane. Krister hat mich nach dir ausgefragt und er hat mir erzählt, ihr hättet euch getroffen. Läuft da eigentlich was zwischen euch?«

♥ 13 ♥

»Nichts läuft zwischen uns«, wehrte sich Diane entschlossen. »Er ist noch einmal gekommen und hat mir freiwillig und kostenlos die anderen elektrischen Anschlüsse kontrolliert, wegen Brandgefahr, hat er gemeint.« Hoffentlich wusste Kajsa nichts von dem kurzen Kaffeetrinken. Sie hielt diese Info lieber zurück. Wenn Krister *getroffen* gesagt hatte, konnte man dies gleichermaßen auf seinen Arbeitsbesuch bei ihr beziehen. Und tatsächlich, so schien es zu sein.

»Aha, Krister, wie er im Buche steht. Er hat demnach bei dir einen Fuß in der Tür«, ätzte Kajsa.

»Warum sagst du das so schnodderig?«

»Weil er jede Frau anbaggert, die neu ist. Allerdings muss sie hübsch sein. Und fraglos bist du das.«

»Er war einfach nur nett.«

»Bestätige mir, er hat dich *nicht* ins Kino eingeladen.«

Diane stutzte. »Doch.«

Sie hörte Kajsa Luft einziehen. »Das macht er

gern bei jeder frisch ins Dorf gekommenen jungen Frau, ob sie zukünftig hier wohnt oder Verwandte besucht oder als Touri im Winter im wahrsten Sinne des Wortes hereinschneit.«

Das war natürlich recht ernüchternd. Auf der anderen Seite: Irgendwann wollte doch jeder Mann sesshaft werden, wenn er sich seine Hörner schon gut abgestoßen hatte.

Sie musste es sich wirklich länger durch den Kopf gehen lassen, ob sie das Kino-Date mit Krister wahrnehmen wolle und so schob sie das Thema von sich und Kajsa weg. »Ich habe mich bedeckt gehalten. Ich habe schließlich zu arbeiten, nicht nur mein Brotjob ist zu erledigen, auch die Lesezeichen wollen gefertigt werden und meine allerersten Winter-Weihnachtswochen stehen bevor. Da liegt jetzt mein voller Fokus drauf. Vorher passiert gar nichts. Ich komme nicht nach Schweden, um mich gleich in ein Abenteuer der romantischen Art zu stürzen. Ich will mein Haus erst einmal genießen.«

Diese Aussage beruhigte Kajsa immens, denn so zogen mindestens vier weitere Wochen ins Land. Das passte. Bis dahin war viel Schnee vom schwedischen Himmel gerieselt und Diane hatte Krister wohl hoffentlich durchschaut.

Krister war ohne Frage ein äußerst sympathischer Mensch, überhaupt nicht böse, sehr hilfsbereit, allerdings schnell zu entflammen – und genauso flott war er wieder auf dem Boden der Tatsachen. Vermutlich brauchte er einfach nur ein paar Jahre länger als andere Männer, bis er reif für eine feste Beziehung war oder begriff, dass man sich zuerst beschnuppern sollte, ohne gleich in die Vollen zu starten. Ihre Großmutter hatte sie vor diesen Männern gewarnt. *Sie müssen noch ein paar Jährchen auf die Weide. Und manche von ihnen lernen es nie. Sie bringen eigentlich nur Liebesleid über andere, weil sie selbst von Blümchen zu Blümchen flattern, immer auf der Suche. Und meist sind sie ihr ganzes Leben auf der Pirsch, alles Neue scheint besser als das, was man hat. Deshalb, mein Mädchen, halt dich von dieser Sorte Männer fern, sie sind niemals treu.*

In einer ruhigen Stunde würde sie das Diane ein weiteres Mal verklickern. Am Telefon schien ihr das äußerst ungünstig.

Die Freundinnen trafen sich am folgenden Morgen zum Frühstück und zu ihrer Freude wurden die ersten Online-Einkäufe geliefert. Beide stürzten sich neugierig auf die Pakete.

»Die Sachen sind mega. Schau, diese hübschen Satinbänder.« Diane hielt sie hoch. Beide Mädels waren im Eifer des Gefechtes und stellten gemeinsam das allererste Lesezeichen her, verziert mit Perlen und natürlich Fynns Holzanhängern.

»Ui, die sind ja schon farbig. Schön, das Rosa und das pastellige Grün«, staunte Kajsa.

»Ich habe eine halbe Nachtschicht eingelegt. Gestern Abend hat mich die Arbeitswut gepackt und ich habe die Ersten angepinselt. Fynn hat mir sanfte Farben ausgesucht, da besitzt er den richtigen Riecher. Als ob er gewusst hat, was ich mir vorstelle.« Diane hielt freudig einen kleinen filigranen Holzstern hoch.

»Ich habe es dir immer gesagt, er ist halt ein zartes Seelchen.«

Diane kommentierte das mit einem Augenrollen.

»Ist er wirklich«, beharrte Kajsa.

Diane ignorierte ihre Aussage. »Ich habe nur diese zweihundert angestrichen. Die anderen bleiben natur, weil sie schöne Holzmaserungen haben.«

»Hätte ich genauso gemacht«, antwortete Kajsa. Auf das Thema Fynn ging sie nicht mehr ein, ihre Freundin war einfach nicht bereit dafür.

Diane hängte ein Holzsternchen an und knotete das Satinband. »Fertig!«, rief sie enthusiastisch und hielt es in die Höhe.

»Sieht schön aus«, lobte Kajsa. Und daraufhin kamen beide in einen Wahn. Bis zum frühen Nachmittag fertigten sie gemeinsam individuelle Lesezeichen, hatten jede Menge Spaß dabei – und draußen tanzten die weißen Flocken vor dem Fenster, als wollten sie die Mädels anfeuern.

Kaum war Kajsa gegangen, meldete sich Krister telefonisch. Boah, Glück gehabt, dachte Diane, dass Kajsa das nicht mitbekommen hat.

»Ich habe mir gedacht, vielleicht möchtest du auf einen Kaffee vorbeikommen. Ich habe frische Zimtschnecken.«

Das Angebot war total verlockend, trotzdem störte sie etwas. Sie hatten sich tschüss gesagt bis zu dem Versammlungs-Abend in der Dorfkneipe und sie hatte deutlich gemacht, dass sie bis dahin arbeiten müsse. Hatte er das vergessen?

»Krister, ich habe dir doch erzählt, ich habe Abgabetermine. Die sind fix.«

»Ach, zwei kleine Stündchen Entspannung zwischendurch braucht jeder Mensch.«

»Es gibt Zeiten für Arbeit und Zeiten fürs Faulenzen. Meine sind explizit definiert.«

»Ach, komm schon ... kannst du nicht den Duft der Zimtschnecken durchs Telefon riechen?«

Eine Millisekunde überlegte sie nachzugeben, jedoch siegten ihr Verantwortungsbewusstsein und ihre Einstellung. »Tut mir leid, wir sehen uns in der Dorfkneipe. Eher geht nicht.«

Krister versuchte noch mehrfach mit lieben Worten, sie zu überreden, aber da biss er auf Granit.

Diane hatte entschieden.

Sie atmete tief durch, als er endlich aufgelegt hatte. Er war nett und sah sexy aus, gar keine Frage, nur konnte sie es einfach absolut nicht leiden, wenn jemand ihre Argumente so stoisch beiseitedrängte. Das hatte etwas mit Respekt zu tun.

Am liebsten hätte sie bei Fynn nachgehört, was Johnny machte. Er hätte sich ja auch melden können, schließlich wusste er, wie sehr sie diesen kleinen Kerl liebgewonnen hatte.

Sie räumte die fertigen Lesezeichen an die Seite, packte das übrige Bastelmaterial zusammen und fuhr ihren Laptop hoch. Fünf Minuten Nachrichten lesen, um informiert zu sein und danach nix wie an die Übersetzung, die ihr Spaß machte, denn das Buch war spannend geschrieben und sie selbst mit auf der Jagd nach dem Mörder.

Ich kann auch später anrufen, das läuft mir nicht weg, entschied sie und begab sich an ihren Computer.

Eine Stunde intensive Arbeit lag hinter ihr, als das Knirschen des Schnees die Ankunft eines Autos verriet. Sie stand auf – und sah Krister zielstrebig auf ihre Haustür zustapfen.

Ohne Zweifel, er sah toll aus. Man hätte ihn locker als Model in einen Katalog für Winterbekleidung stopfen können. Trotzdem ärgerte sie sich. Was war an ihrer Absage für den Nachmittag eigentlich so verdammt schwer zu verstehen?

Strahlend stand er ihr gegenüber, sein Lächeln ließ wirklich das Herz schmelzen. Er reichte ihr eine Tüte. »Für dich. Lass es dir schmecken.« Schon drehte er sich rum und steuerte wieder auf sein Auto zu.

Überrascht von dieser merkwürdigen Aktion stammelte sie ein »Danke, war aber nicht nötig«, sah ihm kurz hinterher und schloss die Tür, ohne ihm zu winken.

Etwas hilflos starrte sie auf die Tüte in ihrer Hand. Es war ja von der Sache her nett, dass sie jetzt eine Zimtschnecke zum Kaffee hatte, aber Krister hatte leider gegen ihre Regeln verstoßen. Nein heißt Nein.

Und aus der Arbeit hatte er sie auch rausgerissen.

Was sie nicht mitbekommen hatte: Genau in dem Moment, als Krister vor ihrer Haustür stand, kam Fynn mit Johnny um die Ecke. Fynn drehte sofort ab, als er Krister sah.

Kaum zurück im Haus, rief Andy an und ging mit Diane die Liste der Bücher durch. Danach kam natürlich unweigerlich die Sprache auf seine Anwesenheit während der Adventswochen. »Soll ich mich am Verkauf beteiligen beziehungsweise Standdienst leisten?«

Am liebsten hätte Diane *Um Gottes willen, nein!* ins Telefon gebrüllt. Sie freute sich auf diesen beiden Wochen, auf die Gespräche mit fremden Menschen in ihrem Haus. Mittendrin fand das Luciafest statt, ihr erstes live in Schweden. Und dann säße dort zu jeder Tageszeit ihr Chef? Keinesfalls!

»Nein, Andy, das ist gegen die Regularien«, sagte sie mit Bestimmtheit, obwohl sie das nicht so genau wusste. »Verkaufen darf immer nur der Hausbesitzer. Es soll im Prinzip einen persönlichen Rahmen haben. Deshalb heißt es Winterdorf und ist einmalig auf der Welt.«

»Du meinst, ich soll mich als Gast jeden Tag in einem anderen Haus aufhalten?«

»So ähnlich. Du, es gibt jede Menge drumherum zu erkunden. Du kannst auch in eine der größeren Städte reisen und dort zwei oder drei Tage bleiben. Das würde ich dir sogar raten.«

»Du willst mich loswerden«, mutmaßte Andy und traf damit hundertprozentig Dianes Gemütslage.

»Ich gebe es zu. Aber Tatsache ist, du kannst nicht den ganzen Tag bei mir rumsitzen.«

»Du meinst, ich muss mich um mein Entertainment selbst kümmern.«

»Das wäre gut.«

Später versuchte sie es bei Fynn. Sie wollte unbedingt wissen, wie es Johnny ging. Aber leider meldete er sich nicht.

Nach einer Weile startete sie einen erneuten Versuch. Dieses Mal hörte sie Fynns tiefe, angenehme Stimme.

♥ 14 ♥

Leider würgte er Diane direkt ab. »Du, ich habe Besuch, ich kann momentan nicht telefonieren.«

»Oh, natürlich. Wir hören uns später«, konnte Diane gerade eben sagen, da hatte er bereits aufgelegt. Das nennt man kurz ab, dachte sie.

Sie wartete vergeblich, weder an diesem Abend noch am nächsten Tag rief er zurück. Das machte sie einerseits traurig, andererseits sauer. Schließlich hatten sie Johnny gemeinsam gefunden. Er war doch nicht so nett, wie es kurzzeitig schien. Blöder Brummbär, blöder!

Der Versammlungsabend war gekommen. Kajsa holte Diane ab und sie liefen den Weg zur Dorfkneipe zu Fuß.

Die Dorfbewohner hatten bereits aufgerüstet. Überall aus den Fenstern schien Licht in Form von Sternen, Engeln, Herzen, Kerzenpyramiden, ob nun die elektrische Variante einen warmen Schein verbreitete oder flackernde Kerzen. Jede Tanne, jeder Baum in den Vorgärten war mit Lichterketten beleuchtet und diese ließen den Schnee glitzern genauso wie die vielen, mit Lichtnetzen überzogenen Büsche. Verschiedene LED-Figuren wie Rentiere, Weihnachtsmänner, Trolle, mehr noch, ganze Weihnachtsszenerien gab es zu bestaunen. Über die Straßen hinweg hatten die Männer des Dorfes eine bildschöne Weihnachtsbeleuchtung gespannt, wie man sie in den Einkaufsstraßen der Städte fand, trotzdem wirkte alles heimelig.

Diane konnte sich gar nicht sattsehen. »Das ist alles märchenhaft. Ich liebe die Adventszeit.«

»Ich auch«, stimmte Kajsa von Herzen zu.

In der Kneipe herrschte reges Treiben. Einige Dorfbewohner standen leger an der Theke, die nächsten unterhielten sich in kleinen Gruppen an Tischen. Siw begrüßte beide Mädels herzlich und fragte nach, ob sie in ihrer Eigenschaft als Vorsitzende der Adventswochen Diane den anderen Bewohnern, die sie bisher nicht kannten, vorstellen dürfe, sobald die Versammlung begann. Oder ob sie das selbst machen wolle.

»Bitte tu du es für mich«, lächelte Diane sie an.

»Komm, wir setzen uns an den Tisch da hinten, von da aus können wir das Geschehen wundervoll beobachten«, schlug Kajsa vor.

Die Tür öffnete sich wieder und Krister kam herein. Er ließ seinen Blick suchend durch die Kneipe schweifen und stoppte natürlich bei Diane.

»Ich glaube«, raunte Kajsa ihrer Freundin zu, »den wirst du heute Abend nicht los. Der kommt nämlich zielstrebig auf unseren Tisch zu.«

Schon stand er vor den Mädels. »Hej, wie schön, euch zu sehen.« Prompt ließ er sich auf den Stuhl neben Diane fallen.

In diesem Moment betrat Fynn die Kneipe. Er sah

die drei dort sitzen, grüßte mit seiner gewohnten Nüchternheit – und wandte sich den Männern an der Theke zu.

Mit Erstaunen stellte Diane fest, dass sie es bedauerte.

Währenddessen redete Krister munter drauf los und wiederum konnte man sich seinem Charme nicht entziehen, bis der Beginn der Veranstaltung seinen Redefluss beendete.

Siw begrüßte alle Anwesenden und stellte als Erstes den Neuzugang im Dorf vor. Diane musste aufstehen und es wurden die ersten neugierigen Fragen, was sie denn zu den Adventswochen beitragen würde, gestellt.

Es gab einige Irritation, als sie von dem Verkauf der Bücher sprach, aber die Stimmung wendete sich zum Positiven, als die Dorfbewohner erfuhren, dass sie diese Bücher selbst übersetzt hatte und Lesezeichen in Handarbeit fertigen wolle.

Diane berichtete, dass Kajsa Schuld an ihrem Beruf hatte und die Liebe zu Schweden bereits mit dem Schüleraustausch begann, wechselte dann aber noch einmal zum Thema Bücher. »Hierzu möchte ich allerdings eins ganz klar sagen. Nur skandinavische Übersetzungen sind nicht günstig. Ich werde in jedem Fall auch deutsche und englische Bücher anbieten, da wir das Publikum dafür haben, sonst sind sicherlich viele Gäste enttäuscht.«

Siw mischte sich mit einem Vorschlag ein. »Diane könnte noch etwas herstellen – Eierlikör.« Sie wendete sich mit Rundumblick an die Anwesenden. »Ich habe bei Diane einen ganz leckeren, selbstgemachten Eierlikör getrunken. Das finde ich, wäre eine sehr nette Verkaufsidee.«

Diane wurde rot und winkte ab. »Ein Rezept meiner Großmutter.«

»Ja, den Eierlikör solltest du herstellen. Ich habe die kleine Flasche, die du mir mitgebracht hast, schon geleert.« Krister hatte mit dieser Äußerung allen verraten, dass sie sich näher kannten. Einige grinsten wissend in sich hinein und schlagartig wurde Diane bewusst, dass Kajsa nicht übertrieben hatte, was Krister betraf.

Oh Mensch! Das war Diane höllisch peinlich. Sie suchte den Blickkontakt zu Fynn. Leider konnte sie ihm ohne Zweifel ansehen, was er dachte: Die Nächste, die Krister rumgekriegt hat.

Siw nahm das Heft wieder in die Hand. »Würdest du denn Eierlikör für unsere Gäste herstellen, dann passt das für uns auch mit den Büchern. Um die rechtliche Seite wegen des Alkohols brauchst du dir keine Gedanken machen, unser Dorf hat seit vielen Jahren für die Adventswochen eine Ausschanklizenz.«

In diesem Fall konnte sie schlecht Nein sagen. »Das würde ich tun, allerdings müsste ich jede Menge Makronen zusätzlich backen. Es bleibt sehr viel Eiweiß übrig, dass ich nicht vernichten möchte.«

Für diese Einstellung bekam sie lobende Anerkennung von Siw. »Dann notiere ich. Unsere Neue verkauft Bücher, eigens hergestellte Lesezeichen, Eierlikör und Makronen.«

Oje, jetzt hatte sie noch mehr Arbeit am Hals! Nur eins musste unbedingt geklärt werden, ehe zum nächsten Punkt übergegangen werden konnte. Fix gab Diane eine Erklärung ab.

»Ich möchte mich auf diesem Weg für die Hilfe

bedanken, die ich bei meinem Umzug kürzlich erhalten habe. Danke an Krister, der mir, vermittelt von meiner Freundin Kajsa, das Lichtermeer an Haus und Tanne installiert hat. Er hat danach ganz selbstlos auch die Elektrik im Haus überprüft und wollte nichts dafür nehmen. Deshalb habe ich ihm als Mini-Ausgleich den Eierlikör gebracht. Ich bedanke mich auch bei Olof für seine Hilfe bei meinem verstopften Waschbecken. Und ein großes Dankeschön geht gleichzeitig an Fynn. Er fertigt für mich Regale und hat mir, obwohl er voll ausgelastet ist, Holzsternchen hergestellt, die an besagte Lesezeichen kommen. Nimmt man es genau, ist dies eine innerdörfliche Kooperation. Ich kann beim Verkauf der Lesezeichen gleich auf Fynns Schreinerei verweisen. Danke nochmals, Fynn. Ich weiß, wie viel Arbeit du augenblicklich hast.«

Das kam gut an und Diane war innerlich mehr als zufrieden, den Besuch von Krister relativiert zu haben.

Siw wandte sich einem weiteren Punkt der Agenda zu. »Gibt es jemand, der seinen angekündigten Verkauf aus bestimmten Gründen nicht aufrechterhalten kann?«

Stille.

»Okay, zum Nächsten. Als Lucia wurde dieses Jahr Victoria ausgewählt, sie wird die Prozession anführen. An diesem Tag werden wir besonders viele Touristen in unserem Dorf haben, die sich den Lichterumzug ansehen. Denkt daran, dass wir jede Menge Kanelbullar und Lussekatter vorrätig haben. Ihr besorgt die Gebäckstücke für eure Häuser wieder von *unserem* Bäcker – kommt mir nicht auf die Idee, die aus dem Supermarkt mitzubringen, wie

einige Nasen von euch im letzten Jahr. Wer das tut, den enteigne ich persönlich. Ist das klar?« Siws strenger Blick ließ alle einträchtig nicken.
Zimtschnecken gab es das ganze Jahr über, aber Lussekatter, kleine Hefe-Safran-Teilchen, wurden nur im Advent und speziell um das Luciafest herum gebacken. Allein der Gedanke daran ließ Diane das Wasser im Mund zusammenlaufen.

Im letzten Dezember hatte ihr Kajsa vierundzwanzig tiefgefrorene Lussekatter nach Deutschland geschickt. Die hatte sich Diane entsprechend dem Adventskalender eingeteilt, um den längstmöglichen Genuss zu haben. Dafür hatte sie sich nachmittags eine kleine Kaffee-Auszeit genommen und jedes Einzelne frisch aufgebacken genossen.

Siw brachte soeben ein anderes Thema zur Sprache. »Wir alle hatten intensiv nachgedacht, einen kleinen Lebensmittelmarkt bei uns im Dorf zu initiieren. Ich wäre bereit, mein Erdgeschoss zur Verfügung zu stellen. Ihr wisst, das Haus ist mir aufgrund der Praxisaufgabe zu groß und meine Gesundheit spielt auch nicht mehr so mit, ich möchte aber nicht wegziehen und mir reicht der verbleibende Platz im Obergeschoss. Außerdem wäre tagsüber Leben im Haus. Einigen nötigen Umbauten würde ich zustimmen.«

Ein Raunen ging durch den Raum, Siw sprach unbeirrt weiter. »Die Vorteile liegen nachvollziehbar auf der Hand. Unser Dorfleben würde ein bisschen aufgefrischt, es gäbe mehr Kommunikation. Gerade in der Winterzeit ist das Fahren in die nächste Stadt zum Supermarkt mühsam und an manchen Tagen gar nicht möglich. Ich stehe in Kontakt mit einem

Unternehmen, das bereit wäre, uns entsprechend zu beliefern. Jetzt kommen allerdings Punkte, die zu beachten sind. Das Sortiment ist natürlich nicht so groß wie im Supermarkt in der Stadt. Ihr müsstet aber zusichern, dass ihr die Dinge, die es hier zu kaufen gibt, auch hier einkauft. Der Laden geht nicht in Konkurrenz zum Bäcker, er darf keine frischen Backwaren anbieten. Ich kann stundenweise im Laden aushelfen, werde ihn jedoch in meinem Alter nicht leiten. Da muss ein anderer ran. Gäbe es unter uns jemanden, der einen Dorfladen gerne verantwortlich führen möchte?«

Niemand meldete sich. Kopfschüttelnd schaute Siw in die Runde. »Keine Antwort ist auch eine. Das Vorhaben schwelt inzwischen seit zwei Jahren bei uns. Ich schlage vor, wir alle tragen uns weitere sechs Monate mit dem Gedanken an eine Lösung. Meldet euch beim Dorfrat, wenn ihr eine Idee habt oder sich doch noch einer dafür entscheiden kann. Sollte bis Juni keiner bereit sein, ist dieses Projekt endgültig gestorben.«

Wieder setzte Gemurmel ein, man hörte einzelne Anwesende das Für und Wider diskutieren, aber Siw ging gnadenlos mit dem nächsten Punkt der Agenda weiter.

Diane flüsterte Kajsa zu: »Was meint Siw mit Praxisaufgabe?«

Kajsa raunte: »Siw war die Ärztin hier am Ort. Im Prinzip unser aller Hausärztin. Und sie hat Teilzeit in der Klinik in der Nachbarstadt gearbeitet. Leider gibt es keinen Nachfolger und wir müssen in die Stadt zur ärztlichen Versorgung fahren. Ist etwas Schlimmes, kann man sie aber immer anrufen.«

Zum Schluss des Versammlungsabends gelang

Diane noch eine Überraschung. Sie gab jedem Anwesenden einen Aquavit aus, ihre Einführung in das Dorfleben sozusagen. Das kam gut an und von vielen wurde sie mit Fragen bestürmt.

Da sah sie aus dem Augenwinkel, dass Fynn die Dorfkneipe verließ. Sie entschuldigte sich bei ihrem Gesprächspartner und lief ihm flink hinterher.

»Warte, Fynn!«

Er drehte sich zu ihr um. Sein Gesicht zeigte wieder einmal keine Regung.

»Was ist?«

»Ich denke viel an Johnny. Was macht er?«

♥ 15 ♥

»Ihm geht es gut.« Fynn wandte sich wieder zum Gehen.

Das gab es doch nicht! Er beendete locker das Gespräch. Na warte! »Ihr könnt gerne bei mir vorbeikommen. Ich würde mich freuen.« Das sagte Diane fast flehentlich.

»Hatten wir geplant. Aber als wir bei dir eintrafen, war Krister da. Da haben wir beschlossen, wir gehen nach Hause.«

Diane blieb der Mund offenstehen. Krister kam unerwartet und unerwünscht vorbei und just in diesem Augenblick wollte Fynn zu ihr! Wie nannte man das? Verkettung unglücklicher Umstände? Hatte er tatsächlich gerade gesagt, *wir* haben beschlossen ... als wenn der Welpe etwas beschließen könnte. Pah! Hatte sich das etwa eine Spur beleidigt angehört?

»Krister ist von mir beauftragt worden, genau wie du. Ich verstehe nicht, warum du nicht zu mir kommen kannst, wenn er da ist.« Sie sah ihn an, als konfrontiere sie ihn mit etwas völlig Unverständlichem.

Er hielt ihrem Blick stand. »Weil Krister ..., ach, egal. Du kannst Johnny ja besuchen kommen.«

Aha. Johnny besuchen. Diane ballte eine Faust in der Tasche. Am liebsten hätte sie ihn angebrüllt: *Leck mich, du arrogantes Stück,* aber prompt hatte sie das liebe Gesichtchen des Welpen vor sich und sie schluckte ihren Ärger hinunter.

»Das kann ich tun«, antwortete sie, ohne einen Termin zu nennen.

Da nickte Fynn nur und stapfte los.

War diese Geste nun das Einverständnis, dass sie bei ihm aufschlug oder eher ein Abschiedsgruß?

Boah, wenn sie es nicht besser wüsste, würde sie denken, er sei eifersüchtig.

Kajsa kam auf sie zu. »Ich habe dir deinen Mantel mitgebracht. Du stürmst einfach hinaus ...«

»Ich wollte Fynn noch erwischen.«

»Hui, romantische Gefühle?«, ärgerte Kajsa.

»Spinnst du?«, brauste Diane auf, weil sie eine blöde Äußerung augenblicklich gar nicht brauchen konnte. »Ich wollte nur wissen, wie es Johnny geht. Er hat gemeint, ich solle kommen und ihn mir ansehen.«

»Toll! Nimmst du mich mit? Ich möchte gerne das Hundebaby streicheln.« Kajsas Blick war so sehnsüchtig, dass Diane zustimmte und ihren Groll vergaß, auch wenn sie wenig begeistert war. »Dann lass uns morgen gegen Mittag zu ihm gehen. Da er die Tischlerei geöffnet hat, muss er da sein. Oder noch besser, du rufst ihn an, Kajsa, damit er Bescheid weiß.«

Kajsa stimmte gern zu. »Das erledige ich.«

Dianes nächster Satz enthielt eine kleine Beschwerde-Nuance. »Was ist das denn für ein Projekt mit dem Mini-Supermarkt im Dorf? Davon hast du mir nichts erzählt!«

»Da gibt es nicht wirklich was zu erzählen. Alle würden gerne ein Lebensmittel-Geschäft haben, aber keiner will es führen. Entweder sie haben einen festen Job außerhalb oder sie arbeiten freiberuflich, wie wir zwei. Andere wiederum sind im Rentenalter und wollen verständlicherweise nicht mehr den ganzen Tag im Laden stehen und sich zusätzlich um Warenlieferungen kümmern. Deshalb kommt der Plan auf jede Agenda. Wir treffen uns dreimal jährlich. Und bisher ist das Ergebnis zu diesem Thema gleich. Es gibt keinen Freiwilligen.«

»Schade eigentlich.«

Ihr Gespräch beendete Krister, der von hinten unbemerkt herankam und beide Mädels um die Schulter nahm. »Ich stelle fest, ich werde mich zu den Adventstagen bei euch aufhalten. Smörgåstårta und Eierlikör. Phänomenal!«

»Krister«, Kajsa schüttelte den Kopf, »du bleibst schön in deinem Häuschen und verkaufst deine bunten Lichterketten.«

»Aber abends nach Feierabend«, warf er ein, »können wir uns doch sehen.«

»Wie soll das gehen? Ich muss abends neue Brottorten für den nächsten Tag vorbereiten und Diane wird sicherlich weiteren Eierlikör herstellen müssen. Dementsprechend fallen wir danach einfach todmüde ins Bett.«

»Och, seid keine Fröschinnen! Es reicht ein halbes Stündchen zum Abspannen.«

»Krister!« Kajsa wurde energisch. »Hast du nicht gehört, was ich gerade gesagt habe?«

»Doch, aber ...«

»Nee, kein aber.« Kajsa befreite sich aus seiner Schulterumklammerung und hakte sich flugs bei Diane unter. »Komm, es wird Zeit für uns.« Und sie zog ihre Freundin mit sich fort.

Außer Hörweite von Krister begann Diane zu kichern. »Den hast du ganz glatt abgebügelt.«

»Der spinnt total!«, ereiferte sich Kajsa. »Der hat das komplette Jahr Lichterketten im stillen Kämmerlein gefertigt und deshalb einen Riesenvorrat. Der kann sich abends auf die faule Haut legen. Wir aber nicht.«

»Mittlerweile finde ich Krister lustig. Der lebt sein Leben irgendwie wie ein Bienchen, huscht von Blümchen zu Blümchen und möchte, dass ihn alle lieb haben.«

Kajsa blieb stehen und grinste breit. »Das trifft es haargenau. Ich lache mich scheckig. Und ausgerechnet du sagst das.«

»Ich bin ja nicht blöd, ich merke genau, wie er tickt. Trotzdem mag ich ihn gerne.«

»Darfst du ja. Nur bitte nicht glauben, er sei der Mann des Lebens«, warnte Kajsa mit erhobenem Zeigefinger. »Du, ich habe heute eine Smörgåstårta gemacht, als Probe für die Adventswochen.«

»Ehrlich? Toll! Mit was hast du sie gefüllt?«

»Mit Krabbencreme und Lachs. Und die spachteln wir morgen gemeinsam.«

»Yeah!«

»Weißt du was?« Kajsa sah Diane unternehmungslustig an.

»Nö. Aber du wirst es mir gleich sagen.«

»Wir nehmen die Brottorte mit zu Fynn. Der braucht mal was Leckeres zwischen die Zähne. Er arbeitet so viel, kümmert sich jetzt um einen Welpen, der hat es sich verdient. Einverstanden?«

»Sicher.« Was sollte sie auch sonst sagen? Sie konnte jedenfalls nicht bestimmen, wer mit ihnen aß, wenn ihre Freundin das Essen stiftete. Das musste Kajsa allein entscheiden. Was so ein Welpe doch für eine Anziehungskraft hatte …

Warum nur musste sie jetzt noch einmal an Krister denken? Er war auf erschreckende Art völlig unbekümmert, haute alles raus, was ihm gerade in den Kopf kam. Mann, am liebsten hätte sie ihm vorhin eine Serviette in die Klappe gestopft. Selbst der letzte Dödel im Dorf hatte nun kapiert, dass sie ihn besucht hatte. Wie sehr sie das im Nachhinein noch ärgerte!

Als hätte Kajsa ihre Gedanken erraten, meinte sie schmunzelnd: »Du hast Kristers Outing, dass du bei ihm warst, echt cool pariert.«

»Ich habe gedacht«, gab Diane zu, »ich brech zusammen. Die Leute müssen doch denken, die Neue ist gerade ein paar Tage hier, schon schmeißt sie sich an einen Dorfbewohner ran.«

Kajsa lachte los. »Nö, es ist eher umgekehrt. Sie wissen alle, dass er sehr charming ist und man leicht auf ihn reinfallen kann.«

»Danke, dass du mir Trost spenden möchtest. Aber sag, Siw hatte eine eigene Praxis im Haus und sie will ihr Erdgeschoss für einen Laden abgeben. Ist das Haus denn so groß?«

»Das Größte bei uns im Ort, am Ortsausgang, von hier aus gesehen. Es ist hellgelb gestrichen und hat jede Menge Land drumherum.«

»Ah ... dann kenne ich es.«

»Ich glaube, es war seinerzeit das erste Haus

überhaupt. Sie haben es vor vielen Jahren gebaut, mit Liebe instandgehalten und den Garten gehegt und gepflegt. Siw hat den absolut grünen Daumen. Von den Früchten ihrer zahlreichen Obstbäume kocht sie Marmelade und Fruchtaufstriche, die sie in den Adventswochen verkauft. Ihre Spezialität sind Produkte aus Preiselbeeren. Was besonders ist und heute kaum noch verbreitet: Sie weckt Früchte ein.«

»Das kenne ich von meinen Großeltern. Da standen im Keller immer die Einmachgläser. Und im Winter gab es zum Nachtisch Kirschen, Birnen oder Pflaumen. Heutzutage kaufe ich mir Eingewecktes im Supermarkt.«

»Ich auch. Aber du solltest Siw mindestens zweimal jährlich besuchen, wenn sie Früchte einkocht oder Marmeladen macht. Der Duft zieht in Schwaden durch das Dorf und jeder weiß, Siw stellt Köstlichkeiten her. Einige gehen dann gerne in ihre Richtung spazieren, weil sie meist etwas abstauben.«

»Sie hat mir bei ihrem Antrittsbesuch ein Glas Preiselbeermarmelade mitgebracht. Ich habe allerdings noch nicht probiert.«

»Musst du tun, davon wirst du süchtig. Lecker sind die Marmeladen, nicht nur auf dem Brot oder Brötchen, sondern genauso mit Quark oder in Torten verarbeitet.« Kajsa wechselte das Thema. »Im Oktober habe ich in unserer Zeitung schon einen Artikel über unser Dorf mit vielen Bildern veröffentlicht. Das war natürlich gute Werbung und hatte große Resonanz. Während der Adventswochen werde ich zwischendurch auch von Haus zu Haus gehen, fotografieren und interviewen. Ich schaue, wie ich es schaffe. Ebba, meine Nachbarin, übernimmt während meiner Abwesenheit, ihr Mann kann im eigenen Haus die Stellung halten. Ebba verkauft selbstgezogene Duftkerzen. Da musst du unbedingt hin!«

»Ich bin total gespannt auf diese beiden Wochen und auf das Luciafest sowieso. Eine Frage habe ich aber noch. Siw wirkt doch fit, sie hat aber gesundheitliche Beeinträchtigungen angesprochen. Welche Krankheit beutelt sie denn?«

♥ 16 ♥

»Siw hat Diabetes und dadurch einige Nebenerscheinungen«, informierte Kajsa ihre Freundin. Müdigkeit und Abgeschlagenheit, auch sind ihre Augen nicht mehr so gut. Sie liebt ihren Garten und pflegt ihn weiterhin. Übrigens mit Hilfe von Fynn, der Brummbär geht ihr dabei zur Hand. Erstaunlicherweise haben die beiden sich sofort, nachdem Fynn ins Dorf gezogen ist, angefreundet. Und mit ihr habe ich ihn lachen sehen. Er ist also ein liebenswerter Brummbär.«

»Echt? Ich dachte, das geht nur bei Tieren. Johnny lächelt er nämlich an.«

Sie hatten das Haus von Kajsa erreicht. Diane wollte nicht mehr mit reinkommen, sondern machte sich schnellen Schrittes auf den Heimweg. Die Straßenlaternen schickten ihren warmen Schimmer auf Bürgersteig und Straße und ließen den Schnee glitzern. Hier und da hörte sie ein Lachen oder lautere Stimmen, die Versammlung löste sich demnach auf.

Diane hatte ihr Haus erreicht. Die große Tanne in der Einfahrt leuchtete strahlend – und erst die Weihnachtsbeleuchtung rund um das Haus! Außerdem hatte sie einige Lichter innen angelassen. Alles wirkte einladend und freundlich und ihr Herz hüpfte vor Freude. Das gehörte ihr. Wahnsinn!

Ja, hier war sie richtig – und hatte zusätzlich noch ihre Freundin in der Nähe. Was für ein großes Glück!

Am folgenden Morgen fuhr Kajsa gutgelaunt in die Einfahrt. Diane spurtete zur Tür. »Komm rein!«, rief sie ihr zu.

»Nein, komm du raus. Wir fahren direkt los. Ich habe vorhin mit Fynn telefoniert. Er bekommt um zwei Uhr Kundschaft, da sind wir lieber zeitig da.«

Diane holte einige der Hundeleckerlis aus dem Schrank, die sie in der Stadt gekauft hatte, stopfte sie in ihre Jackentasche, verließ das Haus und ließ sich auf den Beifahrersitz plumpsen. »Na, gut geschlafen?«, fragte sie ihre Freundin mit einem Seitenblick.

»Tief und fest. Ich habe mir allerdings gestern vor dem Zubettgehen einen Glögg gegönnt. Der hat sicherlich dazu beigetragen.«

Diane lachte auf. »Ist ja lustig. Ich auch.«

»Wir sind schon ziemlich seelenverwandt«, antwortete Kajsa sichtlich erfreut.

Fynns Tischlerei war erreicht und voller Stolz trug Kajsa ihre herzhafte Torte zum Tor, das sich genau in diesem Moment öffnete.

»Hej, kommt rein«, begrüßte Fynn die beiden Mädels.

Auf seiner Decke neben dem großen Tisch lag Johnny. Diane ging in die Hocke, der Welpe stob schwanzwedelnd auf sie zu, warf sie um und schleckte voller Begeisterung über ihr Gesicht.

»Uääääh ... Johnny!«, wehrte sich Diane lachend. Fynn nahm den Welpen hoch und Diane rappelte sich wieder auf. »Hu, was für eine Begrüßung! Toll, endlich ist mal jemand von mir leidenschaftlich hingerissen.« Sie wischte sich über die abgeschlabberte Stelle an ihrer Wange.

»Gut, dass er mich verschont hat«, machte sich Kajsa lustig. »Sonst hätten wir jetzt keine Smörgåstårta mehr.« Schnell stellte sie ihre Brottorte auf dem Tisch ab. »Uff, gerettet.« Danach kuschelte sie begeistert mit dem jungen Hund.

Fynn hatte bereits Kaffee gekocht und gemeinsam probierten sie nun Kajsas gut gekühltes und appetitlich verziertes Kunstwerk.

»Hervorragend«, lobte Fynn. »Du kannst öfter kommen.«

»Ich liebe Lachs«, tat Diane kund. »Unheimlich lecker, Kajsa. Da werden sich die Besucher drum reißen.«

Johnny hatte sich auf die Füße von Diane gelegt und wärmte sie angenehm. Sie genoss das Gefühl der Zuneigung, das er ihr entgegenbrachte, sehr.

Das entging Fynn natürlich nicht. »Er mag dich.«

»Ich ihn ja auch.« Diane beugte sich hinunter und streichelte dem Welpen liebevoll über das Köpfchen.

»Bei der Gelegenheit habe ich eine Frage an dich.« Fynn sah Diane in die Augen.

»Schieß los.«

»Ich muss morgen zu verschiedenen Terminen in

die Stadt. Da kann ich ihn nicht mitnehmen. Würdest du auf ihn aufpassen?«

Diane überlegte gar nicht erst. »Natürlich. Bringst du ihn?«

»Mir wäre es lieb, du kämst hierher. Er bleibt besser in der gewohnten Umgebung, augenblicklich ist er nämlich sehr entdeckungsfreudig, wenn er nicht schläft. Das heißt, er knabbert alles an.«

»Tja«, meinte Diane verwundert, »wenn du mir vertraust und mich in deinem Haus alleine lassen möchtest.«

»Sonst hätte ich dich nicht gefragt.«

Fynn schüttete heißen Kaffee nach und nahm gerne ein weiteres Stück von Kajsas Brottorte, das sie besonders dick abschnitt. Diane konnte ebenfalls nicht widerstehen, entschied sich auch für ein zweites Stückchen, allerdings ein schmales.

»Was meinst du zu der Idee mit dem Dorf-Supermarkt?«, fragte Kajsa, an Fynn gewandt.

»Ich fände es großartig, das würde das dörfliche Leben ordentlich in Schwung bringen – nur ist halt keiner da, der diese Aufgabe übernehmen möchte.«

»So ganz stimmt das nicht. Elsa hätte Interesse, sie kann es nur nicht alleine, sie ist auch schon über sechzig«, wusste Kajsa. »Aber warten wir ab, Siw hat schließlich nochmals eindringlich appelliert. Und sie würde ebenfalls helfen.«

Die Zeit verging im Flug und sie befanden sich auf dem Rückweg. Diane hielt den kleinen Deko-Elch in den Händen, den Fynn ihr geschenkt hatte. Schlicht, aber total hübsch. Der würde gut auf den Kaminsims passen. Natürlich hatte auch Kajsa ein Exemplar bekommen.

»Schade«, meinte sie mit einem Seitenblick auf Kajsa, »dass du ihm den Rest der Brottorte dagelassen hast.«

»Er ist immer hilfsbereit und liebt diese Torte mit Lachs.«

»Joah, ich aber genauso. Und er kann jetzt jeden einzelnen Krümel genießen, du hättest wenigstens ein Stückchen für mich retten können«, beschwerte sich Diane, eine Schnute ziehend.

Kajsa lachte los und fuhr dabei bereits in die Einfahrt ihrer Freundin. »Voilà, Madame! Ihr Chalet ist erreicht. Rufen Sie Ihre Dienerschaft, damit Sie hereingetragen werden.«

»Das Gesinde hat heute frei, aber du könntest mich tragen«, gluckste Diane. »Kommst du noch mit rein?«

»Klaro.« Kajsa hob aber erst vorsichtig eine Tüte aus dem Kofferraum, die sie fast triumphierend in Dianes Haus trug.

Kurz darauf ertönte Dianes Jubelschrei. Kajsa hatte eine kleine Brottorte mit reichlich Lachs extra für sie gemacht!

Zur vereinbarten Zeit am folgenden Tag erschien Diane in Fynns Tischlerei und wurde von Johnny begeistert begrüßt, indem er ihr gleich ein paar Tröpfchen auf die Füße pinkelte. Na super!

Fynn stand schon fertig zur Abfahrt, fragte sie jedoch noch, ob er ihr etwas mitbringen solle.

»Danke, nein. Ich muss ohnehin selbst los. Ich stelle Eierlikör und Makronen her, da gibt es noch einiges einzukaufen.«

»Fällt dir etwas ein, was du dringend benötigst, melde dich ruhig. Komm mal mit.« Er ging mit ihr an die Tür im hinteren Teil der Tischlerei und öffnete sie. Eine Treppe führte ins Obergeschoss. »Ich schließe das Tor vorne ab, du kannst nach oben in die Wohnung gehen. Dort hat Johnny auch ein Körbchen stehen.«

»Aber ich kann doch nicht einfach ...«

Er schnitt ihr gleich das Wort ab. »Natürlich kannst du. Ich kenne dein Haus, warum sollst du meine Wohnung nicht ebenfalls sehen? Ein Kaffeeautomat steht da, feel free, dich zu bedienen. Am Kühlschrank genauso, sofern dich Hunger packt. Leckerchen für Johnny sind in der oberen Schublade links neben dem Herd. Ich hoffe, ich bin um sechs wieder hier.«

Ups, dachte Diane, so lange? Warum hatte sie ihren Laptop nicht mitgebracht?

Aber die nächsten Stunden wäre sie sowieso zu nichts gekommen. Johnny hatte sich entschieden, nicht zu schlafen, da er es unglaublich spannend fand, die Zeit mit Diane zu verbringen. Er hechtete im Schweinsgalopp durch die Tischlerei und stieß als erstes eine Holzfigur um. Diane blieb das Herz stehen. Sie hob die Figur auf. Puh, nichts passiert, keine Absplitterung!

Sie suchte mit den Augen noch den Boden ab, ob sich nicht doch etwas fände, als sie ein nagendes Geräusch hörte. Johnny saß wie ein Hamster am Tischbein und knabberte es an.

»Johnny, nein!« Sie sprang hinzu und der junge Hund empfand das als Aufforderung zu einer sportlichen Runde. Er sauste los und drehte sich in einiger Entfernung zu ihm um. Hintern nach oben und Pfoten nach vorne ausgestreckt, forderte er sie zum

Spiel auf.

Erwartungsfroh blieb er liegen, der Schwanz wedelte hin und her. Leider war er in einer Ecke angelangt, wo viel Sägemehl lag, das er hin und her bewegte. Seine dunkle Rute hatte schon die helle Holzfarbe angenommen.

»Johnny, das ist nicht lustig.«

Diane wollte ihn gerade greifen, als er wieder entkam. Mit Schmackes stieß er gegen einen tiefen Tisch vor der Couchgarnitur, die für Besprechungen im hinteren Teil der Tischlerei stand. Die Tasse auf dem Tisch wackelte bedenklich, aber fing sich Gott sei Dank.

Okay, andere Strategie, dachte Diane und pustete sich eine Haarsträhne aus dem Gesicht. Ruhe bewahren! Sie setzte sich auf die Couch und ließ ihn laufen. Johnny wurde ruhiger, langsam streifte er nun durch die Tischlerei, schnüffelte links, schnüffelte rechts. Aus heiterem Himmel jedoch legte er die Pfoten auf den vorderen Tisch und griff sich einen der dort stehenden Deko-Holzelche.

Ach du Schreck! Diane hechtete hinzu.

Er hatte das Dekostück im Maul und pirschte damit los, Richtung Couchecke. Er nahm Fahrt auf und schwupp, war er auf der Couch, mit seinem Schwanz fegte er die sich nun nicht mehr retten könnende Tasse vom Tisch, die den perfiden Angriff diesmal nicht überlebte.

Diane sammelte schwer gefrustet die verstreuten Scherben auf, was gar nicht so einfach war, denn Johnny fand das ausnehmend interessant und wuselte ihr dazwischen rum. Sie drängte ihn weg, vergeblich, seine kleine Schnauze war einfach überall.

»Mensch, Johnny, weg hier! Das sind messerscharfe Scherben, du kannst dich verletzen!« Sie wusste natürlich, dass der Hund kein Wort davon verstand, aber was sollte sie sonst tun?

Hektisch sah sie sich um, entdeckte zu ihrer Erleichterung einen Papierkorb und entsorgte dort die Tassenteile. Aber auch Johnny hatte den Korb erspäht, legte eine Pfote auf den Rand, der kippte und der Inhalt, ihre Scherben, Papier und kleine Holzstücke, ergossen sich über den Boden. Megaspiel, fand Johnny und griff sich ein zerknülltes Papier, das er als erlegte Beute stolz durch die Tischlerei trug.

Mittlerweile schweißgebadet, sammelte Diane hektisch alles auf. Das erregte Johnnys Aufmerksamkeit und zack, war er wieder bei ihr, wuselnd. Sie bekam die kleine Hundeschnauze gar nicht weggedrängt.

Ich gehe nach oben, entschied sie. Da ist es kleiner, vielleicht kommt er dort zur Ruhe. Sie hatte gerade die erste Treppe genommen, da war er schon oben. Mit vier Pfoten war man eben deutlich schneller als mit zwei Beinen.

Sie öffnete die Wohnungstür und war schwer überrascht.

♥ 17 ♥

Diane kam zwar in eine kleine, dafür aber auffallend helle Wohnung. Alles war in Weiß- und Blautönen gehalten. Skandinavisch hell und klar, aber trotzdem gemütlich. Das hätte sie von ihm eigentlich nicht erwartet. Sie hatte sich eher vorgestellt, er habe ein Sammelsurium von alten Möbeln bei sich stehen. Übrig gebliebene Dinge, die oft an den Straßenrändern auf ihre Entsorgung warteten und wo man grübelnd davorstand, ob davon etwas brauchbar sei.

Johnny schoss zu seinem Trinknapf. Er verschlabberte das Wasser gleich kräftig drumherum. Mit Küchentüchern beseitigte sie das Malheur. In der Zwischenzeit war Johnny abenteuerlustig durch die offene Badezimmertür geschwänzelt und rollte begeistert das Toilettenpapier ab. Nur die Hälfte der Rolle konnte Diane retten, denn der junge Hund wollte das Papier nicht hergeben und fix lagen tausend Papierfetzen im Badezimmer verteilt. Jedes einzelne Fitzelchen wurde von Johnny heiß umkämpft.

Diane verspürte Hitze, als die Panne beseitigt war. Sie warf einen Blick in den Kühlschrank und entdeckte kleine Flaschen Cola. Davon durfte sie sich nehmen, hatte Fynn gesagt. Gläser standen in einem offenen Regal. Der erste kalte Schluck tat unendlich gut.

Johnny schien eine Pause einzuplanen. Er legte sich platt auf den Boden. Diane wanderte zur dunkelblauen Couchgarnitur hinüber. Sie hatte sich gerade gesetzt, als Johnny auf sie zugestürmt kam und auf die Couch sprang. Diane konnte durch diesen Überraschungsangriff nicht verhindern, dass die Cola in hohem Bogen aus dem Glas schoss. Ein Teil ergoss sich auf dem Holzboden, der andere Teil jedoch versickerte in dem ehemals weißen Couchkissen. »Nein!«, schrie Diane entsetzt auf, schnappte sich das Kissen und rannte ins Bad. Mit zittrigen Fingern zog sie die Hülle vom Inlett und ließ Wasser und Seife über den Stoff laufen. Musste es gerade das weiße Kissen sein? Warum war die Cola nicht auf das Dunkelblaue gelaufen?

Die Erleichterung ließ wahre Schneelawinen von ihren Schultern rollen, als sie bemerkte, dass die Colaflecken verschwunden waren. Aber die Kissenhülle war nun klitschenass. Da hatte sie Fynn was zu beichten. Mist. Mist. Mist!

Es war kurz nach fünf. Um halb sechs sollte Hundi futtern und danach rausgehen, um zu pinkeln. Diane zog dieses Timing vor, öffnete eine Dose, packte beherzt das Futter in seinen Napf, stellte es ihm hin und hoffte auf einige Minuten Verschnaufpause. Fehlanzeige.

»Du bist ja ein fleißiger Staubsauger!«, sagte sie verblüfft, denn in Sekundenschnelle war alles verputzt. Sozusagen einmal mit der Zunge durch – und leer. Sie zog sich an, schnappte seine Leine und wanderte mit ihm raus in die Dunkelheit. Nachdem alles erledigt war, lief sie ins Haus zurück. Aber die wenigen Minuten eiskalte Luft hatten ihr gutgetan. Es war, als hätte diese den hektischen Nachmittag weggereinigt.

Kaum wieder in der Wohnung, legte sich Johnny in sein Körbchen und war ruckzuck eingeschlafen.

Sie blieb auf der Couch sitzen und sah ihm zu. Wie herzig er doch war! Ein Welpe eben, der seine Welt voller Neugier und Tatendrang erkundet hatte.

Sie hörte ein Auto vorfahren und sah aus dem Fenster hinunter auf den Hof. Fynn kam zurück. Johnny schlief. Er wachte auch nicht auf, als sein neues Herrchen hereinkam, so fertig war er.

Fynn stellte eine Einkaufstasche auf die Küchenablage. »Ich sehe, ihr hattet einen ruhigen Nachmittag?«

»Wie man es nimmt.« Diane gestand ihm das Missgeschick mit der Tasse und dem Couchkissen.

Fynn winkte ab. »Macht nichts. Es ist nur ein Kissen und trocknet wieder. Und Tassen kann man kaufen.«

Diane stand auf. »Ich mache mich auf den Heimweg.«

»Magst du zum Essen hierbleiben? Ich habe ofenfrisches Brot eingekauft, ein bisschen Käse und Glögg gibt es auch.«

Als er Dianes Zögern bemerkte, setzte er mit einem amüsanten Unterton hinzu: »Ich bringe dich nach Hause, wenn es ein Glögg mehr wird. Bleib einfach zum Essen, ich würde mich freuen. Und Johnny sowieso.«

Das hatte Diane nicht erwartet. »Ja dann ... gerne.«

Keine zehn Minuten später saßen sie an seinem Esstisch. Johnny war wieder wach, voller Tatendrang und zog schnüffelnd durch die Wohnung. Fynn stand das eine oder andere Mal auf, um ihm etwas aus dem Maul zu nehmen. Das tat er mit einer bewundernswerten Ruhe. Diane wäre genervt gewesen.

Fynn berichtete von seinen Terminen und auch von den Hoteliers, die er kannte. »Sie sind zu den Adventswochen komplett ausgebucht. Es wird, wie erwartet, viel los sein.«

»Ich bin total gespannt. Mein Chef kommt und bringt die Bücher, die ich ausgewählt habe, ich will den Eierlikör herstellen und Makronen von dem übriggebliebenen Eiweiß backen.«

»Mmh, Makronen! Ich mag überhaupt gerne süß. Ich liebe Kuchen.«

Diane sah ihn an. Dieser Typ, der so verwegen wirkte, mit seinem Dutt, dem Vollbart, seiner ... sie überlegte ... Kriegerfigur ..., aß mit Vorliebe Kuchen! »Ich bringe dir ein paar Makronen.«

»Echt? Danke.«

»Waren denn deine Termine in der Stadt erfolgreich?«, traute sich Diane zu fragen, was sicherlich mit an der fast geleerten Tasse Glögg lag.

»In der Tat. Ich werde für eine Schule Schreinerarbeiten übernehmen und mich außerdem weiterhin als eine Art Ranger um den Wald hier drumherum kümmern. Zum Beispiel schauen, ob alles okay ist, verletzte Tiere Hilfe benötigen oder was sonst so anfällt.«

»Ui, das ist aber eine schöne Aufgabe.«

»Ich genieße die Zeit in der Natur sehr.«

»Nur jetzt im Winter ist da doch durch den Schnee kein Durchkommen, oder?«

»Kein Problem. Ich nehme meinen Motorschlitten.«

»Nein!«, rief Diane überrascht. »Du hast einen Motorschlitten? Wie cool ist das denn? Ich habe im Fernsehen vor einiger Zeit eine Reportage gesehen über eine organisierte Snowmobilfahrt in Schweden. Die ging allerdings über mehrere Tage, mit Übernachtung in kleinen einsamen Hütten im Wald. Das Highlight waren die Polarlichter.«

»Das habe ich auch schon mitgemacht. Bei Fahrten über mehrere Tage sollte man jedoch ein bisschen trainiert sein, das ist körperlich anstrengend. Aber man lernt eine Menge, zum Beispiel, wie man sich aus dem Tiefschnee befreit, wenn man mit seinem Schlitten da drinnen versumpft ist. Und mich hat natürlich die Technik interessiert. Man muss ja wissen, wie man sich helfen kann, bleibt man liegen.«

»Da wäre ich verloren. Technik und ich sind zwei Welten.«

»Du musst dich nur damit beschäftigen.«

»Das genau ist das Problem. Es interessiert mich null.«

»Wo wir gerade darüber sprechen, mein Motorschlitten steht unten im Schuppen. Möchtest du ihn sehen?«

♥ 18 ♥

»Zu gern!« Diane konnte ihre Aufregung gar nicht verstecken. Einen Motorschlitten in natura zu sehen war für sie ein Kracher.

»Dann komm«, forderte Fynn sie auf. »Zieh aber die Jacke über, nicht, dass du dich erkältest.«

Johnny folgte ihnen in den Schuppen, den er natürlich gleich schnuppernd erkundete. Fynn ließ ihn einfach gewähren. Sie selbst hätte schon wieder Angst, dass er irgendetwas ins Mäulchen nehmen und kauen könnte.

Diane blies die Luft aus und ein kleines weißes Atemwölkchen erschien, genauso wie bei ihren nächsten Worten. »Der ist aber beeindruckend!« So groß und mächtig hatte sie sich das Teil gar nicht vorgestellt. Und er glänzte in einem tollen Königsblau. »Die Farbe passt wunderbar in den schwedischen Winter«, lächelte Diane und strich ohne Überlegung sanft und vorsichtig über den leuchtenden Lack.

Diese Geste nahm Fynn, von Diane unbemerkt, zur Kenntnis.

Eine Stunde und ein weiterer Glögg später löste Fynn sein Versprechen ein und brachte Diane sicher nach Hause. Johnny tippelte mit. Seine braunen Pfötchen tapsten fotogen durch den Schnee, seine Schnauze steckte immer wieder tief in der weißen Pracht, als gäbe es dort besondere Leckereien zu finden.

»Schöne Spuren, die er hinterlässt.« Diane betrachtete den Schnee.

»Er ist mein Weihnachtsgeschenk«, sagte Fynn ungewöhnlich leise und mit viel Gefühl in der Stimme.

Hörte sie da einen Anflug von Wehmut? »Du schenkst ihn dir selber, was? Wenn erst einmal die Family zusammen ist und die Geschenke verteilt werden ...« In diesem Augenblick wurde ihr bewusst, ihre Familie lebte weit weg und dieses Jahr würde sie nicht nach Deutschland fahren.

Als entschieden war, dass sie im November nach Schweden umsiedeln und Weihnachten nicht bei ihren Eltern feiern würde, hatten die sich entschlossen, die Weihnachtstage und Jahreswende in Österreich zu verbringen. Ein lang gehegter Wunsch.

»Schnee garantiert, Ski fahren, Apres Ski genießen und Mama muss nicht kochen«, hatte ihr Vater diese Buchung begründet.

»Du brauchst dich doch nicht rechtfertigen, Papa«, hatte Diane ihm geantwortet. »Ich freue mich für euch. Es wird sicherlich eine wunderschöne Zeit.«

Schlagartig wurde ihr deutlich, wie anders dieses Weihnachtsfest werden würde.

Nur Kajsa und sie.

Ihr Haus war fast erreicht. Aber was war das?

Soeben bog ein Transporter mit deutschem Kennzeichen in ihre Einfahrt.

»Oh, du bekommst Besuch?« Das war halb Frage, halb Feststellung.

»Nicht, dass ich wüsste. Mein Chef hat sich zwar angesagt, aber erst in drei Tagen.«

Sie betraten Dianes Grundstück, als sich die Tür des Transporters öffnete und – Diane konnte es kaum fassen – Andy heraussprang. Er winkte den beiden gut gelaunt zu.

»Tz. Mein Chef. Mitsamt den Büchern. Ich fasse es nicht.« Diane war perplex und ärgerte sich gleichzeitig, weil Andy seine frühzeitige Ankunft nicht mal angekündigt hatte.

»Ich gehe jetzt besser zurück«, schlug Fynn vor.

»Oh nein, nein!« Diane krallte sich in seinen Jackenärmel. »Bitte bleib!«

Andy schoss auf die beiden zu. »Hallo zusammen! Bin ein bisschen eher.«

»Warum bitteschön hast du nicht angerufen?« Diane machte gar keinen Hehl aus ihrer unangenehmen Überraschung.

»Die Bücher waren da, der Wagen wartete startbereit, ich habe gepackt und mich ins Abenteuer gestürzt.«

»Schön für dich, wenn *du* ein Abenteuer wagst. Aber ich weiß nicht, ob du bei Kajsa das Zimmer schon beziehen kannst. Du bist schließlich ganze drei Nächte zu früh.«

»Zur Not bleibe ich eben bei dir.«

»Ich habe kein Gästezimmer frei.«

Andy überlegte nur kurz. »Aber du hast eine Couch.«

»Andy! Was habe ich gesagt? Nein!«

Fynn sah von einem zum anderen. Verstanden hatte er natürlich nichts, denn die Unterhaltung war naturgemäß in Deutsch geführt worden. Aber Diane zögerte nicht, ihm ehrlich zu berichten, was vorgefallen war.

Überraschenderweise bot Fynn an, Andy bei sich aufzunehmen, wenn es bei Kajsa etwas dauerte, das Zimmer herzurichten.

Andy schaute von einem zum anderen. Diane übersetzte wieder und stellte dabei die beiden gegenseitig vor.

Aber es half ja nichts, sie bat die beiden Männer samt Johnny herein. Hauptsache, Fynn blieb. Jetzt mit Andy allein? Bitte nicht. Er war ihr mit seiner guten Laune einfach zu anstrengend.

Diane entgleisten die Gesichtszüge. Jetzt machten es sich die beiden Männer auch noch am Esstisch bequem! So hatte sie sich ihren Abend nicht vorgestellt! Musste sie die zwei jetzt entertainen?

Sie halfen sich aber schon selbst, sie sprachen Englisch miteinander.

Johnny schnüffelte umher, Diane griff zum Telefon und rief Kajsa an. Bitte, geh dran, versuchte sie, ihre Freundin inbrünstig telepathisch zu erreichen, leider vergeblich. Sie seufzte auf.

Während ihre Konzentration auf dem erfolglosen Anruf lag, hatte sich Johnny in den Hauswirtschaftsraum geschlichen und kam mit einem BH im Maul stolz zurück. Diane glaubte, ihren Augen nicht zu trauen. Oh, die aufgehängte Wäsche! Sie rief den Hund heran, aber der empfand das als lustiges Spiel. Er hopste freudig von rechts nach links, den baumelnden BH im Maul. Und leider raste er damit in den Wohnbereich. Diane schoss hinterher, zu spät, beide Männer grinsten breit. Wie eine Trophäe legte Johnny das Stück cremefarbene Spitzenunterwäsche vor Fynns Füße. Ehe er jedoch zugreifen konnte, hatte sich Diane den BH bereits geschnappt und war Richtung Haushaltsraum verschwunden. Dort blieb sie hinter der Tür stehen und schloss für einen kleinen Moment ergeben die Augen. Nahm das Chaos heute denn gar kein Ende?

Sie hatte sich auf einen ruhigen Abend gefreut, stattdessen saßen zwei Männer hier. Einer davon war überhaupt nicht ansatzweise eingeplant und außerdem ärgerte sie sich maßlos über die Eigenmächtigkeit von Andy. Was war los mit ihm? Normalerweise war er doch der absolut akkurate Termintyp. Alles wurde penibel nach Plan gemacht. Er hatte sie noch nicht einmal von seiner Abreise aus Deutschland in Kenntnis gesetzt! Unfassbar!

Diane nahm einen tiefen Atemzug, als könne sie damit Ruhe in ihren Körper bringen, und ging zurück in den Wohnbereich. Half ja nix. »Ich kann Kajsa nicht erwischen. Tut mir leid, Andy.«

»Macht nichts, ich würde solange bei Fynn ...«

In diesem Augenblick klingelte das Telefon. Ihre Freundin. Welche Erleichterung! »Warte, Kajsa, einen Moment.«

Diane lief zum Kühlschrank, holte eine Flasche Aquavit heraus, nahm zwei Schnapsgläser aus dem Regal und stellte alles vor die beiden Männer. »Bedient euch. Bin gleich zurück.«

Sie sauste in den Hausarbeitsraum und sprudelte los, der Frust über die Ankunft ihres Chefs saß obenauf.

Nach ihrem Bericht hörte sie ihre Freundin die

Luft auspusten. »Dumm gelaufen, ich werde erst später daheim sein und das Zimmer ist noch nicht bezugsfertig.«

»Habe ich mir glatt gedacht. Aber Fynn ist hier und würde ihm für diese Nacht ein Obdach gewähren.«

»Supi! Nimm in meinem Namen dankend an. Du, ich habe es eilig. Ich melde mich morgen bei dir. Tschüss denn und grüß Fynn und deinen Chef unbekannterweise.« Klick.

Diane ließ das Telefon sinken. Herzlichen Glückwunsch, Kajsa, auf diese Art verlagert man Probleme. Und ich darf Fynn jetzt die frohe Botschaft überbringen, dass er einen Übernachtungsgast hat. Scheißtag. Der Glögg hatte sie müde gemacht. Sie hatte so Sehnsucht nach ihrem Bett! Stattdessen saßen immer noch zwei Männer an ihrem Esstisch.

Zu ihrer Überraschung hörte sie Gelächter aus dem Wohnraum und den hellen Klang von Gläsern. Na toll, den Zweien schmeckte der Aquavit. Sie wollte die Männer nur noch loswerden. Ich möchte einfach alleine sein, empfand sie dringlich. Sie straffte ihre Schultern und mit freundlichem Gesicht gesellte sie sich zu den beiden. »Kajsa ist heute leider nicht auf Gäste eingerichtet. Tut mir leid, Andy.«

Fynn sah sie fragend an. Sie erläuterte ihm den Sachverhalt auf Schwedisch.

Zehn Minuten später war Fynn mitsamt seinem unverhofften Gast verschwunden. Das Problem Andy war damit auf den nächsten Tag verschoben. Für heute nicht mehr wichtig. Hauptsache, weg! Ruhe.

Endlich allein! Diane gähnte herzhaft, ohne sich

die Hand vor den Mund zu halten, sie brauchte keine Etikette zu wahren. Ein heißer Tee sollte es nun zum Abspannen sein, den würde sie mit ans Bett nehmen, sich einkuscheln und lesen, bis ihr die Augen zufielen.

Sie stand in Unterwäsche im Bad, die Tasse mit dem dampfenden Anis-Tee auf der Ablage und schminkte sich ab, als sie ein Auto kommen hörte. Nö, bitte zur Stunde keinen Besuch mehr!

Aber möglicherweise war es ja Kajsa, die ein paar Hintergrundinfos zu Andys frühem Erscheinen haben wollte. Auf eine Runde Talk mit ihr hatte sie so gerade noch Lust. Das war wenigstens nicht anstrengend, sondern schön. Sie würde ihr von ihrem hektischen Tag erzählen, einschließlich BH-Gate, und wenn sie beide gemeinsam lachten, war erfahrungsgemäß alles nicht mehr so arg schlimm.

Mit ein bisschen Vorfreude tippelte sie auf Zehenspitzen zu dem Fenster an der Stirnseite, das ihr den Ausblick über das Vordach nach draußen auf die Einfahrt bot. Hier konnte man von unten aus nur jemanden erkennen, wenn man gezielt hochschaute, denn das Licht hatte sie bereits vorhin gelöscht.

Ach du dicker Elch, es war nicht Kajsa!

♥ 19 ♥

Erschrocken trat Diane einen Schritt vom Fenster zurück.

Krister! Geschäftig hantierte er noch auf dem Beifahrersitz. Wenn sie momentan jemanden nicht sehen wollte, war er es! Sie wusste, ließ sie ihn hinein, würde er so schnell nicht wieder gehen. Nee, von Männern hatte sie heute die Nase gestrichen voll – und Johnny reihte sich da ein. Der war kein bisschen besser.

Ruhe war das, wonach sie sich im Augenblick sehnte – und die nahm sie sich. Jetzt. Ihr Haus war wie ihre Burg. Sie war von ihr schützend umgeben. Ein wunderbares Gefühl.

Sie lief ins Bad zurück, zog sich ihr Schlafshirt über, ignorierte das mehrfache Läuten, wartete, bis sie die unverkennbaren Geräusche eines sich entfernenden Wagens wahrnahm, schaute vorsichtig nach, ob Krister wirklich entschwunden war und legte sich zufrieden ins Bett. Er sah natürlich den deutschen Transporter vor dem Haus, aber sie konnte genauso gut bei Kajsa sein.

Und warum suchte sie eigentlich eine Entschuldigung dafür, dass sie nicht öffnete? Jeder machte, was er wollte, Andy, Krister, beide völlig schmerzbefreit, und *sie* sollte sich Entschuldigungen einfallen lassen, weil sie nicht handelte, wie man es von ihr erwartete, da sie immer nett war? Es hat sich ausgenettet!

Nun klingelte ihr Handy. Wieder Krister. Der gab wohl nicht auf. Dreimal versuchte er es, dann hörte sie es Piepsen. Eine Nachricht. Mannomann! Er sollte kapieren: Ich – bin – nicht – verfügbar!

Am folgenden Morgen wachte sie erfrischt auf und amüsierte sich. Da hatte sie doch gestern einen schrecklichen Männerüberschuss gehabt. Und Johnny obendrauf. Im Nachhinein fand sie das Verhalten des Welpen lustig. Er konnte ja gar nicht anders, als seine Welt zu erkunden.

Fynn war zwar später als angekündigt zurückgekommen, hatte ihr aber ein leckeres Abendbrot geboten und unglaublich, es war schön gewesen bei und mit diesem Brummbär.

Lediglich Andy könnte sie noch immer verwursten. Kam der Blödmann einige Tage zu früh! Unvermeidlich hatte sie nun ihren Chef im Nacken. So hatte sie das nicht geplant. Mit dem Umzug nach Schweden hatte sie geglaubt, ihr Boss, der zugegeben sonst ganz umgänglich war, sei weit weg. Ab und zu einen Stopp in Hamburg, ansonsten lieferte sie online und Besprechungen würden genauso funktionieren, stattdessen war ihr Chef derart begeistert, dass er hier auftauchte. Tz …

Andy hatte sich einfach aufgedrängt, und das mit einer männlichen Selbstverständlichkeit, die sie mal wieder den Kopf schütteln ließ. Bei genauerer Betrachtung der Sachlage wurde ihr natürlich bewusst, dass er sich immer dafür interessiert hatte, wenn sie nach Schweden fuhr und ja, irgendwann hatte er ihr gesagt, die skandinavischen Länder im Allgemeinen seien eh seine Länderfavoriten. Das hatte sie vergessen und bekam dafür die Quittung. Er war mehr als begeistert.

Bis nach zehn Uhr hörte sie nichts. Weder von Kajsa, noch von der Männer-WG. Ihren Kaffee genoss sie ausgiebig, am Fenster sitzend und in die Natur schauend. Der Himmel war blau, die Sonne schickte ein paar kalte Winterstrahlen auf die schneebedeckte Landschaft, die, wie es schien, dafür dankbar glitzerte. Es war verlockend, raus in den Schnee zu laufen, Spuren zu hinterlassen, den Pulverschnee von den Handschuhen zu blasen, damit er wieder leicht und locker auf die Erde rieseln konnte. Was für ein Paradies! Ich glaube, ich muss mich kneifen, dachte sie happy.

Ein wenig später griff das normale Leben nach ihr und ihr fiel ein, dass Krister eine Nachricht geschickt hatte.

Ihr Smartphone lag noch schlafend im Gaubenzimmer, daher lief sie nach oben, um die Message zu lesen.

Es war anders als gedacht. Krister war unterwegs gewesen und hatte aus dem Restaurant, wo er zu Abend gegessen hatte, eine Portion Köttbullar für sie mitgebracht, weil er wusste, sie mochte dieses Gericht gern. Und die parkte laut Kristers Angaben vor ihrer Haustür.

Also sauste sie die Stufen wieder hinunter und riss die Tür auf. Tatsächlich! Hier wartete eine Plastiktüte. Diane schnappte sie und trug sie in die Küche. Tja, die Fleischbällchen waren naturgemäß steifgefroren.

Kajsa meldete sich telefonisch. »Hast du Zeit für einen Kaffee?«

»Ich hatte bereits zwei, einen Kakao würde ich allerdings trinken.«

»Dann komm her. Du kannst gleich begutachten, ob das Zimmer für deinen Chef in Ordnung ist.«

»Spinnst du?«, regte sich Diane bereits wieder leicht auf, das war aber eher an Andy gerichtet als an ihre Freundin. »Der hat sich einfach eingeladen und hat mit dem zufrieden zu sein, was ihm geboten wird.«

»Was bist du denn so aggro drauf?«, fragte Kajsa irritiert.

»Ich komme zu dir. Dabei kühle ich unterwegs ein bisschen ab.«

Ein paar Minuten später zog Diane ihre Schuhe bei Kajsa im Flur aus und legte sogleich los. »Weißt du, ich finde es ziemlich frech, einfach loszufahren nach dem Motto, meine Mitarbeiterin bringt mich schon irgendwie unter. Ohne einen Anruf, einen winzigen Piepser! Der hängt sonst bei jeder Kleinigkeit am Rohr. Ganz zu schweigen davon, dass er denkt, ich freue mich. Er – ist – mein – Boss! Der hat de facto den Schuss nicht gehört! Den will ich nur zu Arbeitszeiten sehen, ansonsten bitte nicht.«

Kajsa gibbelte. »Du kannst dich so herrlich aufregen. Ist völlig egal, wenn er hier ist, ist er eben hier. Denk mal an das Zauberwort *lagom*.«

»Du hast gut reden, der hängt mir an der Pelle! Ich

will den aber nicht dahaben. Ich muss arbeiten, den Eierlikör herstellen und die Makronen backen, immerhin geht es nächste Woche los.«

»Wenn der sich jetzt mit Fynn angefreundet hat, kann er ja tagsüber dort sein«, meinte Kajsa pragmatisch.

Bei dieser Aussicht fand Diane ihre Lockerheit wieder. »Du meinst, ich soll ihn dorthin zur Ganztagsbetreuung geben.«

»Joah, wäre keine schlechte Idee. Hast du denn heute Morgen schon etwas von den Herren gehört?«

»Nö. Keinen Mucks. Wetten, die haben sich gestern die Kante gegeben und liegen noch im Delirium.«

Vollauf daneben lag Diane mit ihrer Vermutung nicht. Der trinkfeste Fynn hatte Andy zum Aufwärmen Glögg angeboten. Dazu musste er Andy nicht überreden, der gönnte sich gleich zwei große Tassen, zum Durchwärmen, wie er das rechtfertigte. Dazu servierte Fynn ihm Elchwurst, Käse und schwedischen Aquavit mit vierzig Umdrehungen. Der traf Andys Geschmack. So verschwanden einige in seinem Magen unter dem Vorwand, nach Käse und Wurst brauche er dies.

Die beiden Männer verstanden sich prächtig und erst gegen Mitternacht, nachdem die Flasche Aquavit fast geleert war, wankte Andy in sein Bett, während Fynn einen letzten Gang mit Johnny machte.

Fynn war morgens – wie immer – zeitig wach, versorgte Johnny, spielte mit ihm im Schnee und gönnte sich danach den ersten starken Kaffee.

Andy hingegen lag wie tot im Bett. Gegen sechs war er wach geworden, begriff, dass erhebliche

Kopfschmerzen ihn quälten, drehte sich stöhnend zur Seite und schlief wieder ein.

Es war bereits nach zehn, als er die Augen abermals schwerfällig öffnete und ihm bewusst wurde, er war in Schweden und lag im Gästezimmer eines wildfremden Mannes, mit dem er ordentlich gebechert hatte.

Langsam rappelte er sich auf, zog die Jeans über, das T-Shirt hatte er die Nacht über anbehalten, und steckte sein Handy in die Tasche. Die Wohnung war verwaist, daher stieg er, immer den Geräuschen nach, die Treppen hinab in die Tischlerei.

Dort stand Fynn mit Gehörschutz und Arbeitsbrille an einer rotierenden Säge, die den Raum laut kreischend erfüllte. Er bemerkte seinen Gast, schaltete die Säge ab, schob die Brille hoch und legte den Ohrenschutz auf die Schultern. »Hej. Na, alles fit?«

Andy wuschelte sich durch die Haare. »Geht so. Ein bisschen Kopfschmerzen.«

»In diesem Fall brauchst du einen starken Kaffee.« Fynn zog die Handschuhe aus und begab sich in seinen Kundenbereich, wo die Kaffeemaschine auf ihren Einsatz wartete. »Normaler Kaffee oder lieber Espresso?«

»Normal bitte. Mit etwas Zucker, wenn du hast.«

»Habe ich.«

Andy ließ sich auf die Couch fallen und nahm die Tasse entgegen. »Danke. Da bin ich den ersten Abend bei dir und schieß mich ab.«

»So war das nicht«, winkte Fynn ab. »Du hast den Weg ins Bett allein gefunden.«

Johnny lag auf seinem Kissen und beobachtete alles genau. Merkwürdig, dass dieser Fremde bei ihnen war. Er entschloss sich, ihn erst einmal zu beschnuppern, ob man den komisch riechenden Typ nicht besser verbellen sollte. Sich aufrappelnd, tapste er auf den Tisch zu und schnüffelte an Füßen und Knien.

Andy strich ihm über das Fell. »Es ist ganz weich.«

»Logisch. Babyfell.«

»Er hat jetzt schon dicke Pfoten«, stellte Andy fest, »Johnny wird ein Großer.«

»Denke ich auch«, stimmte Fynn zu.

Andy sah auf seine Armbanduhr. »Oha! Ich muss mich bei Diane melden.«

Die tippte gerade eine Nachricht an Krister in ihr Smartphone. »Ich muss mich ja wenigstens bei ihm bedanken«, sagte sie zu Kajsa.

Sorry, war gestern hundemüde und bin zeitig schlafen gegangen. Köttbullar gibt es heute zum Abendessen. Dankeschön.

Kajsa hob warnend den Finger. »Du weißt schon, dass er damit einen Fuß in der Tür haben möchte, unser Charmebolzen?«

»Ich denke, ich habe das kapiert. Nichtsdestotrotz ist und bleibt er ein attraktiver Happen.«

»Solange du das auf diese Weise sehen kannst, ohne dich an ihm zu verschlucken ...«

Diane kam um eine weitere Antwort drumherum, weil ihr Handy klingelte. Sie erwartete Krister, aber es war ihr Chef. Sie stöhnte auf. »Das ist er. Big Boss. Du glaubst gar nicht, Kajsa, wie mich das annervt, dass der Herr der Schöpfung bereits hier ist. Und es tut mir total leid, dass ich ihn im Prinzip bei dir parke und das bereits eher als gedacht.«

Mit einem ergebenen Seufzer nahm sie das Gespräch an.

♥ 20 ♥

Während Andy mit Diane telefonierte, arbeitete Fynn weiter. Er verstand eh kein Wort. Deutsch war in seinem Gehör eine überaus seltsame Sprache. Er hatte dazu keinerlei Berührungspunkte, denn Diane war die einzige Deutsche, die er in seinem mittlerweile fast vierzigjährigen Leben näher kennengelernt hatte.

Diane sprach ein tolles Schwedisch. Nur selten nahm man bei einigen Wörtern einen leichten Akzent wahr. Ansonsten hätte man denken können, sie wäre eine Schwedin. Wahrscheinlich hatte sie zu Teenager-Zeiten schon eine Menge von Kajsas Familie mitbekommen. Je jünger man mit einer fremden Sprache in Kontakt kam, umso besser konnte man sie letztendlich anwenden und umso weniger Akzent der eigenen Muttersprache kam noch durch. Es stimmt, dachte Fynn, Kindern und Jugendlichen fällt die Übernahme der Lautbildung und der Klangfarbe deutlich leichter als Erwachsenen. Sie lernen eben spielerisch, nach wie vor wohl die beste und einfachste Art.

Deutsche Touristen kauften gern Erinnerungsstücke in seiner Tischlerei, geballt natürlich zu den Adventswochen, aber sie sprachen meist Englisch oder ziemlich stolz ein klein wenig Schwedisch.

Tja, die Diane. Sie hatte ihm auf Anhieb gefallen, sie war nett und hilfsbereit – so, wie seine Verlobte Freja. Morgen lag der Tag fünf Jahre zurück, der ihr und seinen Eltern das Unglück gebracht hatte, als das Schicksal ohne Gnade zugeschlagen hatte.

»Hallo, Fynn?«

Er schrak zusammen. »Ja?«

»Machst du das?«, fragte Andy.

»Was?«

»Diane ist bei Kajsa. Ich soll dort vorbeikommen, mein Zimmer beziehen. Zeigst du mir den Weg?«

»Selbstverständlich. Wann?«

»Ich würde gerne vorher duschen, wenn das möglich ist.«

Zwanzig Minuten später machten sie sich auf den Weg. Fynn hängte ein Schild an die Tür:

Jag kommer snart tillbaka

»Was heißt das?«, fragte Andy, neugierig auf das Schild starrend.

»Ich bin gleich zurück. Ist nur für den Fall, dass ein Kunde vorbeikommt. Wir könnten zu Fuß gehen, aber da meine Tischlerei eigentlich geöffnet ist, nehmen wir den Wagen.«

Kajsas Haus war schnell erreicht. Andy schnallte sich ab und fragte Fynn, der sich nicht bewegte:

»Kommst du nicht mit?«

»Nein, ich muss zurück.«

»Dann ein dickes Dankeschön für deine Gastfreundschaft. Ich revanchiere mich.« Er nahm seine Reisetasche vom Rücksitz und stieg aus. »Wir sehen uns?«

»Das ließe sich, selbst wenn man es nicht wollte, mit zwei so hübschen Frauen in deiner Nähe gar nicht vermeiden.«

In diesem Augenblick öffnete sich die Haustür und Kajsa trat heraus.

In den nächsten Sekunden passierte Einschneidendes.

Diane erschien hinter Kajsa und war traurig, dass Fynn nur kurz grüßend die Hand hob und sofort losfuhr.

Fynn dachte, Diane sieht heute verdammt gut aus.

Kajsa starrte den Mann an, der lächelnd auf sie zukam und Andy hatte nur Augen für die flachsblonde Kajsa.

»Hallo Andy«, weckte Diane ihn aus seiner Blickstarre.

»Äh ... ja, hallo! Fynn war so nett, mich zu fahren.« Er hatte die Treppe erreicht, setzte seine Tasche ab und lächelte Kajsa an. »Ich bin Andy, der ... Kollege von Diane.«

Die glaubte gar nicht, was sie hörte. Er hatte nicht Chef gesagt, sondern Kollege! Da war er wieder, der Andy, den sie schätzte. Seine Wut auf ihn verrauchte auf der Stelle und die jahrelange Zufriedenheit in der Zusammenarbeit schaffte sich erneut Raum.

Die Überraschung folgte auf dem Fuße. Diane sah

zu ihrer Freundin und war überrascht. Ihre Wangen hatten einen leichten Roséton angenommen, als sie Andy zur Begrüßung die Hand reichte. Und sie erkannte noch etwas: Ihr Chef betrachtete Kajsa mit einem Blick, den sie an ihm bisher nicht kannte. Oha!

Kurz danach saßen die drei bei einem Willkommens-Kaffee an Kajsas Esstisch. Andy erklärte seine frühzeitige Ankunft und er machte das so charmant, dass selbst Diane beeindruckt war.

Kajsa erzählte ihm, sie sei im Dorf für die schwedischen Brottorten zu den Adventswochen verantwortlich und habe mittlerweile mehrere Sorten im Angebot. Andy berichtete über die Fracht im Transporter und hatte auch gleich diverse Konzepte im Kopf, wie man die Bücher am besten präsentieren könne.

Diane hörte atemlos zu. Verplante der Kerl doch glatt ihren Platz im Wohnzimmer, ohne mit der Wimper zu zucken! Sie wehrte sich mit erhobenen Händen. »Moment mal ...« Und so startete eine Diskussion, die letztendlich von viel Gelächter untermalt war.

Kajsa bot ihm die Besichtigung seines Zimmers an. »Du kannst dich danach entscheiden, ob es etwas für dich ist.«

Diane war gespannt auf seine Reaktion. Ihr Chef war natürlich Hotelzimmer mit jeglichem Komfort gewohnt, einschließlich Minibar und Service. Hier war er in einem kleinen Zimmer untergebracht mit – wenn man so betrachten wollte – Bad auf dem Gang.

»Ich finde es sehr schön.« Er sah sich um und

stellte seine Reisetasche ab, die er ohne Umschweife mit ins Obergeschoss geschleppt hatte. Damit war entschieden, er hatte kein Problem mit seiner Unterkunft. Ganz im Gegenteil, denn er wandte sich Kajsa freundlich zu. »Gefällt mir. Danke. Ich werde mich wohlfühlen.«

Ein Lächeln umspielte Kajsas Mund und Diane staunte wieder. Sie konnte die positiven Vibes zwischen den beiden geradezu spüren. Wer hätte das gedacht! Aber gut, er blieb nur ein paar Nächte.

Zurück im Wohnbereich holte Andy sein Portemonnaie hervor und bezahlte das Zimmer in bar. »Ich mag es nicht, Schulden zu haben.« Er blätterte Kajsa die Geldscheine hin. »Hier, erledigt. Ach, und ehe ich es vergesse«, er griff noch einmal in seine Jacke, fischte zwei kleine Tütchen heraus und drückte Kajsa sowie Diane eine in die Hände. »Ich hoffe, es gefällt euch.«

Neugierig öffneten die Mädels die Tüten. Zum Vorschein kamen zwei Silberketten mit je einer filigranen Schneeflocke als Anhänger.

»Wie hübsch!«, sagten beide unisono und mussten lachen. Jedenfalls war bei den Mädels die Freude groß und sie bedankten sich herzlich.

Andy hatte eine Frage. »Ich würde gleich gerne ein bisschen raus in den Schnee gehen. Bei uns in Hamburg gab es bei meiner Abreise den kalten, unangenehmen Novemberregen. Wohin kann ich eine halbe Stunde laufen, ohne mich zu verirren?« Wieder blieb sein Blick an Kajsa hängen.

»Wenn du möchtest«, gurrte sie, »kann ich dich begleiten. Ich wollte sowieso ein bisschen an die frische Luft.«

Ah ja, dachte Diane, gestern hat sie mir verklickert, wie knapp ihre Zeit augenblicklich bemessen ist. Aber gut, dieser Winterflirt war in zweieinhalb Wochen beendet.

Sie jedenfalls zog sich jetzt aus dieser Dreier-Konstellation. »Es wird Zeit für mich. Ich begebe mich auf den Heimweg. Ich habe viel zu tun.«

Unterwegs dachte sie über diese absurde Situation nach. Was war da gerade passiert? Sie hatte ihrer Freundin oft genug von Andy erzählt, seinen Marotten, aber auch seinen positiven Seiten, jedenfalls von denen, die sie kannte, nicht vom Hörensagen der Kollegen. Und er kommt ungeplant hierher und ihre Augen glitzern, als stände der absolute Traummann vor ihr. Pling – Amors Pfeil schien sowas von getroffen zu haben! Hoffentlich war das ein irrtümlicher Treffer! Aber Andys Blick verriet das gleiche Interesse. Das allerdings verstand Diane. Kajsa war das typische Bild einer wunderhübschen Schwedin.

Sollte es tatsächlich zu den Adventswochen einen magischen deutsch-schwedischen Winterflirt geben?

Sie kam auf ihr Haus zu. Die schneebedeckten Tannen schienen ihr im leichten Wind zuzuwinken. Mehrere Vögel saßen in den Zweigen und an der Längsseite des Hauses pickten andere in dem altersschwachen Vogelhaus von Greta.

Eigentlich könnte Fynn ihr ein neues Vogelhaus zimmern, eins mit einem Schindeldach und festem Fuß, dass nicht so windschief in der Gegend herumstand und kurz davor war, zusammenzubrechen.

Sie blieb stehen und betrachtete ihr Häuschen. Glück und Wärme durchflutete sie. Der Schnee glitzerte vom Dach, die Beleuchtung war schon angesprungen, es dämmerte.

Dass es in Schweden zeitig dunkel wurde, daran musste sie sich erst gewöhnen, aber auf der anderen Seite war es auch schön. Man konnte Kerzen anzünden, die eine heimelige Behaglichkeit verströmten. Draußen kalt, drinnen warm. Der Kamin prasselt, mit Freunden gemütlich zusammensitzen, gemeinsam essen und trinken, interessante Gespräche führen, über alberne Dinge lachen, das macht doch glücklich!

Und sie schmunzelte. Es gab so viele Arten von Flirts. Und ja, ihr Haus flirtete gerade mit ihr durch das Funkeln des Schnees auf dem Dach und die hübsche Weihnachtsbeleuchtung, die sich soeben automatisch einschaltete.

Wieder fiel ihr Blick auf das morsche Vogelhäuschen. Spontan holte sie ihr Handy heraus und wählte Fynn an.

♥ 21 ♥

Der Tischler meldete sich gleich beim ersten Klingeln. »Hej, Diane, möchtest du wissen, wann deine Möbel soweit sind?«

»Nein, nein, ich möchte nicht drängen«, versicherte sie ihm, »ich komme gerade von Kajsa auf mein Haus zu und betrachte das schadhafte Vogelhaus. Kann ich bei dir ein Häuschen in Auftrag geben, ein schönes stabiles, das dem kalten Winter trotzt und im Sommer hübsch aussieht?«

»Du kannst bei mir nahezu alles an Holzarbeiten in Auftrag geben. Ich habe übrigens mehrere Vogelhäuser hier. Soll ich sie dir fotografieren oder willst du sie in natura sehen?«

»Gerne in natura. Wann hast du denn Zeit?«

»Jetzt«, war seine kurze, knappe Antwort.

»Das ist schwierig. Ich könnte gegen sechs vorbeihuschen.« Sie wollte die nächsten beiden Stunden unbedingt arbeiten, somit hätte sie nämlich den Abend frei.

»Passt auch. Die Tischlerei ist um diese Zeit schon geschlossen. Klingel einfach oder melde dich telefonisch an.«

»Danke. Bis nachher.«

Sie lief in die Einfahrt, vorbei an Andys mit Büchern wohlbestücktem Transporter. In wenigen Tagen begannen die Adventswochen. Ab morgen wollte sie in die Eierlikörproduktion einsteigen, beim Bauernhof Larsson am Ende des Dorfes hatte sie genügend Eier bestellt, um eine erste Charge herstellen zu können.

Die nächsten beiden Stunden versank sie in der Krimiübersetzung, die ihr Freude bereitete. Der Autor jonglierte zwischen den Zeilen mit einer packenden Spannung, die konnte sie bestens ins Schwedische und Norwegische übertragen. Die Arbeit ging einfach schneller voran, wenn ihr der Text zusagte.

Zwischendurch rief Andy bei ihr an und fragte, ob sie eine weitere Übersetzung in ihre Planung aufnehmen könne, in diesem Fall sei der Abgabetermin bis Ende März schiebbar. Vorher wäre natürlich besser. Na klar …

Wunderbar, dachte Diane, weiteres Geld konnte sie für die Verschönerung dieses Hauses gut gebrauchen. Diese Übersetzung war ihre! Das hieße zwar, so manche Nachtschicht einschieben, aber das wäre nicht dramatisch. Sie hielt Andy bewusst hin. Nicht immer alles jetzt und sofort, bitte.

»Ich sage dir morgen Bescheid, ich überschlage nachher die Projekte und schaue, ob der Zeitrahmen für mich passt.«

Kurz vor sechs beendete sie ihre Arbeit, kämmte sich und machte sich zügig auf den Weg zu Fynn.

Ihre Atemwölkchen begleiteten sie, als sie durch den knirschenden Schnee schritt. Das Auto von Siw kam ihr entgegen und hielt an. Sie wechselten ein paar nette Worte und Siw machte ein Versäumnis wett.

»Lass uns bitte Handy-Nummern austauschen, manchmal ist das organisatorisch für die Adventswochen notwendig. Ich wollte es schon bei meinem ersten Besuch ansprechen, aber irgendwie«, sie blinzelte verschmitzt, »hat mich dein leckerer Eierlikör abgelenkt und ich bin fröhlich, aber nummernlos nach Hause gestapft.«

Diane lachte auf und beide speisten die Nummer der anderen in ihr Handy ein. Daraufhin setzte jede ihren Weg fort.

Bei Fynn brannte kein Licht mehr in der Tischlerei, doch die Fenster des Obergeschosses verströmten einen warmen Lichtschein nach außen.

Sie nahm ihr Handy zur Hand und wählte ihn an. »Bin da.«

»Ich komme runter.«

Beinahe wäre sie mehrere Schritte rückwärts getaumelt, so überrascht war sie. Sie sah ihn das erste Mal mit offenem Haar. Wilde, lange Locken umrahmten sein bärtiges Gesicht. Sie konnte sich des Eindruckes nicht erwehren, er stamme aus einer vergangenen, kriegerischen Zeit.

»Lass uns in den Schuppen gehen«, sagte er zu ihr. »Dort stehen ein paar Vogelhäuser.«

Gemeinsam liefen sie die wenigen Meter auf dem nur grob vom Schnee freigefegten Weg. Fynn entfernte das Schloss von der Holztür, machte Licht und ließ Diane eintreten. Sie sah sich staunend um. Es war ein Lager für richtig schöne Dinge. Ganz verschiedene Holzarbeiten warteten auf Bewunderung. Diane entdeckte eine breite Palette ansprechender Holzprodukte; Schneidebretter, Frühstücksbrettchen, Kochlöffel, Honig- und Salzlöffelchen, Nudelhölzer, Schüsseln in allen Größen und Formen, Aufbewahrungskisten, Kindermöbel.

»Wow!«, entfuhr es Diane ehrlich, »du hast ja noch jede Menge mehr! Ich habe echt gedacht, in der Tischlerei ständen alle Sachen für die Adventswochen.«

»Im Prinzip ist das so, aber es werden auch gerne diese Dinge gekauft oder bestellt. Deshalb werde ich die Sachen zusätzlich nach vorne holen. Es wird also recht voll. Und nun schau nach links, dort stehen die Vogelhäuser. Gefällt dir eins davon, kannst du es haben, ansonsten bekommst du eine Sonderanfertigung.«

Diane trat näher. Ein Häuschen stach ihr besonders ins Auge. Es stand auf einem massiven Holzpfahl, hatte eine breite Futterfläche und darüber einen Nistkasten, denn ein Stab, auf dem ein Vogel sitzen konnte sowie ein Einflugloch waren eingearbeitet. Und das Dach trug Schindeln! Genauso hatte sie es sich vorgestellt.

»Da brauche ich gar nicht länger schauen, dies hier wäre es. Ich mag die Dachschindeln total gerne. Was kostet es denn?«

»Ich mache dir einen Sonderpreis.«

»Nein!«, wehrte Diane entschieden ab. »Du hast viele Arbeitsstunden eingesetzt. Ich arbeite auch nicht umsonst. Ich bezahle es reell, sonst kann ich es leider nicht mitnehmen.«

Damit waren die Fronten geklärt. Fynn akzeptierte ihre Einstellung. Mitnehmen konnte sie es allerdings trotzdem nicht, denn es war massiv und somit einfach zu schwer.

»Kein Problem«, winkte Fynn ab. »Ich bringe es dir morgen früh. Ich öffne um neun, vorher hätte ich Zeit, es dir fest zu installieren. Wäre dir acht Uhr zu zeitig?«

»Ich bin wach«, behauptete Diane, nahm sich aber vor, den Wecker zu stellen, damit sie sich entsprechend stylen konnte und nicht aussah, wie frisch verstrubbelt aus dem Bett gehüpft.

Sie verließen den Schuppen wieder, Fynn schloss ab. Sie betrachtete ihn dabei. So unmöglich sie ihn am Anfang in seiner Unnahbarkeit und Ernsthaftigkeit empfand, so anziehend war er plötzlich für sie. Das über die Schulter wallende Haar und die großen, kräftigen Hände gaben ihm etwas höllisch Attraktives.

Sie verabschiedete sich. »Okay, dann bis morgen früh.«

»Ich bin pünktlich.«

Vom Obergeschoss aus sah Fynn Diane die Straße entlanglaufen.

Warum eigentlich hatte er sie nicht zu sich hereingebeten? Es wäre sicherlich eine nette Stunde gewesen. Schweden sind gastfreundlich. Er war es auch. Und weshalb versagte er hier?

Er musste sich eingestehen, er fand Diane nicht nur sympathisch, sondern auch attraktiv. Seit Freja konnte ihn keine einzige Frau mehr in ihren Bann ziehen – bis Diane vor Kurzem ins Dorf zog.

Krister hatte natürlich auf Anhieb Interesse an dem hübschen Neuzugang gezeigt. Aber Krister baggerte jede hübsche junge Frau an, die er nicht kannte.

Ärger schwappte in ihm hoch. Was für ein hässliches Gefühl zu erkennen, eine Chance, sie noch näher kennenzulernen, vertan zu haben!

Diane hatte ähnliche Emotionen. Sie fand es schade, dass er sie nicht eingeladen hatte, einen Tee oder anderes mit ihm zu trinken. Und sie schalt sich selbst. Du bist echt doof, Diane, das ist der Tischler dieses Ortes, du warst da, um etwas zu kaufen, nicht zu einem Date! Was eigentlich bildest du dir ein?

Zuhause brühte sie einen Kräutertee auf, stellte sich damit ans Fenster und starrte in die Dunkelheit. Ihre Gedanken wanderten zu Fynn und hingen sich in ihrem Kopf fest.

Aber ein Anruf von Krister lenkte sie ab. »Hej, Diane, Lust auf ein Bier in unserer Dorfkneipe?«

»Nein, ich hatte einen anstrengenden Tag, ich bin müde.«

»Nur ein Gläschen?«

»Ein andermal.« Sie hatte keine Lust, den Dorfbewohnern weitere Nahrung zu einem möglichen Flirt mit Krister zu geben. Die warteten vielleicht schon darauf, zumal Krister in dieser Hinsicht bekannt war wie ein bunter Hund. Sie war schließlich wer und nicht eine von vielen, die auf seiner Charmespur kleben blieben, bis die nächste arme Unwissende am Start wartete.

Es war eigenartig. Zu Beginn war Krister für sie reizvoll gewesen. Sie mochte seine Sonnyboy-Art, gewissermaßen keine Ecke, keine Kante, immer gut gelaunt. Aber Fynn hatte ihm mit seiner herben Art den Rang abgelaufen. Er war unaufgeregt authentisch, das Aussehen passte zu seinem Wesen. Er war das, was man unter einem echten Mann verstand.

Ein Schweden-Traum aus den Liebesfilmen, wo man vor dem Fernsehen schmachtet und denkt, den gibt es im realen Leben nicht.

Keine zehn Minuten später stand ihre Freundin mitsamt Andy vor der Tür.

»Zieh dich an und komm mit«, Kajsa lächelte sie erwartungsfroh an und Andy grinste wie ein Honigkuchenpferd.

»Wohin? Was seid ihr für schrecklich gutgelaunte Menschen.« Diane musste grinsen.

»In die Dorfkneipe, etwas Leckeres picken und schlürfen.«

Das war verlockend! Bisher hatte sie noch nichts gegessen und so konnte sie sich bedienen lassen. Sie zögerte einen Augenblick, aber Kajsa trieb sie an. »Beeil dich, ich habe Hunger. Außerdem werden wir mit Sicherheit nicht mehr während der Adventswochen ausgehen können. Da sind wir abends platt.«

Das war natürlich ein Argument. Diane zog sich warm an und so machten sie sich auf den Weg.

Kajsa und Andy nahmen sie in die Mitte, sie versprühten beste, ansteckende Laune. Die beiden löschten unwissentlich die Enttäuschung, dass Fynn sie nicht ins Haus gebeten hatte.

»Was hast du eigentlich den ganzen Tag getan?«, wollte Diane von Andy wissen. »Dein Transporter parkt völlig unberührt bei mir vor der Tür.«

♥ 22 ♥

»Dafür habe ich auch morgen noch Zeit«, rechtfertigte sich Andy. »Heute habe ich mit Kajsa euer Dorf erkundet. Es ist schön hier.«

»Ach, sag bloß!« Diane warf ihm einen amüsierten Blick zu. »Du und ein Dorf? Du hast bisher immer behauptet, es geht nichts über eine Großstadt, wo es alles gibt und einem jeder Wunsch unkompliziert erfüllt werden kann.«

Andy wand sich ein wenig. »Habe ich gesagt, ja, aber dieser Ort hat – einen magischen Zauber.« Dabei fiel sein Blick auf Kajsa und Diane begriff, was sein Zauber dieses Dorfes war, nämlich eine blonde schwedische Schönheit. Kajsa würde hoffentlich jetzt keine Adventsaffäre beginnen? Flirten ja, aber mehr bitte nicht!

»Na gut, aber morgen Nachmittag sollten wir besprechen, wie wir die Bücher arrangieren und wie Nachschub aus dem Auto ins Haus gebracht wird, falls notwendig.« Dianes Worte hatten durchaus einen mahnenden Ton. Es kam ihr vor, als seien die Rollen vertauscht. Sie Chef, er Angestellter.

»Eigentlich wollte ich die Bücher alle ausladen. Sie können so direkt aufgefüllt werden, sind sie abverkauft.«

»Nee nee nee!«, wehrte Diane ganz entschieden ab. »Ich habe dir schon einmal gesagt, dafür habe ich einfach keinen Platz. Außerdem gibt das eine irre Schlepperei. Im Transporter passiert den verpackten Büchern nichts. Sie frieren höchstens ein bisschen. Wir schauen uns das Morgen zusammen an.«

Die Dorfkneipe war erreicht und Diane staunte. Sie war gut besucht.

Und wer stand an der Theke? Krister! Folgerichtig machte er seine Anwesenheit hier natürlich nicht abhängig davon, ob sie mitkam. Er hieß sie gleich lautstark willkommen, indem er sie mehr oder minder durch ein Gespräch festnagelte, während Kajsa und Andy auf einen Tisch zusteuerten.

»Oho! Du bist ja doch gekommen. Freut mich, dass ich dich überreden konnte.« Leider posaunte er das recht laut rum.

»Nein, das hat einen anderen Grund, ich ...« Aber das wollte er gar nicht hören, im Gegenteil, er erzählte munter weiter.

Krister war ein Naturtalent im Festhalten mit Worten. Kajsa hatte ihr bereits zweimal zugewinkt, aber sie klebte wie angewurzelt bei Sonnyboy.

Da öffnet sich die Tür zur Kneipe und wer kam herein? Fynn. Und sie stand bei Krister! Und was tat er gerade? Er tippte ihr liebevoll auf die Nase, weil er ihr einen Witz erzählt hatte, den sie nicht verstand, weil ihre Aufmerksamkeit Fynn gegolten hatte. Dumm gelaufen.

Natürlich hatte Fynn sie entdeckt, er schien eine Augenbraue leicht anzuheben oder bildete sie sich das nur ein? Jedenfalls grüßte er nur knapp und stellte sich als Nächstes zu zwei anderen Männern, mit dem Rücken zu ihr.

Oh nein! Das zweite Mal in dieser Kneipe, das zweite Mal Krister in Hochform. Warum nur war sie mitgekommen?

Überraschenderweise war Andy der rettende Engel für sie. Er kam zu ihnen und nahm sie um die Schulter. »Diane, du Herzchen, könntest du dich hier bitte verabschieden? Kajsa hat Hunger und nagt gleich den Tisch an, wenn du nicht kommst. Wir möchten bestellen.«

Als sie am Tisch angelangt war, bedankte sie sich bei Andy. »Das war echt die Rettung. Von Krister kommt man einfach nicht weg.« Obwohl, das Gespräch war nicht unangenehm gewesen. Er gab einem immer das Gefühl, genau in diesem Moment sei man der wichtigste Mensch auf der Welt für ihn.

Kajsa winkte Fynn durch die Kneipe zu. Der kam an ihren Tisch.

»Magst du dich zu uns setzen?«, fragte Kajsa. »Ich würde gerne etwas mit dir besprechen.«

Fynn setzte sich auf den freien Stuhl Kajsa gegenüber und neben Diane, deren Herz nun in höherem Tempo schlug.

Zuerst wählten sie das Essen aus – und Fynn schloss sich an. Sie sprachen englisch, damit Andy mit eingebunden wurde und nicht nur Bahnhof verstand.

Während des Essens fragte Kajsa Fynn nach einem Schränkchen, das sie noch benötige und er lud sie für den kommenden Tag in seine Tischlerei ein.

»Zwei Kleine habe ich vorrätig, schau sie dir an, ansonsten mache ich eins nach deinen Wünschen und Maßen.«

Nachdem sie gegessen hatten, gesellte sich Krister zu ihnen. Vom Nachbartisch zog er wie selbstverständlich einen Stuhl heran und setzte sich dazu. Dagegen war im Prinzip nichts zu sagen, jedoch belegte er Diane mit Beschlag.

Kajsa stand auf. »Bin gleich wieder da.« Ihr Blick wanderte zu den Toilettenräumen und des Weiteren zu Diane. Sie verstand. »Ich komme mit.«

Die Tür des Waschraumes hatte sich noch nicht ganz geschlossen, als Kajsa schon loslegte. »Ich merke, dir wird das ziemlich unangenehm mit Krister, oder?«

»Er geht mir mittlerweile auf die Nerven. Wenn man sich zu zweit unterhält, ist es logisch, dass die Aufmerksamkeit beim Gegenüber liegt. Aber in einer Tischgemeinschaft ...«, sie stöhnte auf. »Ich bekomme gar keine Möglichkeit mehr, mich am allgemeinen Gespräch zu beteiligen. Ich meine, er ist nett, ohne Frage, aber irgendwie werde ich von ihm vollkommen vereinnahmt. Weißt du, er entscheidet, wie es läuft. Mitspracherecht ist da nicht. Er verpackt im Prinzip seine Befehle in Nettigkeit, sodass man nur schwer ablehnen kann.«

Kajsa empfand das auch so. »Das ist unübersehbar.«

»Vermutlich habe ich einen Fehler gemacht«, reflektierte Diane ihr Verhalten, froh, mit ihrer Freundin über dieses Thema reden zu können. »Ich habe ihm in Aussicht gestellt, mit ihm ins Kino zu gehen.«

»Ach Diane!« Kajsa zog die Nase kraus. »Ich habe dir doch ...«

»Stopp!« Diane hob eine Hand. »Erst einmal wusste ich damals noch nicht *so* viel von seinem Job als Dorfcharmeur und zweitens habe ich nicht wirklich zugesagt. Mittlerweile habe ich kapiert, er möchte etwas und baggert so lange, bis er es erreicht, gewürzt mit jeder Menge Charme.«

»So ist das.«

Diane lehnte sich ergeben an die Tür. »Ich will ihn nicht vor den anderen brüskieren, aber wenn ich mich zurück auf meinen Platz setze, geht das Spiel wieder von vorne los.«

»Wir gehen das anders an.« Kajsas Augen leuchteten auf. »Wir tricksen ihn aus. Du setzt dich auf meinen Stuhl und ich auf deinen.«

»Da werden die Herren aber schauen.«

»Na und? Es ändert sich nichts. Wir sind zu zweit weggegangen und kommen genauso wieder, nur die Sitzordnung verändert sich.«

Kajsa wollte schon zur Tür gehen, als Diane sie am Ärmel festhielt. »Warte mal, ich hätte gerne auch eine Antwort. Du hast dich heute ganz meinem Chef gewidmet?«

Eine leichte Röte überzog Kajsas Gesicht. »Das war doch nett von mir, oder? Du wolltest ihn doch loswerden.«

»Ha!« Diane lachte los. »Was ist das denn für eine blöde Ausrede!«

»Na ja ...«, wand sich Kajsa, »du hast mir nicht gesagt, wie höllisch attraktiv dein Boss ist.«

In Dianes Kopf kreiselte es. Andy war total nett, aber attraktiv? Gut, ein bisschen. Hm, eigentlich hatte sie darüber noch nie intensiv nachgedacht, deshalb sagte sie pragmatisch: »Na, in diesem Fall ist er ja bei dir bestens aufgehoben.«

Die Freundinnen sahen sich in die Augen und lachten los. Mehr Worte waren nicht nötig.

Am Tisch nahmen sie, wie verabredet, die getauschten Plätze ein. Andy und Fynn kommentierten es nicht, man sah ihnen an, dass sie den Plan der Mädels verstanden hatten. Lediglich Krister protestierte auf seine charmante Art. »Sieh an, die liebe Kajsa setzt sich zu mir. Es soll also jedes Mädel heute Abend von mir etwas haben.« Das sagte er aber mit einem Augenzwinkern, wobei er natürlich Diane im Visier hatte.

Andy gab seinen Senf dazu, da er nun Kajsa gegenübersaß. »Irgendwie schön, dich jetzt voll im Blick zu haben.«

»So habe ich mir das gedacht«, lächelte sie.

Die Unterhaltung dümpelte noch ein bisschen dahin, bis Fynn sich verabschiedete. »Johnny ist allein zu Hause. Zu lange sollte meine Abwesenheit für den Anfang nicht sein.«

»Ich komme mit«, nutzte Diane die Gunst der Stunde und auch Kajsa stand auf. »Morgen gibt es jede Menge Vorbereitungen zu treffen, übermorgen geht es los, da ist eine Mütze Schlaf nicht schlecht.«

Siehe da, Krister war plötzlich der gleichen Meinung und beim Rausgehen hatte er sich schon wieder geschickt an die Seite von Diane gemogelt. Die suchte jedoch die Nähe von Fynn, indem sie ihn noch etwas bezüglich des Vogelhäuschens fragte. Es war an den Haaren herbeigezogen, das wusste sie, aber nur so lag ihre Aufmerksamkeit nicht zwangsweise bei Krister.

»Ich denke, Fynn, das alte Vogelhaus ist gar nicht

mehr zu gebrauchen, oder?«

»Nein. Daran können sich die Vögel nur noch verletzen. Ich nehme es mit und entsorge es.«

»Dankeschön. Das ist nett.«

»Wie sieht es denn aus mit Vogelfutter? Hast du genug?«, erkundigte sich Fynn. »Ansonsten könnte ich dir noch etwas mitbringen. Ich habe immer den kompletten Wintervorrat im Haus.«

Aber Diane schüttelte den Kopf. »Das war eins der ersten Dinge, die ich hier in größeren Mengen gekauft habe.«

Die Straßenkreuzung war erreicht, an der sich ihre Wege trennten. Andy und Kajsa mussten nach rechts abbiegen und verabschiedeten sich. Kurz sah Diane ihnen fast wehmütig hinterher. Die beiden hatten es gut, sie verbrachten mit absoluter Sicherheit einen schönen Abend.

Diane ging mit Fynn und Krister allein weiter. Wie sollte sie es hinbekommen, dass Krister nicht mit zu ihr kommen wollte, auf einen Absacker. Diesen Vorschlag traute sie ihm zu.

Die zwei Minuten bis zum nächsten Abzweig überbrückte Krister charmant, indem er von seinen Vorbereitungen für die Adventstage berichtete und schon standen sie an dem strategischen Punkt. Der Weg der Männer ging für beide geradeaus, Diane hatte noch ein paar Meter nach rechts zu laufen.

Da geschah für Diane völlig Überraschendes.

♥ 23 ♥

Fynn fasste Diane unter, sagte locker zu Krister: »Bis die Tage mal, tschüss!«, und zog sie mit sich fort.

Völlig überrumpelt passte sich Diane dem raumgreifenden Schritt von Fynn an. Sie sah ihn von der Seite an, aber er schaute stur nach vorn, sprach kein Wort. Dianes Grundstück war erreicht, er brachte sie bis vor die Haustür.

Da fiel die überraschende Anspannung von Diane ab und sie begann zu lachen. »Das glaube ich jetzt nicht. Das hast du genial hingekriegt.« Spontan umarmte sie Fynn, ließ ihn aber gleich wieder los. »Danke.«

Das erste Mal entdeckte sie auf seinem Gesicht einen absolut entspannten Zug, der tatsächlich ihr und nicht dem Hund galt. »Du wärst ihn wohl sonst nicht losgeworden«, kommentierte er.

»Das hatte ich schon befürchtet. Komm, trink noch einen Absacker mit mir«, lud Diane ihn ein.

Einen kleinen Augenblick zögerte er, entschloss sich aber, doch mitzukommen. Allerdings hielt er sich nur kurz auf.

Mit einem satten Gefühl der Zufriedenheit kuschelte sich Diane an diesem Abend ins Bett.

»Und dann, stell dir das vor, Kajsa, hat er Krister einfach stehenlassen«, gluckste Diane am folgenden Morgen zufrieden ins Telefon.

»Coole Socke, was?« Kajsa amüsierte sich köstlich. »Da hat Krister endlich eine echte Schlappe einstecken müssen. Finde ich jetzt richtig gut. Was hat er denn für ein Gesicht gemacht?«

»Ich weiß es nicht. Ich habe gar nicht gewagt, mich umzudrehen. Ich bin einfach mit Fynn gelaufen, erleichtert, Krister los zu sein. Ein ganz klein bisschen hatte ich ein schlechtes Gewissen. Er ist ja nicht böse, nur halt ab und zu lästig.«

Kajsa nahm ihr das Gefühl. »Darüber brauchst du nicht nachzudenken. Der hat euch hinterhergeguckt, mit den Schultern gezuckt und ist nach Hause gegangen. So würde ich das sehen. Aber er gibt nicht auf, sei sicher, der meldet sich wieder bei dir. Es sei denn, er hat eine Neue von gestern Nacht auf heute früh gefunden, der ab sofort seine ungeteilte Aufmerksamkeit gilt.«

Mit bester Laune nahm Diane die Eierlieferung von Hof Larsson entgegen, die kurz nach dem Telefonat mit Kajsa eintraf. Sie hatte bisher einen schönen Morgen gehabt. Schon zeitig war Fynn, mitsamt Johnny im Gepäck, bei ihr gewesen und hatte, wie besprochen, das Vogelhäuschen getauscht. Während er arbeitete und das tat er heftig, um den kräftigen Pfahl in den bretthartenBoden zu rammen, weil das Loch der alten Vogelbehausung etwas schmaler war, beschäftigte Diane den Hund. Ein herziges, so agiles Schnuckelchen!

Diane hatte sich warm angezogen und spielte mit ihm im Schnee, der zu allen Seiten stob. Als Fynn mit seiner Arbeit fertig war, war Diane es auch.

»Ui, gut durchgepustet, nennt man das«, schnaufte sie, während Johnny weitere Energiereserven aufwies. »Magst du auf einen Kaffee reinkommen, Fynn? Und du, Johnny, auf ein Würstchen, was hältst du davon?«

Der Hund schien genau verstanden zu haben, denn er sauste augenblicklich zur Haustür.

»Einverstanden«, meinte Fynn, »Johnny hat entschieden.«

Er blieb allerdings nur auf einen Kaffee im Stehen, denn seine Tischlerei öffnete pünktlich, das war ihm wichtig.

»Schade«, empfand Diane aufrichtig, »dass nicht mehr Zeit für einen gemütlichen Kaffee im Sitzen ist.«

»Das können wir ja nachholen«, schlug Fynn vor.

»Ich bestehe darauf«, antwortete Diane mit einem Augenzwinkern.

»Da du es so nett sagst, kann ich unmöglich ablehnen.« Er zeigte ein Lächeln, mit den Augen.

Kajsa hatte Recht mit ihrer Aussage, Krister würde nicht aufgeben. Kaum hatte Diane mit der Eierlikör-Produktion begonnen, die Vanille-Schote ausgekratzt und die Sahne in den Topf zum Aufkochen gegeben, meldete sich Krister telefonisch. »Du treulose Tomate, lässt dich einfach von Fynn abschleppen.«

»Was soll das denn heißen, abschleppen? Er hat

mich nach Hause gebracht!«

»Und ist geblieben.«

»Moment mal, Krister, das wird mir eindeutig zu persönlich. Das geht dich überhaupt nichts an. Und außerdem muss ich weiterarbeiten. Tschüss.« Diane legte auf und ärgerte sich maßlos.

In diesem Augenblick kochte leider die Sahne genauso über wie ihre Wut auf Krister.

Nachdem die erste zum schwindlig werden nach Vanille und Cognac duftende Eierlikör-Produktion abgefüllt war, widmete sie sich der Herstellung von Makronen, um das übriggebliebene Eiweiß zu verwerten.

Jetzt musste sie erst einmal rechnen, puh! Das Grundrezept bestand aus 4 Eiweiß, 250 Gramm Puderzucker und 250 Gramm Kokosflocken.

Und sie bemühte ihr Gedächtnis. Eiweiß mit dem Puderzucker schaumig schlagen, dann die Kokosflocken vorsichtig unterheben. Ihre Omi hatte die Makronen immer gekonnt mit zwei Teelöffeln gesetzt. Sie versuchte es nachzumachen, aber irgendwie sahen sie auf dem Backblech blöd aus.

Als sie das Blech bei 175 Grad bereits für zehn Minuten im Ofen hatte, schlug sie sich die Hand vor die Stirn! Es fehlte etwas – aber jetzt konnte sie die Makrönchen nicht mehr rausholen. Mensch, die Oblaten! Die Makronen gehörten doch auf Oblaten. Och nee! Die hatte sie gekauft – nur wo waren die denn abgeblieben?

Diane durchforstete ihren Vorrat. Nichts. Aber sie hatte die Dinger bestellt und sie waren per Express gekommen, genauso wie die kleinen Tütchen für die Makronen. Und wo waren die? Zu guter Letzt, hektisch herumwuselnd und schon halb verzweifelt, fand sie die Lieferung auf ihrer Waschmaschine. Da hatte sie wohl wieder Amnesie beim Wegpacken gehabt!

Zweites Blech, zweiter Versuch. Omi hatte die Masse immer wie selbstverständlich mit zwei Teelöffeln auf die Oblaten gepackt. Das sah bei ihr jetzt aber immer noch nicht so schön aus, eher gewöhnungsbedürftig. Sie schob das Blech trotzdem in den Backofen und bei einer Tasse Kaffee wartete sie auf das Ergebnis.

Gut, auch die zweite Charge würde für den Verkauf nicht reichen. Hier sah man, sie hatte wenig Übung mit Weihnachtsgebäck.

Die Dritte hingegen war ihr perfekt gelungen. Sie hatte sich nämlich an den Eisportionierer erinnert und damit waren die Makronen von der Form her toll geworden. Dies motivierte sie, etwas geriebene Bitterschokolade unter einen Teil der Masse zu heben. Sie empfand es als wunderschöne Kindheitserinnerung an ihre Omi. Die Zeit verging wie im Flug.

Natürlich war es schon dunkel, als sie die erkalteten Makronen in kleine Tütchen abpackte.

In eine große Tüte tat sie die nicht Gelungenen – und hierzu kam ihr eine passende Idee.

»Da habe ich mir gedacht«, sprach Diane mit einer kleinen Zitternote in der Stimme ins Telefon, »du isst gerne süß und wenn du meine komisch aussehende Erstproduktion Makronen möchtest, würde ich sie dir gerne schenken. Ich kann dir versichern, sie schmecken, sie sehen nur etwas merkwürdig aus.«

Fynn war angetan. »Das ist aber nett von dir. Ich

werde sie mit geschlossenen Augen essen, dann fällt das nicht auf.«

»Ich komme kurz vorbei.«

»Musst du aber nicht. Ich kann sie holen.«

»Nein, nein, ich habe den ganzen Tag in der Küche gestanden, bin beduselt von den Duftschwaden des Eierlikörs und brauche per se ein bisschen frische Luft. Du hast nicht zufällig noch ein paar verschließbare Flaschen, die du nicht mehr benötigst? Von Mineralwasser oder so?«

»Doch, kann ich dir geben. Wann kommst du?«

»Jetzt.«

Hätte Diane gewusst, was diese Aussage bei Fynn ausgelöst hatte, wäre sie hocherfreut und nicht so schüchtern bei ihm angekommen.

Er sauste, kaum aufgelegt, ins Bad und steckte seinen etwas ramponierten Dutt neu, sprang mit Riesensätzen ins Schlafzimmer, zog ein frisches, kariertes Hemd über und schaffte es gerade noch, ein paar Kerzen anzuzünden, als es auch schon klingelte. Möglichst lässig öffnete er und ließ Diane herein. »Du bringst einen wunderbaren Duft nach ofenfrischem Gebäck mit.«

Johnny wuselte um Dianes Beine und sie gab ihm gleich eine Krauleinheit und ein Leckerchen, das sie natürlich ebenfalls mitgebracht hatte. Johnny zog mit seiner Beute ab in sein Körbchen.

Diane entschuldigte sich nochmals für das Aussehen ihrer Makronen. »Du solltest wirklich beim Essen die Augen schließen, das ist ein prima Gedanke.«

»Das war doch ein Scherz vorhin.« Er nahm die durchsichtige Tüte entgegen, die sie ihm hinhielt und beäugte den Inhalt. »Es sind halt Designerstücke. Gut, dass sie in deinen Augen misslungen sind, sonst hätte ich sie jetzt nicht.«

Unschlüssig stand Diane in seinem Flur. Sie wollte sich soeben verabschieden, da sagte er zu ihrer Erleichterung wie selbstverständlich, die Tüte eben auf das Sideboard an der Garderobe legend und ihr die Hände entgegenstreckend: »Gib mir deine Jacke. Ich habe Glögg auf dem Herd. Du trinkst eine Tasse mit mir?«

»Gerne.«

Diane hatte es sich in seinem dunkelblauen Ohrensessel gemütlich gemacht, Fynn saß auf der Couch, Johnny neben sich, der seinen Kopf auf Fynns Oberschenkel gelegt hatte.

Der Glögg duftete verführerisch genauso wie die gewöhnungsbedürftig aussehenden Makronen, die Fynn mittlerweile auf einem Teller gepackt hatte. Diane hielt sich bei dem Anblick die Hand vor die Augen, während er ihr den Teller zureichte. Sie lehnte ab. »Nee, Süßes augenblicklich nicht.«

Er aber griff beherzt zu. »Köstlich, Tatsache.« Die zweite Makrone verschwand in seinem Mund. »Warum magst du nicht?«

»Ich hatte den ganzen Tag über süß, mir steht der Sinn deshalb mehr nach Herzhaftem.«

»Du hast noch nicht gegessen?«, fragte Fynn.

»Ich bin bisher nicht dazu gekommen. Ist aber nicht schlimm, was ich nicht esse, hält schlank.«

»Essen muss der Mensch. Mal sehen, was mein Kühlschrank hergibt.« Schon stand er auf und war in seiner Küche verschwunden.

Diane stellte ihre Tasse ab und lief hinterher.

»Aber du musst nicht wegen mir ... ich meine ... ich wollte sowieso nach Hause.«

»Gefällt es dir nicht bei mir?«

»Doch, nur bin ich nicht zum Abendessen gekommen.«

»Genießen wir einfach den schönen Zufall, was meinst du?«

Fynn sah ihr tief in die Augen und dieser Blick erreichte ihr Herz. Daher antwortete sie spontan und ehrlich. »Gern.«

Der Esstisch wurde eingedeckt und sie saßen bei Brot, Schinken, Käse und Wurst zusammen. Die Wurst schmeckte Diane ausgesprochen gut. »Was ist das für eine Sorte?«

»Elch.«

»Oh.«

»Keine Sorge, die bekomme ich von einem Freund, der selbst jagt. Deshalb sei versichert, das Tier hat nicht gelitten.«

»Mit der Jagd habe ich so meine Probleme«, gestand Diane.

»Es ist aber sicherlich die beste Art, Tiere zu essen. Sie erleben nie den Stress eines Schlachthauses, es ist in Sekundenschnelle vorbei.«

Diane nickte nur, was sollte sie auch sonst tun?

»Den Käse bekomme ich von einem Hof im Nachbarort. Eigenproduktion, probier mal.«

Diane hatte gerade den Käse in der Hand, als Fynn sie überraschte. Er legte das Messer an die Seite, setzte die Ellenbogen auf dem Tisch ab und verschränkte die Hände.

»Darf ich dich etwas fragen?«

♥ 24 ♥

Fynn wartete aber gar nicht erst eine Antwort ab. »Eigentlich sind es zwei Fragen.«

»Dann schieß los«, ermunterte ihn Diane, angespannt, was wohl folgte.

»Möchtest du mit mir nach den Adventswochen eine Motorschlitten-Tour machen oder steht dir deine Einstellung beziehungsweise Beziehung zu Krister da im Wege?«

Zwei Fragen, zwei dicke Überraschungen. Dachte er tatsächlich, Sonnyboy Krister sei ihr Männergeschmack? Und einer Motorschlitten-Tour mit ihm stände dieser Mann im Wege?

»Eine Fahrt mit dem Motorschlitten wäre für mich ein echter Traum.« Sie sagte es so, wie sie es empfand. »Und Krister ist auf seine Art okay, aber ich habe nichts mit ihm und werde nie was mit ihm haben. Er ist nicht der Typ Mann, den ich mir vorstelle.«

Fynn forschte in ihrem Gesicht. »Dann ist es abgemacht. Nach den Adventswochen cruisen wir mit meinem Schneemobil durch die Winterlandschaft, okay? Ich zeige dir ein bisschen von unserem Land drumherum. Und wenn wir Glück haben, sehen wir sogar ein paar Elche.«

»Das wäre der Hammer. Darauf freue ich mich jetzt schon. Ich meine, nicht nur auf die Elche, natürlich auch auf dich, ich ...«, Diane wurde tierisch verlegen und starrte auf den Boden, »auf alles eben.«

Freundin Kajsa war ebenfalls guter Dinge, aber aus anderem Grund.

Ihre Brottorten hatten in Gemeinschaftsarbeit mit Andy das Licht der Welt erblickt. Er hatte ihr zugearbeitet, einzelne Zutaten kleingeschnitten oder püriert, jedenfalls waren mehrere Torten entstanden und die würden für den ersten Tag ausreichen. Zur Not konnte sie tagsüber Neue herstellen, Vorräte hatte sie genügend dafür eingekauft.

»Ich mache das gern«, hatte Andy ihr gesagt, weil sie sein Engagement erstaunt kommentierte. »Sind nicht Buchstaben deine Leidenschaft?«

»Beruflich ja. Privat koche ich mit Begeisterung, echt zur Entspannung. Ich habe oft Freunde zu Gast.« Andy lächelte und betrachtete dabei die Küche, die noch ein bisschen Reinigung vertragen konnte. »Ich versuche immer, gleich beim Kochen so gut wie möglich aufzuräumen, damit ich das große Chaos vermeide. Ich hasse es, wenn die Küche aussieht, als hätte eine Bombe eingeschlagen.«

Kajsa hatte das mit Bewunderung zur Kenntnis genommen. »Oje, das kriege ich nicht hin. Da kann ich mich noch so bemühen. Mir gelingt es höchstens, zwischendurch ein Gewürz in den Schrank zurückzustellen.«

Normalerweise stand sie vor einem mittelschweren Chaos, hatte sie sich ans Kochen begeben. Allerdings fand sie das nicht schlimm. Küche säubern? Das zählte nicht zu den Dingen, die sie verabscheute, das ging ihr nach dem Werkeln gut von der Hand. Gar nicht leiden dagegen konnte sie Bügelwäsche, die war der nackte Horror für sie. Diese lästige Arbeit erledigte sie grundsätzlich vor dem Fernseher und mit einem Glas Wein. Und selbst das schob sie immer wieder heraus, bis es nicht mehr ging. Aus diesem Grund hatte sie ihre Bekleidungskäufe in den letzten Jahren auf möglichst bügelfreie Materialien umgestellt.

»Ich setze uns einen Tee auf«, schlug Kajsa vor, aber Andy lehnte ab. »Können wir das auf später verschieben? Ich muss unbedingt zu Diane und ihr ein wenig helfen, sonst schlägt sie mich unangespitzt in den Boden. Die Bücher lagern verpackt im Transporter, sie kommt gar nicht dran, selbst, wenn sie wollte, und ich kann ihr nicht zumuten, die schweren Pakete zu schleppen.«

»Gebongt, ich bereite hier ein bisschen für morgen vor und du schwirrst ab zu Diane.«

»Mach ich.«

Gerade in dem Augenblick, als Andy die Treppe erreichte, jaulte Kajsa auf. »So ein Elend! Ich habe für morgen gar nicht genügend saure Sahne! Ich habe mich vergriffen, das ist Schlagsahne! Warum sehen die Packungen so ähnlich aus? Jetzt kann ich noch einmal los.«

»Ich fahre für dich«, bot Andy an.

»Nein, keinesfalls. Du kennst dich doch nicht aus und das dauert auch viel zu lange. Außerdem wird Diane mich killen, wenn du ihr nicht hilfst.« Schon war sie auf dem Weg zur Garderobe, zog sich winterfest an und griff ihre Handtasche. »Komm, ich nehme dich mit bis zu Diane.«

»Moment! Ich muss mir wenigstens ein sauberes Shirt anziehen.«

»Dann beeil dich.«

»Schade«, meinte Andy, als er in Kajsas Auto sprang, »dass ihr hier kein Geschäft habt, wo man auf die Schnelle Fehlendes holen kann.«

»Dazu kann ich dir was erzählen ...« Sie berichtete kurz über das schwebende Projekt. »Der Laden wird wohl nie Realität. Es will halt niemand übernehmen, obwohl sich die Dorfbewohner bereit erklärt haben, hier zu kaufen, selbst wenn das eine oder andere Teil ein wenig teurer sein wird.«

Die Straßenbiegung zu Dianes Haus war erreicht und das Gespräch insofern zu Ende.

»Bis nachher!« Andy sprang aus dem Wagen und zog sich gleich den Schal über den Mund. Was für eine eisige Kälte! Aber perfekt für die nächsten beiden Wochen.

Auf dem kurzen Weg zu Diane ließ ihn der Gedanke an ein Lebensmittelgeschäft gar nicht los. Da bekamen sie eine Lösung auf dem Silbertablett serviert – welches Unternehmen ging schon noch in kleine Dörfer – und sie fanden niemand, der sich engagierte! Andy verstand die Welt nicht mehr. Damit könnte man sicherlich keine Reichtümer anhäufen, aber garantiert ein gutes Auskommen. Mit einigen Marketing-Ideen oder Angeboten, die der Bäcker und die Dorfkneipe nicht boten, ließe sich bestimmt ein bisschen Geld verdienen.

Bäcker und Kneipe überlebten ja auch, warum also ein Lebensmittelgeschäft nicht? Man konnte sich um gute Vereinbarungen mit den örtlichen Höfen kümmern, zu beiderseitiger Zufriedenheit.

Die Notwendigkeit, ins Auto zu steigen, würde entfallen. Gerade im Winter seines Erachtens eine prima Option.

Aber gut, das war Sache dieses Dorfes, nicht seine.

Er bog mit großen Schritten in Dianes Einfahrt und blieb entgeistert stehen. Bis auf die Garten- und Außenbeleuchtung war das Haus dunkel. Nanu?

Trotzdem klingelte er, aber vergeblich. Diane war nicht zuhause und er stand vor verschlossener Tür. Andy entschloss sich, ein paar Minuten zu warten. Es wurde immer kälter und ungemütlicher. Noch während er sein Handy aktivierte, begann er zu frieren wie ein Schneider.

Er ahnte nicht, dass seine Kollegin bei Tischler Fynn saß und sich ein Abendbrot schmecken ließ.

Auf seltsame Art hatte die Frage nach der Motorschlittenfahrt eine fast intime Atmosphäre geschaffen und sie touchierten mit ihrem Gespräch vorsichtig die persönliche Ebene, die bisher verschlossen geblieben war.

Diane erzählte offen von ihrer Vergangenheit, dem Kennenlernen von Kajsa während ihrer Schulzeit, den gegenseitigen Besuchen, ihrem späteren Skandinavistik-Studium, dem Job als Übersetzerin und von ihren letzten Jahren in Flensburg, die auch das Ende ihrer Beziehung beinhaltete. »Wir haben uns vollkommen unspektakulär getrennt, ohne Vorwürfe, ohne Riesenstress.«

»Was meinst du denn damit?«, hakte Fynn nach

und nahm ein Stückchen Käse von der Platte.

»Einfach auseinandergelebt, würde ich es benennen. Es war kein anderer Partner im Spiel. Weder bei ihm noch bei mir. Unsere Interessen haben sich in verschiedene Richtungen entwickelt, wir haben seltener Dinge gemeinsam unternommen und es entstanden langsam aber sicher Meinungsverschiedenheiten.«

»Wie lange wart ihr zusammen?«

»Fast drei Jahre. Am Anfang war es komisch, dass man wieder allein dastand, besonders an den Wochenenden. Trotzdem habe ich die Trennung nicht bereut. Es war ruhig geworden, aber positiv ruhig. Die ständigen Streitereien hatten uns beide zermürbt. Wenn man sich permanent uneins ist, stirbt irgendwann die Liebe unweigerlich.«

»Habt ihr heute noch Kontakt?«

Du meine Güte, dachte Diane, Fynn fragt aber ordentlich! Ich tue das aber im Gegenzug gleich auch.

»Nein, Kontakt haben wir keinen mehr, zumal er von Flensburg nach Frankfurt gezogen ist. Einmal habe ich ihn getroffen, er war zu Besuch bei seinen Eltern. Wir sind uns gegenseitig nicht böse, deshalb konnten wir uns frei unterhalten. Er hat mir von seiner neuen Freundin erzählt, Frankfurterin. Die Liebe hat ihn an den Main verschlagen. Ich glaube, Wasser braucht er, wie ich ihn kenne. Er war nämlich aktiver Ruderer und zuletzt hat ihm Stand up Paddling Spaß gemacht.« Sie schmunzelte. »Wo wir gerade bei Wasser sind. Greta Mattson hat mir das Boot hinterlassen.«

»Nicht mehr schwimmfähig mit Personen«, warf Fynn warnend ein. »Da solltest du keinen Fuß reinsetzen, sonst säufst du gnadenlos damit ab. Das

Boot hat die letzten Jahre an diesem Platz einsam vor sich hingedümpelt. Aber darum kümmere ich mich, wenn der Schnee geschmolzen und der Frühling Einzug gehalten hat – sofern du das möchtest.«

»Logo will ich das.« Diane räusperte sich. »Jetzt habe ich ganz viel von mir erzählt, magst du mir auch etwas von dir preisgeben?«

Fynn hatte natürlich mit dieser Frage gerechnet. Heute würde er also zum ersten Mal persönlich mit jemandem über sein Schicksal sprechen.

»Bei mir liegt die Sache anders«, begann er und strich sich kurz durch seinen Bart. »Ich war ver ...«

Genau in diesem spannenden Augenblick klingelte Dianes Handy. Murphys Gesetz.

Fynn beendete seinen Satz nicht, im Gegenteil, er forderte sie auf, das Gespräch anzunehmen. »Geh ruhig dran!«

♥ 25 ♥

Beim Blick auf das Display hatte Diane das Gerät an die Wand klatschen können. Ausgerechnet Andy! Schon wieder griff er auf eine für sie unangenehme Weise in ihr Leben ein. Auf der anderen Seite wusste sie natürlich, in diesem Moment konnte er nichts dafür.

»Ja?«, herrschte sie knapp ins Handy. Das kam nicht nett rüber.

»Wo bist du? Ich stehe bei dir vor dem Haus, weil ich dir helfen wollte, die Tische zu arrangieren.«

Jetzt sah Diane auf die Uhr und erschrak. Sie hatte mit Fynn die Zeit völlig vergessen! »Ich bin gleich da. Fünf Minuten.«

»Das ist ein Wort, ich hüpfe mich solange warm.«

Diane sah Fynn an. »Es tut mir echt leid, ich muss los. Andy will mir helfen, die Bücher ansprechend zu präsentieren. Das soll er auch tun! Das ist nämlich eine Riesenschlepperei, vom Auto ins Haus. Da werden die Arme lang.«

Fynn stand auf. »Wir begleiten dich. Johnny muss auf jeden Fall raus, so hat er gleich einen Spaziergang. Und ich nehme die Flaschen mit, die du für den Eierlikör haben möchtest.«

»Das ist toll.«

»Dass wir dich begleiten oder die Pullen?«

Diane lächelte. »Beides.«

Alle drei waren auf dem Weg, Johnny hatte Spaß, immer wieder tauchte seine schwarze Schnauze in den weißen Schnee.

»Wenn du möchtest«, schlug Fynn vor, »kann ich Andy helfen, Bücher ausladen.«

»Du hast doch auch noch zu tun.«

»Ja, aber warum sollst du schwere Bücherpakete schleppen? Ich packe mit an, dann geht es fixer.«

Diese Idee kam bei Andy bestens an, der frierend die Ankunft der Schlüsselinhaberin herbeigesehnt hatte. Während Johnny im Schnee um sie herumtobte, räumten die Männer einen kleinen Teil des Transporters aus. Diane stapelte die Bücher erst im Vorratsraum – hier wurde es nun unangenehm eng – um danach eins nach dem anderen auf den von ihr vorgesehenen Plätzen zu arrangieren.

Diane betrachtete zufrieden ihr Werk. Schön sah es aus! Nun brauchte sie nur noch die Makronen und die Lesezeichen in Szene setzen und ein Schild mit dem Preis für ein Glas Eierlikör zu fertigen, den sie mit Hilfe von Siw festgelegt hatten.

Hoffentlich kam es bei den Gästen gut an, dass sie ein Gläschen Eierlikör genießen konnten, während sie sich für ein Buch interessierten.

Die Couchecke bot fünf Plätze und sechs gab es am Esstisch, mehr Leute fasste ihr Haus nicht im Präsentationsbereich. »Es wird nie ganz voll sein, das entzerrt sich, wirst du sehen. Und einige setzen sich gar nicht erst, sondern bleiben stehen, wie sie das aus Buchhandlungen gewohnt sind«, hatte Siw Diane beruhigt.

Vier Gläser, die man gut ausschlecken konnte, weil man eben keine Eierlikörreste über ließ, hatte Diane selbst, sechs steuerte Siw bei, wobei ihr eins in Dianes Küche aus den Händen glitt und in tausend Scherben zerbarst, weitere vier kamen von Freundin Kajsa. »Damit habe ich dreizehn, das reicht wohl? Oder eher nicht?« Diane hatte Siw und Kajsa hilfesuchend angesehen.

Siw hatte abgewinkt und gemeint, es trinke sowieso nicht jeder Alkohol, demnach solle sie keine Panik schieben, sondern alles in Ruhe angehen und auf sich zukommen lassen.

»Ist so alles zu deiner Zufriedenheit?«, riss Andy sie aus ihrer Gedankenwelt.

»Danke euch beiden. Sieht ziemlich gut aus, nicht?«, meinte sie stolz. »Den Rest schaffe ich allein.«

Andys Augen leuchteten auf. »Gut, wenn du meinst. Dann kann ich zurück zu Kajsa, sie braucht sicherlich auch ein bisschen Hilfe.«

Brauchte sie nicht, das wusste Diane, sie hatte zwischenzeitlich kurz mit ihrer Freundin telefoniert, die ihr von der Gemeinschaftsarbeit mit Andy berichtete. »Es war total toll und er hat Ahnung vom Kochen, das erkennt man auf Anhieb. Jedenfalls hat es unendlich Spaß gemacht mit ihm.«

»Aha ...« Diane ließ leises Amüsement durchklingen.

»Du, das meine ich ehrlich. Dein Chef hat mir glaubhaft versichert, das Kochen eine Leidenschaft von ihm ist. Stell dir vor ...«, und Kajsa berichtete ihrer Freundin von seinen Aussagen.

»Man wird doch immer wieder überrascht.« Und das war Diane in der Tat. Es bestätigte sich einmal mehr, privat und beruflich konnten zwei total unterschiedliche Paar Schuhe sein.

»Faktisch«, hörte sie Kajsa erneut, »haben wir alles fertig. Die Brottorten müssen morgen früh nur frisch verziert werden. Ich habe Teller, Besteck und Servietten am Platz, heute Abend bleibt Zeit für ein schönes Essen und ein Glas Wein.«

»Ich habe noch ein bisschen zu tun«, berichtete Diane, »aber spät wird es bei mir auch nicht. Und ich bin total aufgeregt, wie mein Haus und die Bücher ankommen.«

»Bestimmt prächtig. Besonders dein Eierlikör und die Makronen. Wie sind sie denn überhaupt geworden?«

»Ich gebe Andy eine Probe für dich mit.«

Die nahm er, genauso wie eine kleine Flasche Eierlikör, gerne entgegen. »Da wird sich Kajsa freuen.« Andy verabschiedete sich mit glänzenden Augen und man sah, dass er es eilig hatte, in seine Unterkunft beziehungsweise zu Kajsa zu kommen.

Da schien sich unweigerlich etwas anzubahnen und Diane fragte sich, ob sie das gut oder schlecht finden sollte ...

Johnny bellte und spontan sagte Diane zu Fynn: »Bleibt ihr beide doch noch ein bisschen. Ich könnte eine wunderbare heiße Schokolade mit Sahne bieten.«

»Da kann ich unmöglich Nein sagen.«

Der Duft von schokoladigem Kakao zog durch das Haus, er war derart anregend, dass Fynn zu ihr in die Küche kam.

»Kann ich zuschauen, wie du heiße Schokolade kochst?«

»Sicher, es ist ganz einfach. Ich erwärme Milch, gebe kleingeschnittene Zartbitterschokolade hinzu, einen Löffel Kakaopulver sowie eine Prise Zimt. Wenn sich alles aufgelöst hat, ist es fertig. Na ja, fast. Magst du rühren, während ich die Sahne schlage?«

Ohne Worte übernahm Fynn den Kochlöffel von ihr und Diane widmete sich dem Sahneschlagen. Danach entband sie Fynn von seiner Aufgabe, weil die Schokolade restlos geschmolzen war und goss die heiße Mischung in zwei große Tassen. Sie gab Sahne obenauf, stäubte Zimt darüber und streute als Überraschung ein paar pastellfarbene Mini-Marshmallows auf die Sahnehaube.

»Wow!«, entfuhr es Fynn, »das sieht großartig aus.«

»Es ist eine Erinnerung an meine Kindheit. So hat mich meine Omi immer verwöhnt.«

Mit ihren Tassen begaben sie sich ins Wohnzimmer. Diane zündete Kerzen an, während Fynn wie selbstverständlich den Kamin mit Holzscheiten auffüllte.

Was für ein gestandener Mann im Haus! Die Männlichkeit, die er verströmte, ließ ihr Herz stürmischer schlagen. Diane fühlte sich wie in einem romantischen Winterfilm. Draußen eisiger Winter, die Landschaft lag unter einer dicken Schneedecke, die Nacht war angebrochen. Im Haus züngelten die Flammen im Kamin, ein kleiner glücklicher Hund knabberte an einem Leckerchen. Der muskelbepackte, große Kerl in Jeans und kariertem Hemd, nahm die junge, zierliche Frau in seine starken Arme und küsste sie, erst sanft, dann fordernd. Halb schob er sie, halb sank sie in die weichen Kissen der Couch, seine Hände ...

»Diane?«

»Äh ... ja?« Oha! Sie hatte sich soeben in einem Tagtraum verloren. Der war schön gewesen!

»Du stehst so sinnend neben der Kerze, stimmt was nicht damit?«

»Nein, alles gut.«

In diesem Augenblick rettete sie ein Anruf von Kajsa, die sich jubelnd bedankte. »Die Makronen sind schweinelecker, Andy und ich haben schon die halbe Tüte aufgefuttert. Und dein Eierlikör ... mmh ... sooo guuut!«

»Das freut mich.«

»Wir haben beides ausgiebig gekostet.« Und sie fügte leise hinzu: »Dein Chef ist ein echter Knaller!«

»So sehe ich ihn nicht«, antwortete Diane pragmatisch.

»Es war eine Spitzenidee, ihn bei mir wohnen zu lassen«, gurrte Kajsa glücklich.

»Eigentlich hättest du ihm das Dreifache des Preises berechnen müssen.«

»Warum?«

»Weil er es hat beziehungsweise die Firma das zahlt.«

»Das ist leider zu spät.«

»Sollte er noch einmal kommen, haben sich die Preise eben erhöht.«

Kajsa lachte über Dianes Ansinnen. Ihre Freundin

konnte ja nicht wissen, dass sie ihn das nächste Mal kostenlos bei ihr wohnen lassen würde, jedenfalls wahrscheinlich. Vorhin waren sie sich nämlich etwas nähergekommen. Andy hatte den Arm um sie gelegt, als sie gemeinsam ihre Werke, die Brottorten, betrachtet hatten. Das Gefühl war berauschend gewesen und sie hatte sich kurz an seine Schulter gelehnt.

Es war spannend, was sich die nächsten vierzehn Tage ergeben würde ...

»Ich wünsche dir einen schönen Abend, Diane.«

Die bedankte sich. Aber sie hatte ebenfalls ihrer Freundin etwas vorenthalten. Fynn saß bei ihr und sie fand das gut. Doch wissen musste das Kajsa jetzt auch nicht.

Diane gesellte sich zu Fynn, der es sich inzwischen auf der Couch bequem gemacht hatte. Sie setzte sich im Schneidersitz in ihre Lieblingsecke.

»Tut mir echt leid, aber deine Sahne ist fast geschmolzen«, bedauerte er.

»Macht nichts. Schmeckt mir auch so. Außerdem habe ich noch Nachschub. Soll ich den Rest Sahne holen?«

»Gern.« In dieser Hinsicht war er dann doch wie ein Junge, dem man eine Leckerei vor Augen hielt. Süß!

Diane holte den Rührbecher und teilte die Sahne auf. Endlich nahm sie den ersten Löffel. Und sie traute sich nun, zu fragen. »Ich habe dir vorhin von mir und meiner letzten Beziehung berichtet, magst du mir ein bisschen was zu deiner Vergangenheit erzählen?«

♥ 26 ♥

Fynn stellte seine Tasse Schokolade auf dem Tisch ab. Einige Momente blieb er ruhig und schaute nur vor sich hin.

Danach sah er Diane ernst an. »Ich erzähle es dir. Bisher weiß es auch nur Siw, zu ihr habe ich ein ganz herzliches Verhältnis, sie behandelt mich, als wäre ich ihr Sohn. Du kannst auch mit Kajsa darüber reden, aber ich bitte euch zwei, behaltet es für euch. Ich will es später im Dorf mal selbst erzählen, aber ich warte auf den richtigen Zeitpunkt. Vielleicht kommt der aber auch nie.«

»Natürlich, versprochen.«

»Ich war verlobt.« Er blickte noch ernster und verschlossener als sonst.

»Hat sie dich verlassen?«

»Wenn man es so sieht, ja.«

Oha, dachte Diane, er hat das nicht überwunden. Sie ist sicherlich mit einem anderen durchgebrannt. Hätte sie mal besser nicht gefragt! Nicht jeder konnte eine – eigentlich fast schmerzbefreite – Trennung erleben wie sie. Bei den meisten Paaren waren einseitig noch Gefühle vorhanden, und das führt natürlich zu emotionalen Problemen, die hieß es abzuarbeiten. Anscheinend traf ihn das.

»Entschuldige, Fynn, wenn du nicht darüber reden möchtest, ist das für mich völlig in Ordnung.«

»Nein, nein, einmal muss es sein.« Er nahm einen Löffel seiner halb geschmolzenen Sahne samt Marshmallows und steckte sie sich in den Mund, so als wäre das Süße die Vorbereitung auf das Bittere, das folgte.

Für Diane war diese kleine Pause unangenehm. Ein schlechtes Gewissen machte sich in ihr unweigerlich breit. Sie hatte ihn in eine Lage gebracht, die ihn bedrückte, durch ihre Neugier. Warum hatte sie nicht abgewartet, bis er irgendwann von allein darüber sprach? Sie ließ sich zu so etwas ja auch nicht drängen.

Krister hatte es des Öfteren versucht. Sie hatte ihn cool abblitzen lassen. Das war ihr zu privat und sie wusste, er würde beziehungsweise könnte es nicht für sich behalten. Das war nicht böse von ihm gemeint, aber in Gesprächen mit anderen würde er es locker einflechten, unbeabsichtigt, nicht merkend, dass er sie damit verletzte oder Persönliches preisgab, das in der Öffentlichkeit nichts zu suchen hatte.

Wie es Kristers Art war, hatte er weiter gebohrt. »Komm schon, ist doch nicht dramatisch. Jeder in unserem Alter hat eine Vergangenheit.«

»Aber *ich* entscheide noch immer selbst, wen ich davon in Kenntnis setze.« Diese Schärfe in Dianes Worten hatten ihn zum Aufgeben bewogen, jedenfalls fast. Er hatte es wiederum mit einem Augenzwinkern versucht, auf die lustige Art, trotzdem biss er bei Diane auf Granit.

Krister war eben nicht derjenige, den man sich als Vertrauensperson oder Geheimnisträger wünschte. Und die Penetranz, mit der er bei allem nachsetzte, gefiel ihr allemal nicht.

»Ich erzähle es dir.« Fynn stellte seine Tasse ab und lehnte sich zurück, allerdings mit verschränkten Armen.

»Es geschah vor knapp vier Jahren. Ich bin mit meiner Verlobten Freja zu meinen Eltern gefahren. Wir planten, einige Tage dort zu verbringen, weil mein Vater seinen Geburtstag an dem kommenden Wochenende feiern wollte. Meine Eltern wohnten in einem Mehrfamilienhaus.«

Wohnten? Hatte Diane das richtig verstanden? Aber sie blieb stumm und hörte einfach zu. Noch einmal würde sie nichts fragen.

»An unseren Anreisetag rief mich ein ehemaliger Schulfreund an, er war ebenfalls in der Stadt auf Eltern- und Geschwisterbesuch und schlug mir ein kurzes Treffen in unserer damaligen Lieblingskneipe vor. Ich war hin und her gerissen, aber Freja und mein Vater rieten mir zu.

Du hast ihn jahrelang nicht gesehen, macht euch eine schöne Zeit, hatte mich letztendlich Freja überredet. *Quatscht bis in die Nacht! Es gibt sicherlich viel zu erzählen.*

Das Wiedersehen mit meinem Schulfreund wurde richtig schön und es gab jede Menge Neuigkeiten auf beiden Seiten. Wir haben lange geredet. Um kurz vor zwei war ich auf dem Weg nach Hause. Als ich in die Straße bog, wo meine Eltern wohnten, sah ich das Drama. Löschzüge der Feuerwehr standen dort und mehrere Rettungswagen.

Da spürte ich innerlich, es betrifft meine Familie. Und das Gefühl war kein gutes. Das Auto habe ich einfach am Straßenrand abgestellt und bin losgerannt.

Es spielten sich Szenen in dieser so gespenstisch durch orangefarbene und blau blinkende Lichter beleuchteten Nacht ab, die ich nie mehr vergessen werde, sie haben sich eingebrannt, kommen immer und immer wieder. Eine Person wurde soeben in den Rettungswagen geschoben, eine zweite gerade aus dem Gebäude herausgefahren, mit, du weißt schon, so einer Atemmaske auf dem Gesicht.

Die Fenster aller Wohnungen waren sperrangelweit geöffnet. Um mich herum wuselten unzählige Feuerwehrmänner.

Als ich nah an der Trage war, sah ich die langen Haare von Freja. Man wollte mich wegschieben, aber als sie erfuhren, dass es meine Verlobte ist, hat man mich akzeptiert. Wieder wurden drei Personen aus dem Haus geholt, eine liegend, zwei zu Fuß, brutal hustend.« Fynn holte tief Luft. »Ich fasse es zusammen. Mein Vater war bereits tot, meine Mutter und Freja wurden ins Krankenhaus gebracht. Freja verstarb auf dem Weg dorthin, meine Mutter vier Tage später.«

Diane lief eine Gänsehaut über ihren Körper und sie umfasste automatisch ihre Oberarme. Das war ja unfassbar grauenhaft!

»Ursache war«, Fynn schaute auf den Boden, »eine defekte Gastherme. Kohlenmonoxid-Vergiftung. Das riechst du nicht, das schmeckst du nicht und im Schlaf hast du null Chance. Aus der Nachbarwohnung haben zwei Personen überlebt, denen wurde übel, die konnten noch die Fenster öffnen, die Rettung informieren. Aber für meine schlafende Familie kam jede Hilfe zu spät.«

Diane stand auf, setzte sich neben Fynn und nahm ihn freundschaftlich und mitfühlend in die Arme. Er ließ es geschehen, griff zögerlich nach einer Hand von ihr. Selbst Johnny bemerkte die traurige Stimmung. Er kam hinzu und legte seine Schnauze tröstend in Fynns Schoß.

»Mit einem Schlag«, der kernige, unnahbar wirkende Mann hatte Tränen in den Augen, »habe ich alles verloren. Alles. Unwiederbringlich. Mein bisheriges Leben war wie vom Erdboden verschluckt. Weg. Eine große Leere. Meine Liebsten hatten keine Chance gegen dieses vermaledeite Kohlenmonoxid. Ein leiser Tod.«

Diane hatte das Grauen voll gepackt. Der Gedanke, ihre Eltern hätten dieses Schicksal erlitten, ließ sie nur noch flach atmen.

Fynn sprach weiter. »Mein einziger Trost ist, dass sie nicht gelitten haben. Sie sind einfach im Schlaf ...«, ihm versagten die Worte.

Auch Diane blieb stumm. So saßen sie einige Momente ruhig zusammen und jeder hing seinen Gedanken nach.

»Es ist schon komisch, du bist der erste Mensch nach Siw, mit dem ich darüber rede, darüber reden kann.«

»Deine Lebensgeschichte bleibt bei mir. Ich erzähle, mit Ausnahme von Kajsa, niemandem davon.«

»Das weiß ich, sonst hätte ich nicht mit dir darüber gesprochen. Ich habe mich damals entschieden, alles hinter mir zu lassen und noch einmal ganz neu anzufangen. Dort, wo mich niemand kennt. Allerdings habe ich auch gelernt, dass man sein Schicksal immer Huckepack dabeihat, es bleibt nirgendwo zurück. Man muss es annehmen und mit dem Wissen daraus die Zukunft gestalten. Es liegt an einem selbst, ob man daran zerbricht oder dem Leben wieder Schönes abtrotzt.«‹«

»Und deshalb bist du in diesem Dorf gelandet«, setzte Diane hinzu.

»So ist das.« Er griff zu seiner Kakaotasse, trank sie überraschend in einen Rutsch aus und erhob sich. »Danke für die wunderbare Schokolade.« Und an den Welpen gewandt: »Johnny, komm.«

Ehe sich Diane versah, stand er im Flur, zog Jacke und Schuhe über, sah sie kurz an, nickte und war zur Tür raus.

Diane schaute ihm nicht nach. Sie ging langsam ins Wohnzimmer zurück und verstand die Welt nicht mehr. Erst schüttete er sein Herz bei ihr aus, dann verschwand er, einfach so.

Sie setzte Wasser auf. Ein Johanniskrauttee musste es jetzt dringend sein, um ihre durcheinandergewirbelten Nerven zu beruhigen.

Fynn stapfte entschlossen durch den Schnee.

Heute hatte er sich geoutet – seine Seele und sein Herz geöffnet sowie seinen größten Kummer noch einem zweiten Menschen mitgeteilt. All das, was er so tief in sich verschlossen hatte, war aufgebrochen worden. Und das bei einer Frau, die er nur wenige Tage kannte.

Er musste einfach gehen, sonst hätte er sie umarmt und nicht mehr losgelassen. Diane war genau sein Typ, sie hatte ihm von Anfang an gefallen, aber

Aussehen ist nicht alles, das Herz war entscheidend und sie hatte es am rechten Fleck.

Das allererste Mal nach Frejas Tod hatte er wieder ein tiefes Gefühl für eine Frau entwickelt. Das war ihm heute Abend ganz besonders bewusst geworden. Diane hatte viel Empathie gezeigt, ihn einfach in den Arm genommen. Es irritierte ihn und er musste das für sich selbst verarbeiten.

Aber er war Mann genug, um zu fühlen, er hatte sich verliebt.

Wie war noch der Spruch, den er irgendwann gelesen hatte? Wenn du auf der Schattenseite des Lebens stehst, vergiss nicht, die Erde dreht sich – und das hatte sie nun getan.

Kaum hatte er sein Haus erreicht und die Wohnungstür hinter sich geschlossen, kamen ihm die Tränen. Er setzte sich auf seine Couch, schlug die Hände vors Gesicht und weinte hemmungslos. All das Leid, das er die vergangenen Jahre geschluckt hatte, brach sich durch den Tränenfluss endlich nach außen Bahn. Aber er fühlte auch, es war der Abschluss einer langen traurigen Reise.

Sanft spürte er die feuchte Hundeschnauze an seinen Händen und er umarmte den Welpen innig.

Aber wie hatte Diane nur seine *Flucht* aufgefasst?

♥ 27 ♥

Gedankenvoll und Schluck für Schluck trank Diane ihren Tee.

Kein Wunder, dass Fynn sein Lachen verlernt hatte! So etwas zu erleben wäre für jeden der ultimative Albtraum.

Sie fühlte sich schlecht, mehr oder weniger hatte sie ihn zu diesem Seelen-Striptease gedrängt und es waren tiefe Gefühle aufgewühlt worden, die er in einer Emotionsschublade abgelegt hatte, um sie nicht mehr zu öffnen, weil die Erinnerungen unerträglich schmerzhaft waren.

Spontan griff sie zum Telefon und wählte ihn an, schaute dabei durch die Haustür in die Dunkelheit.

Alles war friedlich, selbst der vorhin schneidende Wind hatte sich gelegt. Er meldete sich bereits nach dem ersten Klingeln und Diane legte ohne einen Gruß los. »Es tut mir total leid, ich ...«

Seine ruhige, tiefe Stimme unterbrach sie. »Es war gut so, Diane.«

»Ich wollte nicht, das heißt, ich wusste nicht ... hm, hätte ich es auch nur geahnt, ich hätte dich niemals darauf angesprochen.«

»Diane, mir ist etwas Wichtiges bewusst geworden. Ich bin vor einer schlimmen Erinnerung weggelaufen und habe nun festgestellt, dass ich sie im Gepäck hatte und immer haben werde. Sie wird mich mein Leben lang begleiten. Man muss Dinge, die man nicht ändern kann, akzeptieren lernen. Dabei hast du mir geholfen. Dafür bin ich dir dankbar und das meine ich ehrlich. Du musst dich nicht schlecht fühlen.«

»Das tue ich aber.«

»Was habe ich dir gerade gesagt, Diane? Es ist okay. Nach den Adventswochen gönnen wir beide uns die Motorschlittenfahrt und lassen uns alles Belastende aus unseren Köpfen pusten, was meinst du?«

Etwas zögerlich antwortete sie. »Ja ...«

»Und jetzt schlaf gut und einen tollen Verkaufsstart morgen.«

»Für dich ebenfalls. Gute Nacht.«

Fynn klickte das Gespräch weg. Diane stand noch eine ganze Weile an der Tür und starrte hinaus in die Winterlandschaft, das Handy an ihr Herz gedrückt.

Der große Tag war gekommen. Die Adventswochen im Winterdorf begannen.

Diane wachte zeitig auf, den Wecker benötigte sie gar nicht. Das war wohl die Mischung aus Aufregung, Erwartung und Angst. Es blieb genügend Zeit, um sich in Ruhe zu stylen, obwohl sie über dieses Wort schmunzelte.

Früher saß jedes Härchen, jede Wimper. Heutzutage war für sie weniger mehr. Sie hatte in den Wochen, seit sie hier wohnte, ihr gut deckendes Makeup gegen ein natürlich wirkendes ausgetauscht. Ihre Augen bekamen selbstverständlich Ausdruck durch Wimperntusche, aber die trug sie nur noch einmal auf. Fertig. Auf Lippenstift verzichtete sie meist, ein Fettstift war in dieser trockenen Kälte die bessere Wahl.

Es war ein Zwang verschwunden, sie war jetzt einfach mehr Diane.

Pudelwohl fühle ich mich, dachte sie, und betrachtete sich prüfend im Spiegel. Ich verändere mich und das ist gut und richtig so.

Es gab ein Frühstück im Stehen, bestehend aus Kaffee und Toast mit Siws köstlicher Preiselbeermarmelade.

Diane sah aus dem Fenster, der Uhrzeiger wanderte auf neun zu.

Kajsa hatte sie gewarnt. »Du kannst darauf wetten, schlagartig wird es voll, das Dorf wird von Touristen geflutet. Das Winterdorf ist zwei Wochen lang eine schwedische Attraktion. Ich freue mich tierisch darauf, für meine Zeitung darüber zu berichten. Ich mache Fotos und werde übrigens auch bei dir erscheinen.«

»Da muss ich ja noch penibel aufräumen.«

»Nein«, feixte Kajsa, »hab einfach die Haare schön!«

Es war an der Zeit, den vorbereiteten Aufsteller vor der Veranda zu platzieren.

Mensch, was war das Ding schwer und unhandlich zusätzlich, aber das musste es sein, sonst würde es der Wind mit Freude umpusten. Der hatte sich nämlich heute Morgen entschlossen, Kraft für seinen nächsten Auftritt zu sammeln.

Diane betrachtete ihr Schieferschild. Sorgsam hatte sie

Välkommen

mit Kreide darauf geschrieben, darunter ein lachendes Rentier gemalt. Das war ihr ausgesprochen gut gelungen und sie lächelte das Kreidetierchen an. Hoffentlich schneite es heute nicht, das würde die Kreide nicht überleben.

Das Vogelfutter hatte sie mit rausgenommen und füllte damit großzügig das neue Häuschen auf. Die ersten Tagesgäste mit Federn warteten bereits auf der verschneiten Tanne und einige saßen auf dem Holzzaun, sie genauestens beobachtend. Sie hatte das Gefühl, als wollten sie ihr mit dem leichten Flügelschlagen zupiepen: Du bist spät, beeil dich gefälligst! Wir haben Hunger!

Zurück im Haus, feuerte sie den Kamin an. Das brachte diese wunderbar winterliche Gemütlichkeit. Wäre sie Gast, würde sie sich darüber sehr freuen.

Diane überprüfte die elektrische Weihnachtsbeleuchtung in den Fenstern, sie brannte ausnahmslos. Auf dem Tisch und den Sideboards hatte sie sich für Windlichter mit echten Teelichtern – einige verbreiteten Vanilleduft – entschieden, sie wirkten einfach heimeliger. Happy sah sie sich um.

Der drapierte Büchertisch, flankiert von den Schalen mit den Lesezeichen, sah prächtig aus. Besonders hübsch fand sie das Tablett mit der Vintage-Karaffe, die Omis Eierlikör beherbergte, bis ein Besucher gerne kosten wollte. Den Preis für ein Gläschen hätte sie etwas zu niedrig angesetzt, meinte

Kajsa. Aber es war eben ihr erstes Jahr. Der Likör stand auf einem Kühlelement und wurde von einem Kühlring umgeben, beides gut getarnt mit pfiffiger Weihnachtsdeko.

Ein absoluter Hingucker waren sicherlich die Tütchen mit den selbstgemachten Makronen. Da hätte sie selbst gern zugegriffen, so schön waren ihr die Verzierungen gelungen. Ja, das war alles sehr ansprechend.

Genau in diesem Moment sah sie, wie die ersten Touristen, zwei Frauen, in ihre Einfahrt spazierten, kurz stehen blieben, ihr Heim bewunderten und danach entschlossen auf ihre Haustür zusteuerten. Sie holte tief Luft. Es ging los!

Diane verriet natürlich nicht alles, aber sie präsentierte sich als glückliche Hausbesitzerin und Übersetzerin mit skandinavischen Wurzeln. Das stimmte schließlich, dachte sie an ihre dänische Großmutter. Die Frauen tranken einen Eierlikör, nahmen Makronen mit und machten sich danach auf den Weg zum Nachbarhaus.

Den ganzen Tag herrschte Hochbetrieb bei ihr, sie schaffte es so gerade zweimal zur Toilette. Über Mittag kam Andy zu ihr. Sie merkte ihm an, er tat es aus Pflichtbewusstsein, denn er sah ständig auf die Uhr.

»Hau schon wieder ab, Chef!«, knuffte sie ihn amüsiert auf den Oberarm. »Ich merke doch, dass du zu Kajsa willst.«

»Ich muss ja auch bei dir sein, die Bücher sind ...«

»Du musst gar nichts«, fiel sie ihm lachend ins Wort. »Ich komme zurecht.«

Erleichterung spiegelte sich in seinen Gesichtszügen. »Meinst du?«

»Kennst du mich anders?«

Um sechs Uhr abends war der Zauber tatsächlich vorbei. Bevor sie etwas aß, wollte sie erst mit Kajsa telefonieren. Die meldete sich sofort. »Hej, Diane, wie war dein Tag? Erfolgreich?«

»Jaha! Ich habe elf Bücher und sage und schreibe einundzwanzig Lesezeichen verkauft, der Eierlikör ist bestens angekommen, einige haben es sich damit auf der Couch gemütlich gemacht und ein wenig geschmökert oder erzählt. Wie viele Tüten Makronen weg sind, muss ich erst ermitteln.« Diane stockte. »Hört sich total angeberisch an, was? Aber zuerst ein dickes Dankeschön für die Stücke Smörgåstårta, die mir Andy mitgebracht hat. Das wird ein leckeres Abendessen. Wie war der Tag denn bei dir?«

»Stark! Jeder, der hier reingekommen ist, hat ein Stückchen gegessen. Ich habe sogar welche to go einpacken müssen.«

»Kein Wunder! Das sind vom Aussehen her kleine Wunderwerke.«

»Ich bin dankbar, dass die Larssons mir auch in diesem Jahr eine ihrer Kühlvitrinen geliehen haben, sonst hätte ich echt Probleme oder müsste mir so ein Teil kaufen. Außerdem sieht das natürlich repräsentativ aus, wenn die Torten in Etagen präsentiert werden.«

»Hast du ein Foto?«

»Logo! Habe ich gleich als Erstes gemacht, als die Vitrine bestückt war. Ich schicke es dir eben.« Diane hörte sie tippen. »Yes, raus. Nachschub habe ich in meinem eiskalten Vorratsraum. Da ist natürlich das Fenster offen, das Fliegengitter hält ungebetene tierische Gäste fern, somit besitze ich praktisch einen riesigen Kühlschrank«, kicherte Kajsa, »man kann allerdings nur in Eskimo-Kleidung rein, sonst bist du gleich festgefroren.«

»Auf diese Weise bleibst du jedenfalls frisch«, amüsierte sich Diane. »Aber mal nebenbei, viele Gäste haben mich heute gefragt, wie man an so ein Haus kommt, es wäre doch schön, in Schweden zu leben. Ich habe denen erzählt, ich habe skandinavische Wurzeln. Nun, ich habe schließlich eine dänische Omi.«

»Hast du gut gemacht. Die denken alle, die können hier ein Ferienhaus kaufen und zweimal im Jahr ihren Urlaub bei uns verbringen. Dem ist ja beileibe nicht so. Das musste ich heute auch mehrmals erklären. Wir wollen keinesfalls ein Dorf erschaffen, das die meiste Zeit des Jahres verwaist ist.«

Nach dem Gespräch goss Diane gutgelaunt einen Zimt-Tee auf und gönnte sich Kajsas Torte. Die inzwischen schmerzenden Füße hatte sie auf der Couch hochgelegt.

Ihre Gedanken wanderten zu Fynn. Wie war sein Tag gelaufen und sollte sie ihn anrufen? Was tat er gerade? Hatte er, genau wie sie, heute viel Besuch gehabt? Wie hatte Johnny das verkraftet? Sie betrachtete ihr Handy, das auf dem Tisch lag. Sollte sie? Aber letztendlich entschied sie sich doch dagegen. Sie hatte schließlich gestern schon angerufen.

Fynn saß ebenfalls auf dem Sofa, vor sich eine Flasche Bier. Der Tag war sehr erfolgreich gewesen. Er hatte gut verkauft, wobei der Renner die Rentier-

Tischdekoration war, viele interessante Gespräche geführt und zwischendurch immer wieder an Diane gedacht. Hoffentlich hatte auch sie einen schönen Tag erlebt. Für sie waren die Adventswochen im Winterdorf neu, er wünschte ihr von Herzen Erfolg und nette Unterhaltungen mit den Gästen.

Sollte er sie anrufen? Aber er wägte das Für und Wider zu lange ab. Als er auf die Uhr sah, war es nach seinem Ermessen zu spät.

Die Tage vergingen, weder Diane noch Fynn konnten sich für einen Anruf entscheiden und so brach der 13. Dezember, der Tag des Lucia-Festes, ohne zwischenzeitliche Kontaktaufnahme an.

♥ 28 ♥

»Das ist der Tag mit den allermeisten Gästen«, hatte Kajsa Diane prophezeit und sie vorgewarnt, »da ist die Hölle los. Sieh zu, dass du so viel wie möglich vorrätig hast.«

Diane hatte – außer an dem ersten Abend – bereits Nachschub produziert, denn den Eierlikör und die Makronen, vornehmlich die mit den Zartbitter-Stückchen, riss man ihr geradezu aus den Händen. Die Bücher liefen auch, aber die handgemachten Lesezeichen noch mehr.

Eine ältere Dame brachte es auf den Punkt. »Die Makronen sind traumhaft verpackt. Ich nehme welche als Geschenk mit. Und diese Lesezeichen sind so was von hübsch. Davon möchte ich unbedingt einige.«

Das Kompliment freute Diane natürlich.

Sie hatte mit aller Liebe dafür gesorgt, dass jedes Makronen-Tütchen besonders wirkte. Im Internet hatte sie ein Juteband, an den Rändern mit weißer Spitze im Vintage-Look, gefunden. Dazwischen hatte sie als Farbtupfer künstliche rote Beeren gesteckt und dazu kleine Rentier-Filz-Anhänger angebracht. Es sah wunderbar weihnachtlich aus.

Nach einer Woche fiel sie abends wie ein Stein ins Bett. Die Gespräche mit den Gästen waren natürlich schön, aber auch anstrengend, nicht nur, weil sie von einer Sprache in die nächste wechselte, sondern sich auf jeden Gast, der sie ansprach, voll konzentrierte und neu einstellen musste, und das den ganzen Tag lang ohne nennenswerte Pausen.

Kaum war ihr Haus um sechs Uhr geschlossen, machte sie sich daran, Nachschub zu produzieren, das ging teilweise bis Mitternacht, sie konnte die Küche ja nicht bis zum nächsten Morgen im Chaos lassen.

Andy bemühte sich sehr, ihr hilfreich zur Seite zu stehen, allerdings nur stundenweise, den Rest der Zeit verbrachte er bei Kajsa oder übernahm den Verkauf, denn Kajsa war immer wieder unterwegs, um Fotos für ihren Zeitungsbericht zu schießen. Diane empfand dies als gut. Er war immer noch ihr Chef und sie fühlte sich einfach beobachtet, wenn er vor Ort war, das ließ sich nicht so leicht abstellen. So jedoch passte es. Sie war froh, dass er bei ihrer Freundin war – und er allemal.

Sollte er tatsächlich glauben, sie hätte nicht gecheckt, was lief, hatte er sich getäuscht. Nannte sie nämlich Kajsas Namen, sah sie das verliebte Glitzern in seinen Augen. Sie gönnte ihm das und Kajsa auch – nur was wurde, wenn er wieder abreiste? Katzenjammer bei Kajsa oder betrachtete sie es einfach nur als intensiven Winterflirt?

Aber mittlerweile war ihr das ziemlich egal, was sollte sie sich Sorgen machen, die beiden waren erwachsen.

Mit einer erneuten Produktion hatte sie sich auf diesen Lucia-Tag vorbereitet. Der Andrang war riesengroß, die Stimmung hervorragend, jeder wartete mit Vorfreude auf den abendlichen Umzug.

Und endlich war es soweit. Kajsa und Andy holten sie vereinbarungsgemäß ab und machten sich gemeinsam auf den Weg zur Dorfstraße. Dort war es voll geworden. Viele Menschen warteten bereits in der Dunkelheit. Im Dorf waren alle Lichter gelöscht. Es duftete aus den Bäckertüten, die die Gäste mit sich trugen, nach Lussekatter, dem leckeren Hefe-Safran-Gebäck. Die stellte der Dorfbäcker traditionell in Form eines S, an den Enden mit je einer Rosine versehen, her. Diese Lussekatter durfte niemand für die Adventswochen im Winterdorf backen, das war die Monopolstellung des Bäckers, der sie zu Hunderten schon in der Nacht und weiterhin über Tag hergestellt hatte. Erfahrungsgemäß waren sie am Abend bis auf das letzte Teilchen verkauft, hatte man Diane erzählt.

Sie standen keine zwei Minuten, als sich Krister zu ihnen gesellte. »Hej, ihr drei! Wie war euer Tag?«

Sie führten ein bisschen Small-Talk, als Diane eine bekannte Stimme aus dem Hintergrund hörte.

»Ja, diese Frage kann ich dir beantworten. Der Brauch des Lucia-Festes geht auf das 4. Jahrhundert zurück. Die Legende besagt, Lucia von Syrakus habe Christen, die sich in den dunklen, verwinkelten, römischen Katakomben vor der Verfolgung und somit dem sicheren Tod versteckten, mit Lebensmitteln versorgt. Sie hat natürlich jedes Mal so viel wie möglich mitnehmen wollen und aufgrund dessen blieb keine Hand frei für ein Licht, das ihr den

Weg leuchtete. Daher trug sie Kerzen an einem Kranz auf dem Kopf.«

Diane drehte sich um und sah Fynn, der Johnny an der Leine mitführte. Fynn hatte einer Touristin den Grund für den jährlichen Umzug am 13. Dezember erklärt. Die allerdings war deutlich nicht an seiner geschichtlichen Ausführung interessiert, sondern eher an dem Erzähler selbst. Das verrieten ihre Augen.

Eifersucht krabbelte in Diane hoch. Das ist *mein* Wikinger! Und das würde sie der, zugegeben gutaussehenden, Tussi gleich veranschaulichen.

»Hej, Fynn!« Sie strahlte ihn an, nahm ihn ganz kurz in die Arme auf eine Art, die beides sein könnte, eine Beziehungs- genauso wie eine Freundschafts-Umarmung. Dann bückte sie sich und Johnny, der sie mit wedelndem Schwanz begrüßte, bekam eine liebevolle Streicheleinheit. »Na, Johnny, du möchtest auch die Lucia sehen?«

Fynn wandte sich noch einmal an die junge Frau. »Ich hoffe, ich konnte dir unseren Brauch gut erklären.«

»Du könntest mir alles erklären«, kam die kryptische Antwort mit einem koketten Lächeln.

Spinnt die? Diane war stinksauer. Ihren Fynn einfach so anzugraben! Unmöglich! Habe ich ihr nicht deutlich genug gezeigt, wer hier am Zug ist? In diesem Augenblick allerdings wurde ihr glasklar bewusst, sie hatte sich heftig in Fynn verliebt!

Er antwortete der in Dianes Augen aufgetakelten Püppi jedoch nicht mehr, denn es wurde schlagartig ruhig. Von Ferne erklangen Gesänge, die Prozession näherte sich infolgedessen. Kurz danach sah man Lichter flackern und alle starrten mit Spannung in diese Richtung.

Schon konnte man die hübsche junge Lucia in ihrem weißen Gewand mit dem um die Taille geschlungenen roten Band sehen. Auf dem Kopf trug sie den traditionellen grünen Kranz, bestückt mit Kerzen. Ihr folgten, gleich gekleidet und mit Kerzen in den Händen, die Kinder und Jugendlichen des Dorfes und der umliegenden Ortschaften.

Die Stimmung zu diesem Lichterfest war unglaublich. Die schneebedeckten Häuser und Gärten, die in warme Jacken und Schals eingepackten Gäste des Winterdorfes, die flimmernden Kerzen in der Dunkelheit, der glockenklare Gesang, der viele kleine weiße Atemwölkchen an diesem kalten Winterabend vor den Sängerinnen und Sängern herschickte. Es gab nicht wenige Menschen in ihrem Umkreis, die mitsangen. Diane kannte den Text nicht, aber genoss diese Momente, die ihr eine Gänsehaut über den Körper schickten.

Und noch etwas sorgte für die Verstärkung ihrer Gänsehaut. Fynn stand ganz nah hinter ihr. Es fühlte sich an, als wäre er ihr Bodyguard. Den passenden Blick dafür hatte er durchaus drauf. Und Johnny würde, wenn er ausgewachsen war, das Bild abrunden.

Sie konnte dieses Gefühl allerdings nicht auskosten. Krister kam und legte den Arm um sie. »Was machst du denn gleich?«

»Ich bin bei Fynn eingeladen.« Diane befreite sich aus seiner Umarmung.

»Bei Fynn?« Das kam derart ungläubig, als fände er das unverständlich. Er versuchte sein Glück trotzdem. »Aha ... ja, ich feiere ein bisschen mit einigen anderen Leuten in der Dorfkneipe und habe mir gedacht, du hast vielleicht Lust.«

»Tut mir leid, nein.«

»Kann ich dich überreden?« Er setzte sein nettestes Lächeln auf.

»Krister!« Diane stemmte die Hände in die Hüften. »Hast du mich nicht verstanden? Ich – bin – eingeladen!«

»Schade. Wenn es dir dort zu öde ist, komm einfach reingeschneit. Ha! Passt gut, nicht?« Er schaute hoch in den dunklen Himmel, aus dem sich soeben fluffige Schneeflocken lösten, die leise zu Boden schwebten. »Bis gleich!« Mit diesen Worten drehte er sich um und verschwand Richtung Kneipe.

»Aha, wir sind verabredet. Wie nett!« Fynn blickte auf Diane runter, die für das Ende des Umzugs und die Dunkelheit dankbar war, so konnte er ihre flammende Röte nicht erkennen. Zu blöd, dass er diese Unterhaltung und ihre Einladungs-Angeberei mitbekommen hatte. Gott, was war dieses Fettnäpfchen groß!

»Entschuldige, ich ...«

Eine bestens gelaunte Kajsa schoss heran.

»Komm, los! Ich habe heute extra Lussekatter gekauft und Sill ist auch jede Menge da.« Sie fasste Diane an der Hand.

»Hering, wie wunderbar! Ich habe mich nur gerade bei Fynn eingeladen.« Eigentlich wollte sie damit ausdrücken, dass sie leider nicht mitkommen könne, aber Kajsa verstand das falsch. »Das passt. Es ist genug da. Komm Fynn, wir machen uns einen tollen Abend.« Kajsa beugte sich zu Johnny runter. »Und für dich finden wir garantiert etwas zum Knabbern, was, kleiner Mann?« Als hätte Johnny das kapiert, sah er sie mit seinen großen dunklen Augen erwartungsvoll an und wedelte freudig mit dem Schwänzchen.

Kajsa hakte sich bei Andy unter und lief los, drehte sich dabei zu Diane und Fynn um. »Hey, was ist? Wollt ihr da festfrieren?«

»Darf ich dir meinen Arm ebenfalls anbieten?« Fynn machte eine entsprechende Geste.

Diane nahm das Angebot an. »Wenn ich schon derart nett darum gebeten werde, kann ich unmöglich Nein sagen.« Es war ein schönes Gefühl, so nah neben Fynn herzugehen.

In Kajsas Haus wuselte Johnny erst einmal aufgeregt herum, mehrfach rannte einer von ihnen hinter ihm her, um ihm etwas aus der Schnauze zu nehmen. Den größten Aufschrei gab es von Kajsa, die unachtsamerweise ihr Handy auf dem Couchtisch abgelegt hatte, derweil Johnny es wie eine Trophäe und stolz wie Oskar durch das Wohnzimmer trug. Kajsa hechtete verzweifelt hinterher, was der Welpe natürlich als Spielaufforderung empfand und seinerseits schnellstens die Kurve kratzen wollte. Aber im Flur war seine Reise zu Ende und eine erleichterte Kajsa wedelte bei der Rückkehr ins Wohnzimmer mit dem zurückerbeuteten Handy. »Mensch, was hast du da für einen T-Rex, Fynn?«, schnaufte sie.

»Na«, meinte Andy, »jetzt übertreibst du schamlos. So groß ist der nicht.«

»Zurzeit ist er eben noch ein Veloci Raptor«, gibbelte Diane. »Aber du hast dem rasenden Ungeheuer seine Beute äußerst mutig entrissen.«

Johnny war offenkundig enttäuscht und trottete zu Fynn, um sich trösten und seine Wuschelöhrchen kraulen zu lassen.

Kajsa hatte eingelegten Hering mit Zwiebeln und frischem Dill vorbereitet, dazu gab es Pellkartoffeln und natürlich passenden Aquavit sowie Bier. Kajsa füllte fröhlich die Gläser. »Der Sill muss schwimmen. Prost!«

Auch die Platte mit Lussekatter räuberten sie so gut wie leer.

»Das Gebäck sieht genial gelb aus!« Andy biss herzhaft hinein.

»Ist der Safran«, erklärte ihm Kajsa.

Die feucht-fröhliche Lichterfest-Party endete erst um halb zwölf.

»Puh«, Diane sah auf ihre Armbanduhr und stöhnte auf, »so spät! Morgen früh geht es wieder zeitig los. Ich muss echt ins Bett.« Sie stand auf, schwankte leicht, sodass Fynn aufsprang und sie festhielt.

»Ups! Das ist mir aber peinlich.« Diane hielt sich die Hand vor den Mund.

»Johnny und ich bringen dich wohl besser nach Hause, sonst nimmst du noch eine falsche Abzweigung.«

Aber bevor sich die beiden samt Hund auf den Weg machen konnten, ließen Andy und Kajsa eine kleine Bombe platzen.

♥ 29 ♥

»Ich muss dir noch was sagen, Diane, beziehungsweise wir möchten dir etwas mitteilen«, Kajsa knetete nervös ihre Finger.

»Wer? Wir?« Diane sah ihre Freundin an. Der Alkohol ließ sie langsamer denken.

»Na, Andy und ich.«

»Schieß los.«

Aber ehe Kajsa beginnen konnte, übernahm Andy das Wort. »Ich werde bis zum zweiten Januar bleiben.«

Diane starrte ihn an. Hoffentlich hatte sie sich verhört! Sie wollte doch gemeinsam mit Kajsa das Weihnachtsfest verbringen, so jedenfalls war es abgemacht. Und jetzt blieb ihr Chef hier? Och nee! Weihnachten mit dem Boss. Was für ein schlimmer Albtraum.

»Du sagst ja gar nichts, Diane.« Andy kratzte sich am Kinn.

»Musst du denn nicht mehr arbeiten dieses Jahr?« Diane war völlig perplex.

»Hätte ich eigentlich gemusst. Aber Maik übernimmt für mich zwischen Weihnachten und Neujahr.«

»Ah, ehrlich?«

»Finde ich auch total klasse von ihm. Ich bleibe hier bei Kajsa. Um es kurz und knapp zu sagen, wir beide haben uns ineinander verliebt.« Er griff nach Kajsas Hand.

Diane war baff. Einen One-Night-Stand hätte sie ja noch verstanden, warum auch nicht, aber verlieben? Ihr Chef und ihre beste Freundin? Sie holte tief Luft. »Entschuldigung, mich überfordert das augenblicklich«, gab sie ehrlich zu. Der Alkohol machte sich immer deutlicher bemerkbar und sie wollte nur nach Hause. Das verpackte sie jedoch in nette Worte. »Ihr seid echt bekloppt. Warum habt ihr das nicht eher gesagt? Wir hätten uns darauf einen picheln können. Nun ist es zu spät!«

Kajsa sprang energiegeladen auf. »Nöhö, es ist niemals zu spät! Kommt«, sie füllte in aller Schnelligkeit die Schnapsgläser auf, »wir stoßen gemeinsam an! Trinken wir zusammen ein Aquavitchen.«

Der Heimweg gestaltete sich für Diane daher, der frische Schneebelag auf dem Bürgersteig tat sein Übriges, nicht ganz gangsicher und sie nahm Fynns Angebot, sich wieder einzuhaken, nur zu gerne an.

»Ui, der Schnee ist aber rutschig«, versuchte sie, ihren leichten Alkoholschwindel zu relativieren und klammerte sich richtiggehend an ihn.

Da hörte sie Fynn das allererste Mal lachen. Tief und laut. Sie musste ihn ansehen! Wie attraktiv sein Gesicht war – und er hatte Lachfalten. Die hätte sie bei ihm nie vermutet. Ihr Herz hüpfte. Aber sie sagte wohlweißlich nichts. Und in ihrem beduselten

Zustand wäre ihr sowieso nicht wirklich etwas Intelligentes dazu eingefallen.

Fynn brachte sie sicher bis vor die Haustür, nahm ihr den Schlüssel ab und schloss auf.

»Das ist nett von dir. Ich weiß gar nicht, ob ich das Schlüsselloch getroffen hätte«, kicherte Diane albern.

»Dafür bin ich da.«

»Es tut mir leid, aber der letzte Aquavit hat mir den Rest gegeben«, gab Diane ehrlich zu.

»Deshalb musst du dalli dalli ins Bettchen, diagnostiziert dir Doktor Fynn.«

Ohne jegliche Überleitung ging alles ganz fix. Er nahm ihr Gesicht in seine Hände und küsste sie auf die Stirn, sagte »Schlaf gut«, schob sie ins Haus, zog die Tür von außen zu und verschwand mitsamt Johnny in der Nacht.

Diane dachte gar nicht lange darüber nach, machte eine Katzenwäsche und kippte ins Bett.

Am kommenden Morgen kam sie kaum aus den Federn. Sie ließ sich zweimal wecken und taumelte müde und angeschlagen unter die Dusche. Nee, viel Alkohol vertrug sie einfach nicht. Kajsa steckte das locker weg, das war früher schon so.

Ihren ersten Kaffee trank sie ungewöhnlich stark, sie haute zwei Spiegeleier in die Pfanne und aß sie auf gebuttertem Toast. Das half für den Anfang.

Trotzdem zog sich der Tag unendlich, empfand sie. Und ausgerechnet heute waren die Touris so redselig – oder bildete sie sich das nur ein? Jedenfalls war am Abend der Eierlikör komplett verkauft und sie musste dringend nachproduzieren, ihr blieb nichts anderes übrig, obwohl sie sich am liebsten nach Schließung des Hauses umgehend samt Klamotten ins Bett geschmissen hätte.

Der Geruch vom Alkohol verursachte ihr Übelkeit, aber da musste sie durch. Nachdem sie die Flaschen abgefüllt, die Makronen gebacken und zum Auskühlen auf den Rost gepackt hatte, zog sie sich warm an und ging raus in ihren Garten, runter zum Anlegesteg. Der baldige Vollmond wies ihr einen milchig beleuchteten Weg.

Diane sog mehrfach tief die eiskalte Luft ein und entließ sie in weißen Atemwolken. Das tat ihr gut, sie fühlte sich wie durchgepustet. Vor dem Steg hielt sie an, darauf steigen traute sie sich nicht. Er glitzerte hinreißend, wollte ihr aber damit zeigen, bleib besser stehen, hier ist es gefährlich glatt.

Ihr Boot war im Wasser festgefroren, es trug eine schwere Fracht aus Schnee. Wenn der schmolz ... ob das Bötchen dann sank?

Als sie wieder Richtung Haus schritt, schaute sie noch einmal zurück. Der im Mondlicht glitzernde Schnee, das alte Boot am Anlegesteg, verschneit und eingekeilt in dem gefrorenen See, die Bäume und Tannen mit ihrer Schneelast, ihre Spuren in der bis dahin unberührten Schneedecke, der klare Himmel, die leuchtenden Sterne, der Fast-Vollmond, der ihr zuzuflüstern schien: *Habe ich dir den Weg nicht schön beleuchtet?* Dazu diese unglaubliche Stille. Es war ein fantastischer, in wunderschöner Erinnerung bleibender Augenblick.

Das hatte sie gebraucht. Zufrieden kehrte sie in ihr gemütliches Holzhaus zurück. Die Makronen durften die Nacht über frei sein, sie würde sie am Morgen in die Tütchen packen und ihnen mit der weihnachtlichen Dekoration den letzten Schliff verpassen. Eine halbe Stunde eher aufstehen reichte in jedem Fall aus. Jetzt benötigte sie einen heißen Zimt-Tee! Sie kochte Wasser, goss den Tee auf und als dieser durch ihre Räume duftete, war sie glücklich.

Als Andy am kommenden Tag kam, ließ Diane ihn für zwei Stunden allein.

Zuerst lief sie eilig zu Kajsa. Eigentlich wollten sie gemeinsam eine Kleinigkeit zu Mittag essen, dazu kamen die beiden jedoch nicht. Es war einfach zu viel los. Danach machten sie sich auf den Weg zu Fynn. Er freute sich spürbar, sie beide zu sehen, aber auch in seiner Tischlerei boomte es. Die Leute liefen zwischen den Tischen entlang, bestaunten die ausgestellten Exponate und kauften. Kajsa schoss zahlreiche Fotos für ihren Bericht.

Auch hier blieb kaum Zeit für ein persönliches Wort, aber Fynn bat Diane: »Magst du vielleicht ganz kurz mit Johnny rausgehen? Ich schaffe das heute nicht. Es ist niemand aus dem Dorf zur Ablösung gekommen. Da ist irgendwas schiefgelaufen.«

»Kein Problem. Mache ich gern.«

»Das ist total lieb von dir. Er ist oben.«

Diane ließ Johnny ausgiebig toben und brachte ihn im Anschluss wieder in sein Körbchen. Er war geschafft und rollte sich gleich ein. »Hey du, du bist doch keine Katze!«, raunte sie Johnny zu und streichelte ihm über seinen kleinen Körper. Er schien das verstanden zu haben, denn er streckte alle vier Pfoten von sich und schloss die Augen.

Fynn bedankte sich herzlich. »Ein dickes Dankeschön. Das ist mir eine große Erleichterung. Was meinst du, wollen wir zwei heute Abend telefonieren oder passt es dir nicht?«

»Doch, natürlich.«

Andy begrüßte die Mädels mit bester Laune zurück. »Ich habe ein paar Bücher für dich verkauft, einige Lesezeichen und dein Eierlikör ist wohl der Renner. Die Makronen funzen auch.«

Kajsa griff zu ihrem Fotoapparat und machte weitere Aufnahmen, während Diane sich umsah. »Du willst mir jetzt nicht sagen, das ist der Rest an Eierlikör?« Sie starrte auf ihre Vorratsflaschen.

»Wenn du keine weiteren auf Vorrat hast, dann ja.«

Notgedrungen rief Diane bei Larsson an und fragte nach, ob sie weitere Eier bekommen könne. Glücklicherweise bot Frau Larsson an, ihr die Ware vorbeizubringen. Sie entschloss sich, aus der Not eine Tugend zu machen. Als nach vier die Zahl der Besucher zurückging, begann sie nebenbei mit der Eierlikör-Produktion. Warum hatte sie das nicht eher getan? Viele Frauen waren interessiert und schauten ihr über die Schulter. Dabei führte sie nette Gespräche und als die Öffnungszeit vorbei war, floss der Eierlikör bereits in die Vorrats-Flaschen. Tschakka! Der Abend war, bis auf das Abbacken der Makronen, frei.

Sie schaute ständig auf die Uhr. Wann rief Fynn an? Hatte er es wohl vergessen?

Natürlich hatte er sie nicht vergessen, denn zu ihrer Erleichterung schellte endlich gegen neun Uhr das Telefon.

»Hej, Diane, wie war der Nachmittag?«

Sie berichtete ihm von ihrer Idee, den Eierlikör während der Öffnungszeit herzustellen. »Ich bin einfach zu kaputt und müde, das war eine Notlösung, aber es kam total gut an.«

»Da ist es bei mir natürlich anders. Ich produziere über das Jahr hinweg, ich brauche abends nichts mehr zu tun.«

»Bei mir war es spannend, weil es das erste Mal war. Für die nächsten Adventswochen bin ich besser gerüstet. Ich kann eher und mehr herstellen.

»Ich persönlich finde«, meinte Fynn, »du hast den Preis für dein Gläschen Eierlikör zu niedrig angesetzt. In Schweden ist Alkohol sehr teuer, du könntest ruhig etwas mehr dafür nehmen.«

»Ich war gar nicht sicher, ob der Eierlikör überhaupt ankommt. Wir ziehen sicherlich ein Resümee nach den Adventswochen.«

»Bald gibt es wieder ein gemeinsames Treffen, wobei über alle Dinge gesprochen werden, ob sie nun gut oder schlecht gelaufen sind. Optimierung für das kommende Jahr, wenn man so will. Aber reden wir nicht mehr vom Geschäftlichen. Sonntag ist der letzte Tag der Adventswochen, magst du Montag mit mir und dem Motorschlitten unterwegs sein?«

»Sehr gerne. Aber was ist mit Johnny?«

♥ 30 ♥

Fynn gab ihr eine erstaunliche Antwort. »Ich habe mit Andy gesprochen. Er nimmt ihn gern für die Zeit.«

»Andy? Echt?« Sieh an, ihr Chef entwickelte sich. Aber möglicherweise lag es auch einfach nur daran, dass sie ihn hauptsächlich beruflich und seine privaten Seiten nur ansatzweise kannte.

»Ich habe ihn natürlich bestochen«, erklärte Fynn. Sein Amüsement klang deutlich durch. »Ich habe ihm dafür ebenfalls eine Motorschlittenfahrt versprochen. Wenn man so will, zwei mutige Männer in Schwedens einsamer, schneebedeckter Wildnis.«

»Zwei Helden, meinst du.«

»Ganz genau. Die Träume aller Frauen.«

»Aha!«

»Ich hoffe, du weißt zu schätzen, mit wem du da unterwegs sein wirst.«

»Ich erstarre vor Ehrfurcht«, giggelte Diane gutgelaunt. »Und wer passt in der Zeit auf Johnny auf?«

»Du natürlich.«

Später kuschelte sie sich zufrieden in ihre Kissen. Schlafen konnte sie noch nicht, sie dachte an das lange Telefonat mit Fynn zurück. Dafür hätten sie sich auch sehen können!
Dieser Mann hatte sich drastisch verändert. Vom Grummelbär zum attraktiven Kerl, der mittlerweile ihre Gedanken bestimmte. Schon schlichen sich romantische Gefühle ein. Wie er wohl küsste? Wie mochten sich seine Hände auf ihrer Haut anfühlen? War er wohl ein zärtlicher oder ein fordernder Liebhaber? Hach ...

Unvermittelt riss Wind an den Fenstern und sie hörte es im Gebälk knarren. Daher stand sie noch einmal auf und sah in die eisige Winternacht hinaus. Dunkle Wolken hatten sich vor die leuchtenden Sterne geschoben. Die Tannen bogen sich, Windböen peitschten den Schnee von den dick verschneiten Zweigen.

Reflexhaft umfasste Diane ihre beiden Oberarme, als würde diese schneidende Kälte sie erreichen, deshalb schlüpfte sie zurück in die warmen Federn, legte sich auf die Seite, zog die Decke bis an die Ohren, winkelte die Beine an und war in Kürze eingeschlafen.

Am folgenden Tag genoss sie jedes einzelne Gespräch mit den Gästen. Die Aussicht, nach den Adventstagen eine Motorschlittenfahrt mit Fynn zu erleben, beflügelte sie regelrecht. Dieser Mann saß in ihren Gedanken fest, aber auch seine Lebensgeschichte. Das Schicksal ist manchmal ein Marterpfahl, sie verstand die Verletzungen seiner Seele. Aber was geschehen ist, lässt sich nicht mehr ändern – trotzdem geht das Leben weiter.

Sie hatte sich am heutigen Morgen, als sie erfrischt und gutgelaunt erwachte, vorgenommen, diesen Mann zu erobern. Die beste Gelegenheit war die Schlittenfahrt, da konnte keiner stören.

»Wie stellen Sie den Eierlikör eigentlich her?«, lenkte sie eine ältere Dame aus Deutschland ab. »Mit Rum?«

»Nein, ich verwende Cognac.«

»Gießen Sie mir bitte ein Gläschen ein. Ich nehme nämlich normalerweise Rum, deshalb bin ich gespannt.«

Ein junge Frau hielt ein norwegisches Buch hoch. »Ist dieser Krimi sehr blutig?«

Diane schüttelte den Kopf. »Nein, das ist eher ein Cosy-Krimi. Wenn du es blutiger magst, greif zu dem Buch mit dem knallroten Umschlag.«

»Nein, nein. Ich liebe Morde, es darf nur nicht zu blutrünstig sein. Ich mag gemeine perfide Morde mit Gift oder einmal draufhauen und tot. So was in der Richtung.« Ihre Augen glänzten. »Da wir zufällig beim Thema sind, ich schreibe gerade einen Krimi. Es wird mein erstes Buch. Kurzgeschichten. Eine Sammlung verschiedener Mordarten, aber gesittet, ohne große Blutschweinereien.«

»Das bewundere ich total«, gab Diane ehrlich zu. »Ich übersetze nur die Bücher. Ich glaube, mir fiel eine ganze Geschichte gar nicht erst ein.«

»Das habe ich zuerst auch gedacht. Aber ich habe mich einfach hingesetzt und losgeschrieben. Es kamen immer mehr Mordsideen«, erzählte die junge Frau. »Ich habe böse Menschen mit Schampus vergiftet, einen Nussallergiker mit einer Essenz aus Nussöl ins Jenseits geschickt, einen bösartigen Nachbarn in eine tödliche Falle gelockt, so was halt.

Ich weiß bloß nicht, wie das auf Leser wirkt.«

»Schick mir doch einfach das Manuskript«, schlug Diane vor. »Ich schreibe zurück, ob ich es spannend finde.«

»Echt?« Die Augen der Besucherin weiteten sich.

»Versprochen. Ich lese es.« Diane lächelte sie freundlich an.

Die beiden tauschten Kontaktdaten aus und die hübsche junge Frau verließ mit zwei Büchern und Lesezeichen, einem glücklichen Lächeln im Gesicht, Dianes Haus.

Das wird vielleicht eine nette, engagierte und zugleich hübsche Autorin, dachte Diane, als sie ihr hinterherblickte. Darüber würde sie, wären diese Krimis spannend und lesbar, mit Andy sprechen.

Heute Mittag war Andy nicht gekommen. Absagen hätte er wenigstens können! Sie würde heute Abend mit ihm telefonieren, ob er denn plane, morgen zu erscheinen, um ihr eine kleine Pause zu ermöglichen.

Zu ihrer Überraschung ging er später nicht an sein Handy. Der Versuch bei Kajsa war auch nicht von Erfolg gekrönt. Merkwürdig.

Hätte sie gewusst, dass genau zu dieser Zeit ihr Chef mit Kajsa bei Siw Viklund im Wohnzimmer saßen, wäre sie sehr erstaunt gewesen – und noch viel mehr, wüsste sie das Thema.

Kajsa übersetzte für Andy.

»Ja, die Räumlichkeiten sind schon ideal.« Andy sprach langsam und bedächtig. »Was für einen Zeitplan gibt es denn beziehungsweise wer sorgt für die Einrichtung? Welche Ansprechpartner hat die Supermarkt-Kette, die beliefern wollen, ich meine, wegen der Konditionen? Aber das ist Zukunftsmusik. Liebe Siw, erkläre mir doch einmal die Sache mit dem Dorfladen ganz genau ...« Er hörte intensiv zu.

»Möchtest du noch einen Aquavit?«, fragte Siw, wartete aber gar nicht erst auf eine Antwort, sondern goss aufs Neue ein. »Überlege es dir. Du hast jetzt alle Infos. Und du willst wirklich deinen Job, dein Leben in Deutschland aufgeben und nach Schweden ziehen?« Prüfend betrachtete sie ihn.

»Ich weiß, es ist total verrückt, aber ja. Außerdem ziehe ich nicht nur einfach nach Schweden, sondern zu Kajsa.« Seine Augen leuchteten happy. Seine Hand griff Kajsas und drückte sie.

»Liebe auf den ersten Blick, nicht wahr?«, äußerte Siw.

»Das trifft es auf den Punkt.« Andy stand auf. »Danke für die Info, Siw. Ich denke nach in den nächsten Tagen, ich bin ja noch ein bisschen hier. Jedenfalls, wenn Kajsa mich lässt.«

Siw drückte Kajsa beim Abschied ein Glas ihrer Preiselbeermarmelade in die Hände. »Für euch beide. Du magst sie, ich hoffe, Andy ebenfalls.«

»Danke. Wie nett.«

»Du hast mir doch auch Smörgåstårta mitgebracht. Über die werde ich gleich herfallen.«

Hand in Hand wanderten Kajsa und Andy zurück.

Kajsa kämpfte mit unterschiedlichen Gefühlen. War das alles zu zeitig?

Beide waren schockverliebt, würden sie nach einigen Wochen von Wolke sieben purzeln und unsanft auf dem Boden aufschlagen? Kam der Katzenjammer, wenn die Magie der Weihnachtszeit in das nüchterne neue Jahr mit all seinen Problemen, die man nur verschoben hatte oder nicht sehen wollte, wechselte? Würde ihre Liebe unaufhaltbar schmelzen wie der Schnee in der ambitionierten Frühlingssonne?

»Was denkst du?«, fragte Andy, dem die nachdenkliche Stimmung seiner Freundin nicht entgangen war. Er gab die Antwort gleich selbst. »Du hast Sorge, dass unsere frische Beziehung nicht hält und ich dir zwangsweise auf der Pelle hänge, stimmt's, ist es das?«

Kajsa kniff die Lippen zusammen. Natürlich hatte er recht. Der Gedanke, sie trennten sich, er hatte jedoch den Lebensmittelmarkt im Dorf aufgebaut ... womöglich würde er zu allem Übel bei ihr wohnen, denn es wurde nur selten ein Haus frei ... all das ließ sie abrupt, sie wusste eigentlich gar nicht warum, Furcht empfinden. Ganz offen wollte sie es ihm aber auch nicht sagen, das wäre unfair.

»Ich verstehe schon«, hörte sie seine angenehme Stimme. Er blieb stehen und nahm sie bei den Schultern. »Schau mich an!«

Kajsa blickte ihm in seine freundlichen Augen. Ja, in die hatte sie sich Hals über Kopf verliebt.

Leise und liebevoll sprach er. »Vertrau einfach deinem Herz. Selbst wenn ich mich für das Auswandern nach Schweden entscheide, hier einen Dorf-Supermarkt eröffne und es sollte mit uns nicht klappen, kann ich immer noch in einem der Nachbardörfer was mieten. Du hast mich nicht als Laus im Pelz.«

»So meinte ich das nicht ...«

»Pst!« Andy legte ihr liebevoll seinen Finger auf ihren Mund. »Ich schlafe eine Nacht drüber, du ebenfalls, okay?«

»Das ist wohl sinnvoll. Morgen sehen wir klarer – hoffe ich.«

Aber ruhige Nachtstunden wurden es nicht. Sie diskutierten bis nach Mitternacht, schliefen beglückend zusammen und wussten hinterher, sie würden den gemeinsamen Schritt wagen.

»Sowas nennt man Rausch der Liebe«, hatte es Kajsa abschließend kommentiert.

Am anderen Morgen, vor Öffnung des mittlerweile vorletzten Tages der Adventswochen, telefonierte Kajsa mit Diane, um ihr die neuen Nachrichten zu überbringen. »Du erfährst es als Erste. Wenn der Dorfrat mitspielt, wird Andy den Lebensmittelladen übernehmen.«

Diane war völlig baff. »Aber er kann doch gar kein Schwedisch.«

»Er muss halt Crash-Kurse besuchen. Online hat er sich schon für einen angemeldet. Und ich bin auch noch da.«

»Du bringst ihm die Worte der Liebe bei, und was ist mit fundierten schwedischen Wirtschaftskenntnissen?«, lachte Diane los.

»Da wir gerade bei dem Thema Liebe sind. Wie weit ist es denn mit dir und Krister?«

♥ 31 ♥

Diane wäre beinahe das Handy aus der Hand gefallen. »Krister? Wieso Krister? Wie kommst du denn auf den?« Hatte ihre Freundin in ihrer Verliebtheit die letzten beiden Wochen völlig ausgeblendet? »Mensch, gerade du müsstest doch wissen, dass der Krister für mich nicht ...«

Weiter kam sie nicht, schon hörte sie das glucksende Lachen ihrer Freundin. »Dich kann man aber auch hochnehmen! Ich weiß schließlich, dass du ein Date mit Fynn hast.«

»Woher denn?«, brach es überrascht aus ihr heraus.

»Ach Diane, du süßes rotnasiges Rentierchen, Andy nimmt doch Johnny, wenn ihr euch allein in die Wildnis verkrümelt.«

Ich Schaf, dachte Diane. Hatte Andy den Hund, war er selbstverständlich auch mit bei Kajsa.

»Das war gerade ziemlich gemein, die Sache mit Krister«, lenkte sie daher von der ihr in diesem Fall fehlenden Kontaktverbindung im Gehirn ab.

»Ein ganz liebes, kleines vorweihnachtliches Necken war das«, rechtfertigte sich Kajsa amüsiert. »Jedenfalls hast du den Brummbär aus seiner Reserve gelockt.«

»Du hast recht gehabt, es lag an seiner Vergangenheit.«

»Weißt du mehr?«

»Er hat es mir erzählt. Die Einzige, die es auch weiß, ist Siw, weil er zu ihr einen innigen Draht hat. Aber ich darf es dir sagen. Und bitte, behalte es erst einmal für dich. Ich denke, Fynn wird es irgendwann der Allgemeinheit selbst kundtun – oder auch nicht.« Sie berichtete.

Kajsa war tief betroffen. »Wie grauenhaft! Kein Wunder, dass er sich aus dem Leben zurückgezogen und intensiv dem Holz gewidmet hat. Holz ist warm, aber lässt einen in Ruhe.«

»So kann man es auch sehen. Trauerbewältigung. Aber ich erzähle dir etwas anderes, ganz Merkwürdiges. Stell dir vor, er hat sogar bei mir gelacht.«

Der letzte Tag der Adventswochen im Winterdorf war für Diane besonders emotional. Fast tat es ihr leid, dass das Ende nahte. Sie würde die Gespräche mit den so unterschiedlichen Menschen vermissen. Es waren sehr nette Unterhaltungen dabei und sie hatte wieder einiges über Weihnachten in fremden Ländern gelernt.

In Australien war der Dezember ein Sommermonat und man verbrachte Weihnachten am Strand oder im Garten. Glühwein? Fehlanzeige. »Wir trinken Bier«, erzählte ihr ein australisches Pärchen.

Eine New Yorkerin schwärmte von dem riesigen Weihnachtsbaum am Rockefeller Center, eine Französin von dem wundervollen traditionellen Essen und besonders vom Bûche de Noël, dem Weihnachtsbaumkuchen, der nicht fehlen durfte.

Eine ältere Dame aus der französischsprachigen Schweiz sah dem langersehnten Treffen mit Freunden in einem exklusiven Hotel in den verschneiten Bergen mit Skifahren und Apres Ski entgegen und eine Japanerin verriet ihr, dass man Weihnachten in ihrem Heimatland eigentlich nur mit dem Partner zusammen feiert, da es kein religiöses Fest sei.

Als sie nach dem letzten Gast die Tür schloss, war sie doch froh, ihr Haus wieder für sich allein zu haben. Vollends eingelebt hatte sie sich nach ihrem Umzug aus Zeitmangel natürlich nicht, dafür blieb ihr in den nächsten ruhigen Wochen viel Raum.

Als Erstes räumte sie die übriggebliebenen Bücher an die Seite. Von denen war am meisten über. Zwei Lesezeichen lagen noch einsam und verlassen in der Präsentationsschale, eine letzte angefangene Flasche Eierlikör gab es, jedoch war kein Tütchen Makronen mehr aufzufinden. Die waren gänzlich abverkauft. Schade, sie hätte zu gerne ein paar für die Weihnachtszeit zum Naschen gehabt. Aber erneut Backen? Nein. Davon hatte sie, zumindest für die nächste Zeit, die Nase voll.

Der Kamin benötigte Nachschub und sie legte gerade neue Holzscheite hinein, als es an der Haustür klopfte. Ihr Herz hüpfte. Das war sicher Fynn, der mit ihr den morgigen Tag besprechen wollte. Sie sah zur Tür hin, ihr Lächeln erstarb. Krister winkte ihr mit einem breiten Grinsen durch die Scheibe zu. Im gleichen Moment klingelte ihr Handy. Fynn. Was nun? Diane entschied sich, das Gespräch anzunehmen.

»Hej, Diane, jetzt hast du es geschafft. Ich wollte

eben mit dir sprechen wegen morgen.« Die tiefe Stimme Fynns floss zielgerichtet in ihr Herz.

»Kann ich dich in ein paar Minuten zurückrufen, bitte?«

»Klar.« Allerdings hörte Fynn durchaus das Klopfen an Dianes Tür, sagte jedoch nichts.

Krister war ungeduldig und machte sich deshalb noch ein Phon lauter bemerkbar.

Diane drückte das Gespräch weg und das tat ihr fast körperlich weh. Fynn hätte sie freudig geöffnet, aber der rief an, während Krister ohne Vorwarnung wieder vor ihrer Tür stand. Mensch, konnte er sich nicht vorher melden? Jetzt war er umsonst gekommen. Selbst schuld. Sie hatte keineswegs vor, den Rest des Abends mit ihm zu verbringen.

»Hallo Krister«, sagte sie wenig enthusiastisch, »was führt dich zu mir?«

»Ich habe mir gedacht, wir beide feiern das Ende der Adventswochen.« Hinter seinem Rücken zog er eine Flasche Sekt hervor.

Ach du Schreck! Das war etwas, was Diane gar nicht wollte!

»Du, es tut mir leid, aber ich bin todmüde und möchte gleich nur noch ins Bett.«

»Ach komm«, er trat an sie heran, »heute Abend wirst du doch wohl nicht allein sein wollen. Wir können es uns gemütlich machen.«

Oha! Daher wehte der Wind! Gemütlich machen bei ihr? Och nö! Diane versperrte ihm mehr oder weniger den Eingang.

»Krister, ich bin echt hundemüde. Warum hast du denn nicht vorher angerufen?«

»Ich habe mir gedacht, du freust dich.« Er strich

ihr überraschend über die Wange. Diane zog den Kopf weg und schob die Tür ein wenig zu. »Es tut mir leid, Krister, heute Abend nicht.«

»Aber morgen?« Er zwinkerte sie neckisch an.

»Sorry, auch morgen nicht.«

»Nein?«

»Nein. Krister, ich habe mich verliebt.«

»Wie schön. Warum können wir zwei dann nicht gleich starten?«

Sie fasste es nicht. Er nahm wie selbstverständlich an, er sei der Auserwählte, für den ihr Herz hammermäßig schlug! Wie eingebildet war der denn? Oder war das krasse Selbstüberschätzung gepaart mit unendlicher Dummheit?

Sie atmete einmal tief durch. »Es tut mir leid, Krister, aber du bist es nicht, den ich meine. Es gibt jemand anderes.«

Er sah sie schwer getroffen an. »Nicht ich? Aber du warst doch immer sehr nett zu mir.«

»Ach Krister«, fast tat er Diane leid. »Du musst unterscheiden. Wenn man nett zu einem anderen Menschen ist, heißt das nicht, man ist in ihn verliebt.«

Ob er das verstanden hatte? Jedenfalls sah er sie irritiert an und kratzte sich am Kopf. Fast wirkte er ein wenig hilflos. »Dann gehe ich jetzt wohl mal.« Er war sichtlich mitgenommen, drehte sich um und schlich, gesenkten Hauptes, von dannen.

Das tat Diane fast schon wieder leid. »Krister!«

»Ja?« Er wandte den Kopf um zu ihr.

»Lass uns gute Freunde sein. Das ist auch was Schönes.«

Da lächelte er. »Da hast du recht. Wir sind beste Freunde, okay?«

Diane ließ es einfach stehen. Typisch Krister. Aus guten Freunden machte er sogleich beste Freunde. So ganz verstand er wohl den Unterschied zwischen mögen und Freundschaft und verliebt sein nicht. Aber nun blieb ihm Zeit zum Nachdenken.

Erleichtert schloss Diane ihre Haustür. Puh, das war anstrengend gewesen, trotzdem hatte sie das gut hinbekommen.

Gedanklich stellte sie Fynn und Krister nebeneinander. Was für gegensätzliche Männer! Als Frau schaute man natürlich zuerst auf den Sonnyboy Krister – groß, sportlich, Wuschelhaar, auf Anhieb sympathisch, immer gut gelaunt und flirty drauf. Wie konnte man ihm einen Wunsch abschlagen, wenn er einen erwartungsvoll anstrahlte? Schwierig. Er war wie ein Magnet. Eben ein Mann, von dem die Mädels unerklärlich angezogen wurden, wie bei einem berühmten, gutaussehenden Schauspieler. Everybodys Darling.

Dagegen Fynn, dieser große, stämmige Mann mit dem grimmigen Gesichtsausdruck, den der Vollbart deutlich verstärkte. Verschlossen, aber in sich ruhend und zupackend. Er sah ein Problem und fand eine Lösung. Aber Flirten? Fehlanzeige. Er wollte auch nicht gefallen. Er war zuverlässig und loyal. Fynn ist, wie er ist, dachte Diane, denn das Leben hatte ihn auf grausame Art geprägt. Ein ganzer Kerl mit Ecken und Kanten nach außen, innerlich gab es den weichen Kern, die Empathie für andere Menschen.

Und ja, es wurde ihr nochmals deutlich, genau diese Art Mann mochte sie, nicht die weichgespülte Sorte.

Fynn! Diane griff zum Telefon. Seine Stimme zu

hören, gab ihr ein schönes warmes Gefühl.

Sie erzählten beide von ihrem letzten Besuchertag und Fynn sprach aus, was Diane dachte. »So interessant es ist, so froh bin ich, dass es vorbei ist. Gerade auch, weil Johnny immer wieder dazwischen rumgewuselt ist. Ich konnte ihn unmöglich den ganzen Tag allein und unbeobachtet oben in der Wohnung lassen. Es war ziemlich anstrengend. Ehrlich gesagt, muss ich mich in den nächsten Tagen ein bisschen erholen.«

Darüber hatte Diane gar nicht nachgedacht. Ihr fiel siedend heiß der Nachmittag ein, den sie als Babysitter von Johnny verbracht hatte. Puh, war das schlauchend gewesen. Und Fynn hatte Johnny jeden Tag vierundzwanzig Stunden plus Open House samt Besuchern! Kein Wunder, dass er sich nach ein bisschen Ruhe sehnte, wobei er die auch nur wirklich bekam, wenn das kleine schwarze Energiebündel schlief.

Im gleichen Atemzug relativierte Fynn aber seine vorherige Aussage. »Es ist natürlich ein wundervolles Erlebnis, einen Welpen wachsen zu sehen, mitzubekommen, was er jeden Tag dazulernt und wie er sich auch körperlich verändert. Ich habe das Gefühl, er hat einen Schuss gemacht. Die Beine sind viel länger geworden.«

»Vergleiche einfach die Fotos, die du geschossen hast. Daran sieht man es am besten.«

Einen Moment war es ruhig. »Da hast du recht. Warum bin ich nicht selbst darauf gekommen?«

»Manchmal sieht man eben den Wald vor lauter Bäumen nicht. Da ich gerade Wald erwähne, was soll ich denn anziehen für die Motorschlittenfahrt?«

»Nach dem Zwiebelprinzip. Am besten mehrere

Lagen. Du hast doch sicher was Wasserabweisendes, aber trotzdem Atmungsaktives?«

»Yes! Eine nagelneue Thermo-Winterjacke, die habe ich mir extra vor dem Umzug gekauft. Und eine Thermohose leihe ich mir von Kajsa. Sie hat gemeint, die brauche ich.«

»Bestens. Von mir bekommst du eine Haube, den Helm und eine Schutzbrille. Denk an dicke Schuhe und Handschuhe natürlich.«

»Habe ich.«

»Somit bist du Snowmobil-geeignet.«

Diane holte tief Luft, ihre Hand krampfte ein bisschen um ihr Handy, als sie fragte: »Du, sollen wir die Fahrt nicht verschieben?«

♥ 32 ♥

Es blieb ganz still.

»Fynn?«, hörte Diane nach.

»Ich bin noch dran, aber mir hat es die Sprache verschlagen. Du, möchtest du den Ausflug nicht? Sag es bitte frei heraus. Ich mag es nicht, wenn man mit einer Absage erst spät um die Ecke kommt.«

»Nein, nein, da verstehst du mich falsch. Ich hatte gerade nur gedacht, du hast zwei anstrengende Wochen samt Welpen hinter dir. Da musst du mich nicht gleich am nächsten Tag bespaßen, wir können doch auch einen anderen Tag losdüsen.«

»Diane, wenn ich das nicht wollte, hätte ich es dir nicht angeboten. Ich bespaße dich nicht. Ein paar Stunden Zeit mit dir ist Erholung, auf die ich mich freue.«

»So kann ich das gut annehmen.«

»Okay, folglich steht unserem Ausflug nichts im Wege. Ich bringe Johnny zu Andy und Kajsa und komme danach zu dir.«

Am kommenden Morgen war Diane sehr lange vor der geplanten Aufstehzeit wach, so aufgeregt war sie. Mit einer nur halben Tasse Kaffee stand sie mal wieder vor dem Fenster und schaute in die Dunkelheit hinaus.

Was geschah heute? Für sie war es ein bedeutungsvoller Tag. Sie würde Fynn zeigen, unterstützt von der Einsamkeit ohne ungeplante Störungen, wie wichtig er für sie geworden war. Mittlerweile beherrschte er ihre Tagträume und die vor dem Einschlafen, auch wenn diese Phase sehr kurz war. Bei der Vorstellung, von ihm umarmt zu werden, bekam sie angenehmes Herzklopfen.

Sie straffte sich. Manchmal muss man im Leben eben etwas riskieren, wenn man es von Herzen möchte. Holte sie sich heute eine Abfuhr, war sie wenigstens für die Rückfahrt gut vermummt und keiner würde ihr das Herzeleid ansehen.

Bedächtig nahm sie einen Schluck Kaffee und blickte zuversichtlich hinaus in den frühen Morgen, der ruhig und unschuldig vor ihr lag. Hallo Tag! Sei bitte lieb zu mir.

Pünktlich klingelte Fynn bei ihr. »Bist du ready?«

Diane strahlte ihn an. »Yes! Und wie!« Sie schnappte ihre dicke Jacke, die Handschuhe und zu Fuß stapften sie los.

Sie war, kurz bevor er kam, zur Toilette gewesen. Hoffentlich musste sie unterwegs nicht – und wenn, bitte bloß nicht so oft! Dafür hatte sie – und das fiel ihr morgens absolut schwer – auf eine volle Tasse Kaffee verzichtet.

Bei Fynn angekommen, ging es zu ihrem Erstaunen erst in seine Wohnung, wo das Equipment bereitlag.

»Bevor du dich vermummst, geh am besten noch

einmal zur Toilette.« Fynn zeigte auf die ihr schon bekannte Tür. »Guck nicht so«, er stupste ihr mit dem Finger auf die Nase, »Freja musste früher immer aufs Klo, wenn wir irgendwohin fuhren und ihre größte Sorge war, keins zu finden.« Die Erinnerung zauberte einen ungekannt weichen Ausdruck auf sein Gesicht.

Einerseits war das herrlich normal, andererseits zeigte es deutlich, wie sehr er sie geliebt hatte – oder noch liebte.

War da überhaupt zurzeit ein Plätzchen frei in seinem Herzen oder ... ach ...

Wie gut, dass sie die Haube unter dem Helm und die Schneebrille zum Schutz ihrer Augen hatte! Der Fahrtwind war schneidend kalt, die Winterluft jedoch klar und frisch und sie sog diese des Öfteren tief in ihre Lungen.

Die Fahrt war abenteuerlich, sie flogen mit großer Geschwindigkeit über den unberührten Schnee, die Landschaft rauschte an ihnen vorbei.

Zwischen freien Schneefeldern oder kleinen Lichtungen führte der Weg immer wieder durch Wälder. Hier war es dunkler, denn die Sonne schaute heute nur mit wenig Energie ab und zu durch die dicken Wolken. Teilweise gab es anscheinend keinen Weg, aber Fynn manövrierte den Schlitten gekonnt zwischen den Bäumen durch. Das ein oder andere Mal hielt Diane die Luft an, weil die Tannen bedrohlich nahekamen. Sie drückte sich besonders eng an Fynns breiten Rücken und fühlte sich beschützt und gut aufgehoben.

Es war wie in einem Märchen, nur nahm der Prinz sie nicht auf einem Pferderücken mit, sondern ganz modern auf einem Motorschlitten. Gab es an diesem Tag ein Happy End? In den schönen alten Märchen war dies jedenfalls der Moment, wo beide ins Glück ritten.

Fynn drosselte die Geschwindigkeit und wurde langsamer. Als der Schlitten anhielt, stellte er den Motor ab. Sofort herrschte absolute Stille und Diane fiel auf, wie laut der Motorschlitten eigentlich durch die winterliche Natur geprescht war.

»Komm mit.« Fynn reichte ihr die Hand, zog sie vom Schlitten und zeigte auf den Boden. »Siehst du die Spuren?«

»Das ist ja eher eine Furche«, staunte Diane.

»Schau näher und du erkennst die Abdrücke. Der Schnee ist sehr hoch, trotzdem hebt der Elch seine Füße nicht, das ist ihm zu anstrengend, er macht sich die Mühe nicht.«

»Wovon lebt er denn in dieser kargen Zeit? Ein Elch ist schließlich ein großes Tier. Riesig, oder?«

»Und ob. Die Schulterhöhe ist ungefähr zwei Meter, er wiegt bis zu sechshundert Kilo, da bewegt sich ganz schön Masse.«

»Aber wo findet er denn sein Futter? Ich meine, bei der Größe muss der doch enorm was wegfuttern, um satt zu werden.«

»Er ernährt sich von Zweigen und Baumrinde, so um die vierzehn, fünfzehn Kilo pro Tag braucht ein Elchbulle schon. Bei uns in den Wäldern ist der Tisch für Elchfamilien reich gedeckt.«

»Ich würde gerne einen Elch sehen, aber ich nehme an, das Motorengeräusch des Schlittens verschreckt sie, oder?«

»Wir legen nachher eine Pause ein an einem Ort, wo sich des Öfteren Elche tummeln. Wenn wir da eine Weile in Ruhe sitzen, haben wir mehr die Chance auf eine Begegnung.« Fynn nahm Diane an die Hand. »Komm, fahren wir wieder.« In diesem Augenblick fiel sein Blick ein Stückchen weiter. »Etwas zeige ich dir noch. Elchköttel.« Er führte sie zu einer dunkleren Stelle. Dort lag eine Reihe eichelartiger Gebilde im Schnee.

»Die sind von einem Elch?«, staunte Diane. »Die sehen eher mickrig aus, irgendwie hatte ich mir vorgestellt, es ist ähnlich wie bei Kühen.«

»Nee, Elche scheißen anders.« Fynn war unverkennbar amüsiert. »Lass uns weiterfahren.«

»Wenn ich hier alleine wäre, bekäme ich Panik. Ich wüsste nicht, wie ich nach Hause kommen sollte.« Diane sah sich um. Wald, Schnee, Weite.

»Du hast ja mich als Reiseleiter.« Fynn hatte den Anflug von Angst bei Diane gespürt und legte seinen Arm um ihre Schultern. »Ich bringe dich gesund wieder heim. Auf geht's!«

Wie bereits vorhin wehte der eisige Fahrtwind um ihre Nase. Diesmal aber genoss sie die Fahrt mit allen Sinnen, verspürte auch keinerlei Sorge, das hatte der liebevolle Satz von Fynn ausgelöst.

Mensch, Fynn Holmgren, du bist genau mein Mann. Nur musst du das jetzt noch merken.

Wieder hielt er an und deutete über das Schneefeld zum Horizont. »Du siehst zwar einen Elch nicht von Nahem, aber schau!«

Sie folgte seiner ausgestreckten Hand. In weiter Ferne entdeckte sie tatsächlich eine Gruppe Elche.

»Normalerweise sind Elche Einzelgänger«, erklärte Fynn, »aber im Winter kommen sie schon mal in Gruppen zusammen.«

»Die müssen doch richtig tief im Schnee einsinken«, grübelte Diane.

Fynn drehte sich zu ihr. »Elche haben, im Gegensatz zu anderen Paarhufern, eine Haut zwischen dem vorderen und hinteren Teil. Das verhindert das Einsinken.«

Diane war beeindruckt. »Die Natur ist wunderbar, nicht? Sie bietet für jedes Problem eine perfekte Lösung.«

»Sie ist grandios angelegt.« Fynns nächster Satz war allerdings ein nachdenkenswerter, weil er so ruhig und ein bisschen traurig dazusetzte: »Nur die Menschen kriegen alles kaputt.« Dieser tiefgründige Moment war jedoch schnell vorbei. »Keiner von ihnen hat mehr ein Geweih.«

»Wieso eigentlich?«

»Ende November und im Dezember werfen die Elche ihre Geweihe ab, die ungefähr um die zwanzig Kilogramm wiegen und bis zu zwei Meter breit sein können. Das hat Mutter Natur wieder klug eingerichtet. Kein Geweih im Winter bedeutet kein zusätzliches Gewicht. Der Elch spart auf diese Weise Energie, denn die Futtersuche ist beschwerlicher. Im Frühling, wenn es aufs Neue Nahrung en masse gibt, wächst es prächtig nach.«

Den nächsten Halt machten sie am Mittag auf einer Lichtung und überraschend für Diane stand dort eine kleine Holzhütte.

»Das ist meine Rangerhütte.« Fynn half Diane, den Helm abzunehmen. »Komm mit rein, aber erwarte nichts. Es ist sehr karg.«

Das war nicht untertrieben. Die Hütte bestand aus nur einem Raum, einem Tisch, zwei Stühlen, einer provisorischen Bettstelle, anscheinend für absolute Notfälle. Aber es gab die Möglichkeit, Kaffee zu kochen. Das erkannte Diane an dem kleinen Gaskocher.

Aus dem Nichts zauberte Fynn eine Wurst. »Elchwurst«, erklärte er ihr, als er sie anschnitt.

»Aha ...« Sie sparte sich eine weitere Antwort, denn jetzt mit den armen Elchen zu kommen, wäre daneben gewesen.

»Ich kann uns hier drinnen einen Kaffee kochen, aber ich denke, ich mache uns vor der Hütte ein kleines Lagerfeuer, was meinst du?«

Diane fand das aufregend und folgte Fynn nach draußen.

Wenig später prasselte ein Feuer, beide saßen auf einem umgefallenen Baum, den Fynn vorher von Schnee befreit hatte. Der heiße Kaffee tat gut, wärmte nicht nur den Körper, sondern auch die Hände. Fynn hatte die Wurst mit nach draußen genommen und schnitt dicke Stücke davon ab. Sie schmeckte wunderbar.

Eine Weile saßen sie stumm nebeneinander, bis Fynn die Stille durchbrach. »Es ist schön, mit dir hier zu sein.«

»Ja«, Diane sprach ganz leise, als wolle sie die Natur nicht erschrecken, »das empfinde ich genauso.«

Beide sahen ins knisternde Feuer.

»Es gab eine Zeit«, begann Fynn, »da habe ich mir gewünscht, ich wäre mit ihnen gestorben, weil der Schmerz für mich schier unerträglich war. Der Gedanke, nicht daheim gewesen zu sein, hat mir viele Schuldgefühle verursacht.«

»Aber du kannst für das schlimme Unglück doch nichts.«

»Man macht sich halt Vorwürfe, wenn man als Einziger überlebt. Und eigentlich wollte ich an dem Abend gar nicht weggehen.«

»Ich wünschte, ich könnte dir etwas Tröstendes sagen, nur für das, was du mitgemacht hast, finde ich einfach keine helfenden Worte. Wahrscheinlich gibt es die auch gar nicht.«

»Aber du bist in diesem Moment bei mir und ich kann mit dir darüber reden. Das hilft mir, das Leben wieder anzunehmen. Auf die Gefahr hin, dass es merkwürdig klingt, man kann sagen, es wie Magie, dass ihr beiden, du und Johnny, in mein Leben getreten seid. Mehr oder weniger ist eine erdrückende Last von meinen Schultern abgefallen.«

Das ist deine Chance, dachte Diane, du fragst ihn. Jetzt. Sie spürte den Herzschlag wie ein Wummern in ihrer Brust, die Worte hingegen hauchte sie nur. »Ist vielleicht auch eine Last von deinem Herzen gefallen und ein Platz für mich freigeworden?«

♥ 33 ♥

Genau zur gleichen Zeit tagte der Dorfrat. In ihrem Kreis saßen Kajsa und Andy, der kleine Johnny lag angeleint und ungewohnt ruhig zu ihren Füßen, als wisse er um die Bedeutung dieses Treffens.

Siw führte wie immer den Vorsitz und erläuterte Andys Plan. Daraus resultierte eine rege Diskussion. Der Grundtenor war zwar positiv, aber es gab auch einige Einwände.

Es gibt nun mal Regularien, die besagen, derjenige, der in unserem Dorf leben möchte, muss Schwedisch können.

Er kann hier kein Haus kaufen, es ist keins frei.

Er muss ja im Dorf wohnen, deshalb geht das leider nicht.

Derjenige sollte einen Bezug zu Schweden haben.

Siw übertrug Kajsa das Wort. »Ich möchte euch sagen, dass wir ein Paar sind. Andy wird bei mir wohnen, somit lebt er im Dorf. Daher entfällt auch die Sache mit dem Hauskauf.«

Olof, der Klempner, ein beständiges Mitglied des Dorfrates und mittlerweile samt seiner Familie mit

Kajsa befreundet, lachte auf. »Da haben wir doch den Bezug zu Schweden. Schöner, als sich eine unserer Frauen zu erwählen, kann es schließlich nicht werden.« Er nickte dem jungen Paar freundlich zu.

»Aber«, warf eine elegant gekleidete Dame um die siebzig ein, »es bleibt immer noch die Sache mit der Sprache. Und er kann leider gar nichts. Und so sind die Regularien. Da wird nichts dran geändert.«

»Die Sprache der Liebe funktioniert doch schon«, meinte Olof mit einem Augenzwinkern.

Und Andy gewann das Herz aller Anwesenden mit einer Liebeserklärung an Schweden. »Jag älskar Sverige.«

»Oh yeah! Siehst du«, jubelte Kajsa und hakte sich auf dem Rückweg zu ihrem Haus bei Andy ein, nachdem sie ein zeitiges Abendessen in der Dorfkneipe zu sich genommen hatten, »wenn du sagst, dass du Schweden liebst, hast du fast gewonnen.«

Er gab ihr einen Kuss auf die Wange. »Stimmt. Aber es ist gar nicht gelogen. Ich liebe Schweden wirklich. Und noch mehr dich.«

»Du hast jetzt einen Monat Zeit, dich mit der Sache auseinanderzusetzen und eine Entscheidung zu fällen. Erst dann treffen wir uns mit dem Dorfrat wieder.«

»Die brauche ich gar nicht. Für mich ist es alles klar, ich habe auch ein positives Gefühl. Ich wage es. Wenn ich unserem Vorstand anbiete, ein weiteres halbes Jahr auf meinem Posten zu bleiben, um die Nachfolge zu regeln, müsste alles klappen.«

»Betrachte es intensiv von allen Seiten, Andy. Du gibst alles auf. Einen gut bezahlten Job für ein Dorfprojekt, dass dir garantiert nicht so viel aufs

Konto spült, wie du gewohnt bist.«

Da blieb Andy stehen. Er nahm ihren Kopf in beide Hände. »Was redest du vom Job? Ich gebe alles auf wegen dir! Weil ich dich liebe, weil ich mit dir leben möchte. Die vakante Stelle als Supermarktleiter ist das Bonbon obendrauf. Selbstständig auf so eine kuriose und innovative Art fordert mich zusätzlich heraus. Aber in erster Linie bist du es, die mich nach Schweden zieht.«

Sie wollten gerade die Straße überqueren, als ein Auto heranfuhr, anhielt und der Fahrer die Scheibe herunterkurbelte.

»Hej, Krister«, grüßte Kajsa ihn und sah, dass eine junge Frau auf dem Beifahrersitz saß.

Krister, wie immer neugierig, fragte: »Hej, wo wollt ihr denn hin?«

»Nach Hause.«

»Ah, ihr habt im Dorfkrug einen genommen, das ist gescheit nach den anstrengenden Tagen.«

»So kann man das sagen.« Es ging Krister erst einmal gar nichts an, was im Dorfkrug vor sich gegangen war.

Andy lächelte nur, er verstand eh kein Wort. In diesem Fall von Vorteil.

»Wollt ihr noch mitkommen?«, fragte Krister. »Wir fahren in den Nachbarort, da gibt es eine angesagte Outdoor-Weihnachtsparty. Die läuft von heute Mittag bis Mitternacht. Lilla«, er zeigte auf seine Begleitung, »wohnt dort. Sie meint, das ist vor Weihnachten ein echter Hotspot! Steigt ein.«

»Danke, das ist lieb von dir, Krister, aber wir hatten genug Action die letzten beiden Wochen und wie du siehst, haben wir tierische Begleitung. Viel Spaß euch.«

»Der Hund stört doch nicht.«

Kajsa schüttelte innerlich den Kopf. Der spinnt doch! »Nein, Krister.«

Schade. Tschüss denn.« Das Fenster fuhr hoch und Krister ab.

»Was wollte er?«, fragte Andy neugierig.

»Einfach nur Smalltalk machen«, winkte Kajsa ab. Womöglich würde ihr Freund am Abend, wenn ihr Babysitter-Dienst für Johnny beendet war, noch hinfahren wollen. Das galt es abzuwehren.

Sie hatte nämlich gelernt, dass Andy unverwüstlich war. Wäre sie die letzten vierzehn Tage nach Schließung ihres Hauses und Herstellung frischer Brottorten, bei denen er ihr ohne Ausnahme allabendlich half, am liebsten auf der Stelle todmüde ins Bett gefallen, hatte er weitere Energie für alles Mögliche aufgebracht.

Außerdem hatte sie sich den Abschluss des ersten Tages nach den Adventswochen anders vorgestellt. Endlich den Abend verbringen ohne die Herstellung der Torten für den nächsten Tag. Heute war relaxen angesagt – und die Liebe! Und keineswegs die liebenswerte Plaudertasche Krister. No way.

»Ich wünsche mir gleich einen Glögg.« Kajsa ging durch ihr Gartentörchen.

»Lass uns erst mit Johnny noch ein wenig im Schnee toben, damit er müde wird, dann haben wir Ruhe beim Glögg.«

Sie tobten nicht nur mit dem Hund, sie rollten auch Kugeln für einen Schneemann und platzierten diese vor dem Esszimmerfenster – natürlich mit tatkräftiger Hilfe von Johnny.

»Passt. So kann unser Mr. Snow hineinschauen

und wir können ihm winken, wenn wir am Tisch sitzen«, freute sich Kajsa. Sie buddelte an der Seite des Hauses, wo kleinere Steine unter dem Schnee verborgen lagen und so bekam der Schneemann Augen und Mund. Aus ihrem Vorrat holte Kajsa ein Möhrchen für die Nase.

»Ihm fehlt noch eine standesgemäße Kopfbedeckung, bemerkte Andy. »Warte mal.« Er sauste ins Haus, kam mit einem Westernhut zurück und setzte ihm dem Schneemann auf.

»Aber der Hut ist ... hm ... ich habe bisher nie einen Cowboy-Schneemann gesehen. Und wo hast du den denn her?«, fragte Kajsa erstaunt.

»Den hatte ich im Gepäck. Ich habe allerdings gecheckt, hier dürfen es warme Mützen sein und keine Cowboyhüte, jedenfalls nicht im Winter, sonst frieren einem die Ohren ab. Im Sommer kommt er garantiert zum Einsatz. Den habe ich mir in den USA gekauft. Ist kein billiger Karnevalskram, sondern ein echtes Leder-Cowboyteil aus Wyoming.«

»Ui, hast du dort Freunde oder einfach Urlaub gemacht?« Kajsas Gesicht spiegelte Interesse pur.

»Ich hatte einen dreiwöchigen Ranch-Urlaub gebucht. Man konnte mitarbeiten und das war genau das, was ich gesucht habe, die täglichen Arbeiten der Rancher erleben. Das ist hartes Brot. Weißt du, ich bin nicht der Typ, der faul am Strand rumliegt. Da würde ich verrückt. Ich möchte etwas selbst erfahren, mitbekommen, wie andere Menschen ihr Dasein wuppen.« Andy geriet ins Schwärmen. »Den Yellowstone Nationalpark muss man gesehen haben! Ein Naturschauspiel, kaum mit Worten zu beschreiben. Dort leben Bären und Bisons – und Elche, wie hier. Ich war im September in Wyoming, leider nicht im Winter. Das gibt immer Schwierigkeiten bei uns mit dem Urlaub. Ab Oktober kann es in Wyoming bereits schneien, ich denke, das wäre einen erneuten Trip wert. Ein schöner Gedanke, wir zwei als Cowboy-Greenhorns in Wyoming. Das wär's doch! Was meinst du? Kannst du eigentlich reiten?«

»Ein bisschen. Ist ziemlich lange her, dass ich auf einem Pferderücken saß, sicherlich locker zehn Jahre.«

»Ich konnte auch nur das, was man landläufig reiten nennt. Das hat mit dem Leben in Wyoming nichts zu tun. Dort habe ich meinen Meister gemacht. Das Treiben der Rinder hat mir am meisten Spaß bereitet. Aber ich hatte danach Muskelkater an Stellen, von denen ich gar nicht wusste, dass mein Körper da überhaupt Muskelgewebe hat.«

»Da wir gerade vom Reiten und von bestimmten Muskelpartien reden ...« Kajsas Augen glänzten und sahen Andy erwartungsvoll an.

»Was für wundervolle Aussichten!« Andy zog seine Freundin an sich und küsste sie zärtlich, um sie im Anschluss auf Armeslänge fortzuschieben. »Jetzt gehen wir rein und trinken einen Glögg, den haben wir uns verdient.«

»Okay, du machst den Glögg, ich füttere währenddessen Johnny und den Kamin.«

Johnny schlief nach seinem Mahl sofort ein und Andy amüsierte sich. »Dieses kleine Wesen, echt hinreißend. Auf der Stelle einpennen. Spielen, futtern, schmusen, schlafen. Was für ein Welpenleben!«

Kajsa stimmte zu. »Guck dir das liebe Gesichtchen an. Zuckersüß. Dabei haben es die Hundebabys faustdick hinter den Ohren, wenn sie wach sind.«

»Ist doch normal. Wie soll er ein stattlicher, großer und gehorsamer Hund werden, der alles kann, wenn er sich nicht ausprobieren darf?«

Während sie sich gemeinsam das heiße aromatische Getränk gönnten, meinte Kajsa fürsorglich: »Morgen holst du den Hut rein. Es wäre bedauerlich, wenn der im arktischen schwedischen Winter Schaden nimmt. Der soll seinen Einsatz im Sommer haben. Unbeschwerte Sommertage in Schweden, das wird ihm gefallen. Und dir ebenfalls.«

»Meiner wird sicher sehr arbeitsreich, wenn ich den örtlichen Supermarkt aufbaue.«

»Trotzdem ist der Sommer hier besonders schön«, schwärmte Kajsa.

Andy stellte seine Tasse ab. »Ich werde den Winter immer lieben.«

»Warum?«

»Weil ich dich zu dieser Jahreszeit kennengelernt habe.« Er nahm Kajsa ihre fast leere Tasse aus den Händen und sie musste sich zu seiner auf dem Couchtisch gesellen. Andy zog Kajsa an sich und küsste ihren Hals. Zufrieden spürte er ihre Gänsehaut. »Ich weiß, was wir tun, wenn wir unseren Hunde-Babysitter-Dienst nachher beendet haben. Weißt du was, ich mache schnell noch einen Eintopf. Wenn Fynn und Diane zurückkommen, können sie etwas nahrhaft Warmes vertragen.«

»Und wenn sie weg sind, gibt es nur noch uns zwei. All unsere Gedanken, Vorstellungen, Pläne und Sorgen zu dem Laden verschieben wir auf morgen, ja?«, flüsterte Kajsa in sein Ohr.

♥ 34 ♥

Für Diane knisterte die Luft.

Nachdem sie die für sie alles entscheidende Frage mit gar nicht zu vermeidenden tiefen Gefühlen in ihrer Stimme gestellt hatte, war ihr nahezu schlecht vor Hochspannung. Oh Himmel, dachte sie und wagte kaum zu atmen, derart heftig konnte ihr Herz schlagen? Das hatte sie bisher nie erlebt. Es schien so unglaublich laut, selbst Kajsa im weit entfernten Dorf müsse es hören können.

Aber es war gesagt, sie hatte alles offenbart, ihr innersten Emotionen nach außen gekehrt. Lehnte er sie jetzt ab, konnte sie auf der Rückfahrt diese rasende Enttäuschung verarbeiten, Tränen laufen lassen, es sah sie ja niemand, sie saß lange genug hinter dem Rücken von Fynn.

Oh – mein – Gott! Hatte sie ihn wirklich gerade gefragt, ob ein Platz in seinem Herzen für sie frei sei?

Auf diese Frage konnte Fynn nicht ausweichen. Nichts und niemand störte sie hier, sie waren allein. Doch das war ein Irrtum. Gerade hatte sie das Gefühl, Fynn wolle sich ihr zuwenden und etwas sagen, als es in den Tannen raschelte. Das Geräusch ließ beide gleichzeitig nach rechts schauen.

Schnee rieselte von den sich bewegenden Zweigen und hervor schaute der Kopf eines Elches. Unfassbar! Was war das Tier riesig! Es schob sich aus seiner Tarnung, sah interessiert zu ihnen herüber.

Diane hielt den Atem an und griff unbewusst nach Fynns Hand. Sie zitterte. Was, wenn der Koloss näherkam? Ihr Herz wummerte wiederum, aber diesmal wegen eines beeindruckenden Elches. Boah, dachte sie mit Schrecken, so nahe an einem Herzinfarkt!

Allerdings schien der Elch beschlossen zu haben, hier gäbe es außer zwei langweiligen Menschen nichts weiter Interessantes. Und das Feuer mochte er nicht. Er drehte sich schwerfällig um, trottete davon und verschwand wieder zwischen den raschelnden Tannen.

»Oh wow! Was für ein Erlebnis«, flüsterte Diane. »Ich habe gerade verdammt viel Angst gehabt, obwohl – es war toll!«

»Ich weiß«, hörte sie Fynn sagen, »wenn du meine Hand bitte nicht mehr so quetschen würdest?«

»Oh ...«, sofort ließ sie ihn los. »Entschuldigung.« Sie hatte gar nicht gemerkt, dass ihre Hand sich buchstäblich in seine gekrallt hatte.

»Nicht schlimm, ich bin ein Mann, ich halte das aus.«

Ja, er war ein Mann. Und den wollte sie.

Es war schlichtweg unbegreiflich, ausgerechnet ein Elch war ihr in die Quere gekommen! Ein Elch! Das musste man sich mal vorstellen! Zwei Menschen in der Wildnis völlig allein – und dann stört ein Elch! Sie schüttelte den Kopf.

»Was ist?«, fragte Fynn.

»Ach nichts.«

Sie saßen nebeneinander, beide in Gedanken versunken, totale Stille um sie herum.

Als hätte der Himmel nur auf diese Situation gewartet, begann es zu schneien und das recht heftig. Da nahm Fynn sie an den Schultern und drehte sie zu sich. Es schien, als forsche er in ihrem Gesicht. Leise setzten sich die hübschen watteweichen Flocken wie weiße Pünktchen auf ihre Kleidung und lustigerweise auch in Fynns Bart.

»Du bekommst einen Schneebart. Wie witzig.«

Aber Fynn lächelte nicht. Im Gegenteil, er holte tief Luft. »Du hast mich gerade etwas gefragt, Diane.«

»Das habe ich.« Sie schluckte. Hörte das schlimme Herzklopfen denn gar nicht auf, fragte sie sich. Bei diesen Adrenalinstößen in Folge war sie einer Ohnmacht näher anstatt der Entspannung, die der heutige Tag eigentlich bringen sollte.

»Ja, ich habe einen Platz in meinem Herzen für dich frei. Aber er muss ohne Verzögerung besetzt werden.«

»Dann«, flüsterte Diane beinahe atemlos, »musst du mich jetzt küssen.«

Und das tat Fynn mit aller Leidenschaft.

Für Diane änderte sich in diesem Augenblick die Welt. Sie spürte nicht mehr die eisige Kälte, die sie beide umgab, sondern fühlte Fynns Nähe und Wärme. Seine warmen Lippen sorgten für eine Hitzewallung, die durch ihren gesamten Körper zog.

Sie schmiegte sich an ihn. »Dein Bart kitzelt«, raunte sie leise.

»Hast du etwa bisher nie einen Mann mit Bart geküsst?«

»Noch niemals nie!«

»Somit wird es Zeit, dass du dich an einen Bartmenschen gewöhnst«, liebevoll strich er über ihre Wange – und küsste sie erneut.

Diane fühlte sich im siebten Himmel. Sie hatte alles um sich herum vergessen, schmiegte sich an seine breite Brust und genoss jeden Augenblick. Hier, inmitten Schwedens winterlicher Wildnis, hatte sie ihr Glück gefunden. Das würde sie festhalten!

»Was machst du Weihnachten?«, fragte Fynn. »Reist du nach Deutschland zu deiner Familie?«

»Nein, meine Eltern gönnen sich das erste Mal einen Urlaub über die Weihnachtstage und den Jahreswechsel und Kajsas Eltern reisen Weihnachten zu Freunden, die am Polarkreis leben. Das hatten sie sich immer vorgenommen und nun verwirklichen sie es. Eigentlich wollten Kajsa und ich die Zeit gemeinsam verbringen.«

»Wieso *eigentlich*?«

»Weil Andy nun über Weihnachten hierbleibt.«

»Du willst nicht mit ihnen feiern?«

»Nein! Andy ist mein Chef, den brauche ich nicht noch zu Weihnachten! Der ist eher gekommen und bleibt länger. Ganz toll, echt! Kajsa und er sind verliebt, da passe ich nicht zwischen, obwohl sie mich herzlich eingeladen haben.«

»Ergo hast du nun keine Einladung, wo du gerne Weihnachten verbringen möchtest?«

»Das ist die Lage.«

»Somit hättest du jetzt eine, wenn du denn möchtest.«

Diane sah Fynn an. »Du meinst ...«

»Johnny und ich hätten dich gerne Weihnachten bei uns.«

Vor Glück fast platzend saß Diane, eng an Fynns Rücken gepresst, auf dem Motorschlitten. Hatte sie gedacht, sie könnte womöglich Tränen der Enttäuschung weinen, kullerte eine einzige Glücksträne ihre Wange hinunter, die außer ihr nie jemand bemerken würde – und das war gut so.

Wieder in ihrem Dorf angekommen, stellten sie den Schlitten bei Fynn ab und entschieden, Johnny gemeinsam abzuholen. Hand in Hand liefen sie durch die Straßen.

»Willst du das wirklich? Es könnte jemand sehen.« Diane sah Fynn prüfend an.

Er blieb stehen. »Diane, ich bin kein Teenie mehr. Und du auch nicht. Wir zwei haben uns gefunden, denke ich, und das können wir der Welt, in unserem Fall diesem kleinen Dorf, ruhig kundtun. Wenn uns jemand sieht, ist das in Ordnung für mich.«

Diane strahlte. Fynn stand offen und wie selbstverständlich zu ihr. Was für ein berauschendes Gefühl!

Kajsa und Andy hatten ihr sofort von ihrer frischen Liebe erzählt – warum sollten sie im Gegenzug nicht wissen, das Fynn und sie ein Paar waren! Diane schwebte bis zu Kajsas Haus, wo sie mit großem Hallo empfangen wurden, auch von Johnny, der sich gar nicht einkriegte vor Freude, richtige Luftsprünge machte, Dianes Hände abschleckte und Fynn in der Folge nicht mehr von der Seite wich.

»Wir dachten«, lächelte Kajsa, »nach so einer Fahrt in klirrender Kälte tut ein heißes Süppchen gut. Andy hat gekocht.«

»Klasse, danke, was für eine tolle Idee!«, freute sich Diane.

»Setzt euch bitte.«

Während sie am Tisch Platz nahmen, entdeckten sie auch den Schneemann, der mit seinem außergewöhnlichen Hut für Gelächter sorgte.

Dann schwärmte Diane ausgiebig von dem Ausflug. »… und das Highlight war der Elch. Boah, wie groß der war!«

»Ach«, flocht Fynn ein, »ich habe eigentlich gedacht, ich wäre die Hauptattraktion des Tages gewesen.«

»Oh, natürlich ...« Sie konnte nicht verhindern, dass Farbe in ihre Wangen schoss. »Fynn und ich, wir ...«, sie schluckte. Mensch, was war es schwer, zu sagen, wie es ist.

»Ihr seid zusammen.« Kajsa klatschte in die Hände. »Das ist genial, ich freue mich total! Darauf müssen wir einen kippen. Ihr seid ja zu Fuß. Yeah! Andy, holst du bitte den Aquavit aus dem Kühlschrank?« Schon stob sie energiegeladen zum Schrank und schnappte vier Gläser.

Diane wusste, wohin das führte und außerdem hatte sie vom letzten Mal Alkohol noch genug. »Du, bitte für mich nicht. Ich hätte viel lieber, wenn es dir nichts ausmacht, einen heißen Tee.«

Kajsa stutzte, aber der Wunsch ihrer Freundin war ihr Befehl. »Womit wir anstoßen, ist letztendlich schnurz.«

Im Laufe der nächsten Stunde planten die Männer ihre Schlittenfahrt für die Zeit zwischen Weihnachten und Neujahr ein, vor dem Fest wurde es einfach zu knapp.

»Da wir gerade bei Weihnachten sind, was haltet ihr davon, wenn wir zu fünft feiern?« Kajsa sah ihre Freundin und Fynn an.

»Zu fünft?« Diane stand auf der Leitung. Doch wohl nicht mit Krister? Horror!

»Wir vier«, erklärte Andy, »und Johnny.«

Diane schlug sich die Hand vor die Stirn. »Ich bin aber auch ein Dödel!«

»Ich meine«, begann Kajsa wieder, »weihnachtliche Dekorationen haben wir schon, wir brauchen uns nur um das Essen zu kümmern. Was meint ihr?«

Fynn sah zu Diane, die blickte von einem zum anderen. Drei Gesichter schauten sie mit Spannung an. Eins davon gehörte ihrem Chef – und mit dem Weihnachten feiern?

Wenn die ganze Sache mit Kajsa platzte, hatte er viel Privates von ihr mitbekommen. Wo gerade sie doch ihr Privatleben die meiste Zeit unter Verschluss hielt. Aber konnte sie jetzt Nein sagen?

»Von mir aus gerne«, sagte Fynn in die sich ausgebreitete Stille hinein.

»Ja dann ...«, was sollte Diane auch sonst sagen. Mit Fynn alleine wäre ihr lieber gewesen.

»Fabelhaft!«, jubilierte Kajsa und setzte somit die Planung in Gang.

Es wurde lustig, weil vier Menschen vier unterschiedliche Vorstellungen von Weihnachten hatten. Aber sie konnten sich einigen, jeder brachte sich ein und es würde ein schönes Fest, davon waren sie überzeugt.

Deutsche Weihnachtsbräuche würden sich mit schwedischen ergänzen und kleine Weihnachtswünsche wollten sie sich gegenseitig erfüllen und neue

Erfahrungen sammeln.

»Für uns Schweden ist der 24. Dezember der wichtigste Tag«, meinte Fynn und Kajsa stimmte dem zu. »Da müssen wir unbedingt reichlich Essen auffahren. Andy und ich übernehmen die Verantwortung beim Kochen. Wir schreiben jetzt auf, was wir essen wollen und wer was erledigt.«

Zwei Stunden später wollte Diane aufbrechen. »Ich bin todmüde.« Nicht nur die anstrengenden Adventswochen, auch die frische Luft tagsüber hatte dazu beigetragen.

Fynn stand auf. »Komm, gehen wir nach Hause.«

Wie gut das klang, dachte Diane, *gehen wir nach Hause.* Sie wandte sich noch einmal an Kajsa. »Lass uns morgen früh telefonieren.«

Seit Mittag schneite es ununterbrochen, leise und stetig tanzten die Flocken vom Himmel. Johnny fand es großartig, er jagte gefühlt jede Einzelne und sorgte daher für einen sehr ruppigen und unruhigen Heimweg.

Am Hauseingang von Diane angekommen, nahm Fynn sie in die Arme.

»Du kommst doch mit rein?«, fragte Diane hoffnungsvoll.

♥ 35 ♥

Fynn schüttelte den Kopf. »Nein, heute nicht. Du bist müde, hast schon ganz kleine Augen.«

»Das macht nichts.«

»Doch, mir aber. Du hast zwei anstrengende Wochen hinter dir. Schlaf dich erst einmal aus.«

Diane konnte ihre Enttäuschung nicht verbergen, aber Fynn tröstete sie mit den nächsten beiden Sätzen. »Wir sehen uns morgen. Wie wäre es, wenn du dann bei mir und Johnny bleibst?«

»Du meinst ...?«

»Ja, das meine ich. Ich möchte dich die Nacht in meinen Armen halten.«

Das war wundervoll zu hören! Diane schmiegte sich noch einmal an seine breite Brust, knuddelte danach Johnny liebevoll und holte ihren Schlüssel heraus. »Ich freue mich auf morgen. Wir telefonieren?«

»Tun wir.«

Kaum hatte sie die Tür hinter sich geschlossen, spürte sie eine bleierne Müdigkeit. Sie schleppte sich die Treppen hoch ins Bad, schälte sich aus den Klamotten, pflegte ihr Gesicht und schlich geschafft ins Schlafzimmer.

Ach je! Sie hatte kein Wasser mehr am Bett stehen! Also quälte sie sich nochmal ins Erdgeschoss in den Vorratsraum, wo die Mineralwasserflaschen standen und griff eine, als sie zu Tode erschrak. An der Außentür des Vorratsraumes, die dem Wald zugewandt war, hörte sie scharrende Geräusche. Wollte jemand bei ihr einbrechen?

Sie blieb einen Moment starr stehen. Da! Da war das Geräusch erneut. Es kam eindeutig von der Tür. Die nackte Angst packte sie. Sie tapste so leise wie möglich im Rückwärtsgang aus dem Raum und schloss ihn ab. Ein dickes Dankeschön an Greta, denn sie war ein Schlüsselfanatiker gewesen! Bei der Besichtigung hatten Kajsa und sie sich darüber amüsiert.

»Es ist immer wichtig, Räume abschließen zu können«, hatte Greta kundgetan, »Toiletten auf jeden Fall, weil man da einfach allein sein möchte, aber andere Zimmer auch.«

»Warum schließt du denn den Vorratsraum ab?«, hatte Kajsa erstaunt gefragt.

Die alte Greta hatte gelacht und verschmitzt gesagt: »Damit die Mäuse da nicht reinspazieren. Das möchten sie nämlich gern.«

Ihr Handy! Normalerweise hatte sie es immer in irgendeiner Tasche am Körper, ihr Nachtshirt hatte naturgemäß keins. Es lag deshalb bereits im Schlafzimmer. Auf Zehenspitzen, aber so schnell sie konnte, huschte sie, das Grauen im Rücken, die Treppen hoch ins Schlafzimmer und schnappte es. Puh, es vermittelte Sicherheit.

Sie wechselte auf die andere Seite des Flurs zum Bad, darunter lag der Vorratsraum. Von dort aus konnte man nach unten sehen. Mit Herzklopfen stand sie vor dem Fenster. Sollte sie es öffnen und hinausschauen? Da war das Kratzen wieder. Was, wenn jemand das Schloss knackte und ins Haus eindrang?

Ich rufe Fynn an! Mit der biometrischen Fingerprint-Erkennung entsperrte sie ihr Handy, öffnete danach das Fenster und schaute todesmutig nach unten.

Es kratzte tatsächlich jemand, der groß und kräftig war, an der Tür! Ein Elch! Diane konnte es gar nicht fassen. Es schien, als habe er bemerkt, dass er nun beobachtet wurde. Er sah einen Moment starr zu ihr hoch, um sich dann umzudrehen und wieder Richtung Wald zu trotten. Schon war er in der Dunkelheit verschwunden.

Diane sog noch einmal die frische Nachtluft ein, ehe sie das Fenster schloss. Was für eine höllische Erleichterung! Mann, was hatte sie für eine irrsinnige Angst gehabt!

Aus dem Handy hörte sie eine männliche Stimme rufen: »Diane, was ist los? Diane! Hej, Diane!«

Da erst bemerkte sie, dass sie Fynn unbewusst angewählt hatte. »Fynn, entschuldige ...«, sie berichtete, immer noch aufgeregt, von ihrem Erlebnis.

Er tröstete sie. »Das passiert. Schweden im Winter und natürlich in den ländlichen Gegenden ist eine ganz besondere Welt. Hier gelten zu dieser Jahreszeit andere Gesetze. Nimm den Elch einfach als Glücksboten. Er wollte dich in Schweden begrüßen.«

Diese – wenn auch weit her geholte Sicht der

Dinge – ließ Diane wenig später ruhig einschlafen. Außerdem hatte sie einen weiteren Trost und eine zusätzliche Sicherheit bekommen. »Geht irgendetwas Merkwürdiges bei dir vor oder du hast Angst, egal zu welcher Tages- oder Nachtzeit, ruf einfach an. Ich komme dann rüber.«

Am kommenden Tag wachte sie erst gegen zehn Uhr auf. Und selbst da blieb sie noch ein wenig im Bett. Das tat richtig gut nach den beiden Wochen, sie hatte schlichtweg Nachholbedarf an Schlaf.

Als sich der Kaffeedurst immer stärker meldete und nicht mehr zu verdrängen war, stand sie auf und startete langsam in ihren Tag. Sie räumte endgültig alles weg, was zu den Adventswochen gehörte und begann, intensiv zu putzen. *Zu Weihnachten muss alles glänzen, nicht nur der Weihnachtsschmuck,* hatte ihre Großmutter immer gesagt.

Am Mittag schneite Kajsa bei ihr herein. »Lass uns eben schauen, was wir einkaufen müssen. Dann fahren wir los. Hach, weißt du, ich finde es grandios, ein *Julbord* für uns herzurichten. Das Weihnachtsessen ist für uns Schweden sehr wichtig. Wie lieb von Andy und dir, euch einfach darauf einzulassen. Wir werden ein fantastisches Festessen haben! Wir futtern in mehreren Gängen, machen es uns richtig gemütlich und lassen es uns total gut gehen.« Sie klatschte freudig in die Hände. »Und was über ist, mampfen wir am nächsten Tag auf.« Kajsa zog die Liste hervor, die sie am vergangenen Abend vorbereitet hatten.

»Ich hole uns einen Einkaufszettel.« Schon war Diane zu ihrem Sideboard unterwegs, kam mit Blatt und Stift zurück und reichte Kajsa beides.

»Also«, begann Kajsa, »du und Andy, ihr wünscht euch Graved Lachs, Fynn und ich Hering in Rotwein eingelegt. Dazu gibt es Kartoffeln. Die und den Hering habe ich. Schreib auf Graved Lachs.«

Pflichtbewusst notierte Diane den Fisch.

Kajsa machte weiter. »Wir müssen den Weihnachtsschinken und Würstchen kaufen. Darauf können wir Schweden keinesfalls verzichten. Und Fynn wünscht sich als Dessert Milchreis. Er ist da in der Tradition sehr verhaftet.«

»Mmh ... den mag ich auch sehr gerne.« Diane schmeckte ihn schon und wollte ihn notieren.

»Brauchst du nicht«, winkte Kajsa ab, »den habe ich immer im Haus. Fynn hat sich angeboten, Bier und Aquavit zu besorgen, darum kümmern wir uns nicht. Hast du eigentlich Eier übrig?«

»Ja, ich schaue eben, wie viele.« Diane verschwand im Vorratsraum und kam mit den Worten »Genug, über zwanzig« wieder.

»Reicht. Schreib bitte noch Krabben auf. Wir gönnen uns damit gefüllte Eier. Was wird das lecker!«

»So viel können wir doch gar nicht essen«, warf Diane amüsiert ein.

»Wir Schweden schon. Außerdem futtern wir an diesem Festtag über Stunden. Wir beginnen am Nachmittag und enden nach Mitternacht. Aber das weißt du doch! Das wird klasse, klasse, klasse!«, Kajsa war im Eifer des Gefechtes.

Erstaunt betrachtete Diane den Zettel. »Wir haben gar nicht viel einzukaufen, du hast davon ja fast alles zuhause.«

»Jahahaha, wir Schweden sind kluge Menschen, wir bauen vor.«

Diane kicherte. »Wir Deutsche bunkern auch gerne für Weihnachten. Die Geschäfte sind kurz vor dem Fest bis zum Bersten voll, man ergattert nur mit Mühe einen Parkplatz oder einen Einkaufswagen und wartet ewig an den Kassen, weil alle Berge in den Wagen transportieren. Und meist sind die Leute gestresst.«

»Das gibt es hier genauso. Ich verstehe das nicht.« Kajsa schüttelte den Kopf. »Vieles kann man lange vor Weihnachten einkaufen. Es reicht, wenn nur noch die frischen Lebensmittel geholt werden.«

»Das kriegen wir Deutschen nicht hin. Bis kurz vor Weihnachten wird wie irre geshoppt, als gäbe es wochenlang oder nach den Feiertagen nichts mehr.«

»Komm«, meinte Kajsa energiegeladen, »fahren wir los!«

Ab ging es durch den dicken Schnee, aber Kajsa manövrierte den Wagen sicher. Im nächsten Winter kann ich das hoffentlich auch so relaxed, wünschte sich Diane. Sie hatten sich jede Menge zu erzählen, verständlich, bei zwei neuen Männern in ihren Leben.

Kajsas gute Laune steckte Diane an, die aus dem Fenster in die malerisch verschneite Landschaft schaute. »Wer hätte das gedacht, dass wir Weihnachten zu viert feiern.«

»Kein Mensch. Du hast mir mit Andy das Glück gebracht, Diane.«

»Quatsch. Der hat sich selbst hierher kutschiert. Eher als vereinbart und länger bleibt er auch.«

»Ist doch sehr schön, nicht?«, Kajsa warf einen raschen, strahlenden Blick zu ihr, um dann sofort wieder auf die verschneite Straße zu schauen. Schlagartig wurde sie ernst. »Sag mal, gefällt dir das nicht, Andy und ich? Gibt es einen Grund dafür?«

So unvermittelt offen gefragt, schämte sich Diane plötzlich. Andy war zwar ihr Chef, aber er hatte sich bisher von seiner ausschließlich privaten Seite gezeigt, die im Büro naturgemäß nur ab und zu durchblitzte. Außerdem kannte sie ihn nicht näher, sie arbeitete nicht täglich in Hamburg mit ihm, sondern traf ihn nur zu einigen Meetings oder anderweitigen Gesprächen sowie zu Messezeiten. Kajsa sah ihn natürlich mit völlig anderen Augen. Hier stand für sie ein interessanter Mann vor ihr, nicht der Boss. Diane entschied sich, ehrlich zu sein.

»Sorry, Kajsa, aber ich muss erst umschalten. Er ist mein Chef. Stell es dir umgekehrt vor, deiner kommt hierher und ich verliebe mich Hals über Kopf in ihn. Da würdest du erstmal genauso doof gucken.«

Ihre Freundin schmunzelte. »Allerdings würde ich das. Mein Boss ist nämlich eine Frau.«

Es war, als hätten diese kurzen klaren Sätze die Luft gereinigt, ab diesem Moment schien für Diane alles leichter. Man muss auch gönnen können, dachte sie, und wenn Kajsa im siebten Himmel schwebt, hat das für mich in Ordnung zu sein.

Andy hatte sich durchaus als angenehm präsentiert, überhaupt nicht arbeitsscheu – er hatte täglich beiden Mädels geholfen – und bewundernswert war seine unerschöpfliche Energie. Ermüdungserscheinungen? Fehlanzeige! Kein Wunder, dass er locker die vielen Kilometer mit dem Transporter gefahren und hier quietschfidel aus dem Wagen gesprungen war. Eigentlich unfassbar! Jeder andere wäre schlafend oder mit rot geränderten Augen aus dem Fahrzeug gekippt. Etwas anderes ließ sie relaxt in die Zukunft blicken. Am 2. Januar reiste er ab und es würde sich zeigen, ob die frisch entflammte Liebe hielt. Es lagen jedenfalls mehr als tausend Kilometer zwischen beiden. Sehr oft könnte er mit Sicherheit nicht hin und her fliegen. Der Rest ergab sich wie von selbst.

Ich kann mich zurücklehnen, dachte sie. Das konnte sie aber nur kurz, denn die nächste Botschaft ihrer Freundin musste sie erst einmal verdauen.

Hatten Kajsa und Andy auch nur eine Winzigkeit Angst und Unruhe an ihren temporeichen, lebensverändernden Zukunftsplänen gehabt – die Nächte löschten alle Zweifel.

Andy machte Nägel mit Köpfen und hatte mit seinem Boss in einem langen Gespräch per Skype seine Vorstellungen kundgetan. Die Männer verstanden sich, trotzdem benötigte sein Chef einen Tag, um diese unerwartete Situation für und mit sich selbst aufzubereiten. »Tja, das ist eine Neuigkeit, mit der ich gar nicht gerechnet habe, Herr Wahlberg.«

»Glauben Sie mir, ich auch nicht. Aber das Leben hat mir diesen wunderbaren, zugegeben abenteuerlichen Vorschlag unterbreitet und ich werde ihn annehmen.«

In einem weiteren Telefonat am nächsten Tag besprachen sie die Zeitschiene. Ein halbes Jahr, eventuell ausgeweitet zu einem Dreivierteljahr, wäre machbar. Andy versprach, alle Einzelheiten so schnell wie möglich zu klären und letztendlich zu schauen, ob das Projekt überhaupt lebensfähig sei. Das hieß, zuerst Kontakt zu diesem Handelskonzern aufzunehmen. Es gelang ihm, positiv und dynamisch wie er war, erstaunlicherweise rasch. Hier jedoch benötigte er Kajsa als Dolmetscherin. Das Telefonat war erfolgversprechend, allerdings könnten persönliche Gespräche erst Mitte Januar erfolgen, wenn das neue Jahr sozusagen anlief.

Es stand zusätzlich im Raum, dass er sein Medienunternehmen fürs Erste nicht vollständig verließ, sondern einige wenige Aufgaben übernahm, die man im Home Office erledigen konnte. Das war für beide Seiten gut. Der Verlag profitierte weiterhin von Andys Wissen sowie Erfahrung und er selbst verfügte über eine finanzielle Sicherheit.

»Jetzt hast du mich platt da liegen«, haute Diane raus, nachdem Kajsa ihr diese Pläne offengelegt hatte. »Mensch, ihr traut euch was, einfach – patsch – ins kalte Wasser zu springen!«

»Ehrlich, das wird ja nicht wärmer, wenn wir noch warten, außerdem bietet der Sprung in kaltes Wasser ein Meer neuer und spannender, abenteuerlicher Möglichkeiten und Herausforderungen.«

»So kann man das auch sehen. Ich bewundere echt euren Mut.«

»Sag mal lieber Andys Mut. Er ist der Verlierer, wenn das nicht funzt.«

Zurück von den Einkäufen und wieder allein im eigenen Haus, rief Diane bei Fynn an und fragte nach, ob sie etwas zu Essen mitbringen solle.

»Nein, ich habe Aal. Magst du den?«

»Und wie!«

»Dann sei um sechs Uhr bei mir.«

»Oje, das schaffe ich nicht, ich bin gerade erst zurück vom Einkauf mit Kajsa. Passt auch halb acht?« Diane musste ihre eigenen Besorgungen verstauen, plante, noch zu duschen und ein paar Übernachtungsutensilien zu packen. Das wollte sie in aller Ruhe tun. Sie hatten die ganze Nacht für sich. Für einen Moment schloss sie, von Glück erfüllt, die Augen.

Gerade trat Diane aus der Dusche, als sie Hundegebell vernahm. Merkwürdig. Wer ging denn in dem Schneegestöber mit einem Hund spazieren? Sie vergaß die Welt draußen und widmete sich der Bodylotion, die lecker nach Vanille duftete.

Wieder hörte sie es bellen. Leute, es schneit, geht heim!

Im Schlafzimmer suchte sie ihre Lieblingsjeans raus sowie das rosafarbene Langarmshirt, das ihr bestens stand und außerdem angenehm weich war. Sich in der eigenen Haut wohlfühlen war heute Abend besonders wichtig. Sie schnappte sich die kleine Reisetasche, die sie vorher gepackt hatte und hüpfte gut gelaunt die Treppen hinab.

Und jetzt hörte sie es ganz deutlich. Das Hundegebell war so nah, genauer gesagt, vor ihrer Haustür. Ohne auch nur den Bruchteil einer Sekunde nachzudenken, ließ sie die Tasche fallen, rannte zur Haustür und riss sie auf.

Davor saß Johnny, der sich die Seele aus seinem kleinen Leib bellte.

♥ 36 ♥

»Johnny, was machst du denn hier?«, rief Diane entsetzt, wohl wissend, der junge Hund verstand sie nicht. Er bellte einfach aufgeregt weiter.

Hektisch schaute sie die Einfahrt entlang, jedenfalls soweit es der Schneefall zuließ. Kein Fynn! Das Handy schon in der Hand, wählte sie ihn an. Es schellte durch, bis sich die Mailbox meldete. Sie startete einen erneuten Versuch. Das gleiche Ergebnis. Hastig schlüpfte sie in die Moonboots, zog in aller Eile ihre Winterjacke über, griff ihren Hausschlüssel, lief hinaus und zog die Tür zu. Sicherlich stand Fynn im Schutz der großen beleuchteten Tanne, wie sie seinerzeit, als sie ihn heimlich beobachtet hatte. Im Prinzip eine Überraschung der morbiden Art.

Johnny rannte los, auf die Straße zu. Stände Fynn hinter der Tanne, hätte der Hund dort angehalten. Da stimmte doch etwas ganz und gar nicht! Diane hechtete hinterher, rutschte auf dem frisch gefallenen Schnee aus und landete auf den Knien. »Autsch!« Sie rappelte sich hoch und lief so schnell sie konnte weiter.

Von Johnny war nichts mehr zu sehen. Völlig atemlos erreichte Diane die Straße, in der ihr Fynn wohnte. Kurz blieb sie stehen, stemmte ihre Hände auf die Oberschenkel und schnaufte durch, schaute rechts und links, aber sie sah keinen Hund, keinen Fynn.

Diane lief wieder an und konnte nun die hell beleuchtete Tischlerei sehen, deren Tor weit offenstand, das Bellen von Johnny erklang aus dem Gebäude. Gott sei Dank, er war wenigstens wohlbehalten zu Hause.

Hektisch atmend rannte sie auf das Tor zu, klopfte sich am Eingang den Schnee von den Stiefeln und trat ein.

Da sah sie Fynn. Er lag neben seiner Werkbank mit dem Gesicht auf dem Boden, Blut sickerte aus einer Wunde am Kopf. Hatte ihn jemand niedergeschlagen?

Vor Entsetzten schrie sie auf. »Fynn!« Schon war sie bei ihm, kniete sich auf den kalten Betonboden und drehte ihn um. Sie sah sie Verletzung an Stirn und Schläfe. »Fynn!«, sie klatschte ihm auf die Wangen, aber null Reaktion. Was tun? Und Johnny bellte.

Diane kramte alles Wissen aus ihrem Gedächtnis. Atmung überprüfen! Das war unnötig, er hatte leicht gestöhnt, als sie ihn umdrehte. Rettung rufen. Ihre Gedanken purzelten wild durcheinander. Siw! Sie war die ehemalige Dorf-Ärztin. Mit zittrigen Fingern wählte sie die alte Dame an. Geh ran, bitte, geh ran, bat sie lautlos und inständig. Diane wurde erlöst, bereits nach dem zweiten Klingeln hatte sie Siw am Handy.

»Hej Diane«, meldete sich die Seniorin heiter,

»was kann ich für dich tun?«

»Siw, ich brauche Hilfe. Fynn ...« Und nahezu atemlos schilderte sie knapp das Geschehen.

»Bin sofort da.« Es klickte in der Leitung.

Obwohl man von einem Ende des Dorfes bis zum anderen keine drei Autominuten benötigte, wurde Diane die Wartezeit zu einer Ewigkeit, zumal Johnny wild um sie herumsprang, zwischendurch abwechselnd bellte und winselte, was sie nur noch nervöser machte.

Mit einer Hand versuchte sie, ihn zu erreichen und zu beruhigen, bewegen konnte sie sich nicht, denn sie hatte Fynns Kopf auf ihren Schoß gelegt und streichelte ihn. Die Verzweiflung brach sich Bahn, Tränen füllten ihre Augen.

Von unten schlich sich die Kälte des unbeheizten Betonbodens in ihre Knochen, aber das war ihr völlig gleichgültig. Sie konnte Fynn einfach nicht loslassen.

Die Rettung in Form der Ärztin nahte, sie hörte einen Wagen vorfahren, die Räder knirschten auf dem Schnee. Mit schnellen Schritten erschien Siw samt Arzttasche in der Tischlerei. Die Anspannung löste sich bei Diane, sie begann zu weinen.

»Alles gut, Diane, alles gut«, versuchte Siw, sie zu beruhigen.

»Sorry, aber das ist das pure Gefühl der Erlösung, du bist da«, schniefte Diane.

Wenig später konnte sie wieder lächeln.

Fynn war dank der Ärztin bei Bewusstsein, saß auf der Couch und kraulte Johnny, der endlich Ruhe gab. Noch stark mitgenommen schilderte er, was ihm passiert war.

Johnny war an diesem Tag besonders wild gewesen. »Er hatte wohl Kampftag«, grinste Fynn schief. »Er hatte nicht seine dollen fünf Minuten, sondern Stunden. Alles im Mäulchen, ständig ein neuer Schabernack. Er hatte sich wieder eins meiner wichtigen Werkzeuge gegriffen. Das kann ich ihm aber nicht durchgehen lassen. Ganz davon abgesehen, dass er sich daran verletzen könnte, er macht es mir auch unbrauchbar, wenn er darauf rumkaut.« Er klopfte Johnny aufs schwarze Fell. »Du kleiner frecher T-Rex, du!«

Fynn war dem jungen Hund nachgerannt, der schon waschechte Haken schlug. Er hatte dabei eine Wurzel übersehen, die Johnny zum Knabbern bekommen hatte, war darauf getreten, zur Seite getrudelt und mit dem Kopf gegen die Werkbank geschlagen. »Ich hatte Glück, eigentlich bin ich mehr daran entlanggeschrammt. Trotzdem hat es mich ausgeknockt.«

»Das stimmt, du hättest tot sein können«, bemerkte Siw ernst.

Mit aller Liebe sah Fynn den schwarzen Hund an. »Aber ich hatte einen Retter. Wer hätte das gedacht! Er passt gut auf.«

»Mich wundert das nicht«, bemerkte Siw. »Da ist, wette ich, Hovawart mit drin, das sind die Beschützer von Haus und Hof. Und lieben sie einen Menschen, geben sie für ihn alles.«

»Ich koche uns einen Tee, was hältst du davon?«, fragte Diane ihren Freund.

»Den können wir jetzt gebrauchen. Entschuldigt, ihr zwei, dass ich nicht gleich dran gedacht habe.«

»Macht nichts«, kommentierte Siw, »du hast es schließlich auf den Kopf gekriegt.«

Siw blieb eine weitere Stunde und gab Fynn beim Abschied einen Warnhinweis. »Sollte dir schwindelig oder schlecht werden, ruf mich sofort an. Und heute bitte keinerlei Aktivitäten mehr!« Sie hob mahnend den Zeigefinger.

»Sorry, so hast du dir den Abend wohl nicht vorgestellt«, Fynn sah Diane bedauernd an.

»Etwas anders, gebe ich zu, aber nun pflege ich dich eben. Ich muss allerdings noch einmal nach Hause. Dort wartet die gepackte Tasche auf mich.«

»Nimm Johnny mit, mit ihm bist du gut beschützt.«

Sie stimmte zu, denn auf diese Weise bekam Fynn ein paar Minuten Ruhe. »Ich power ihn draußen ein bisschen aus, dann schläft er gleich. Ich beeile mich.« Sie küsste den lädierten Fynn zärtlich auf den Mund, griff die Hundeleine und raus war sie.

So schnell es der Schneeboden zuließ, lief sie nach Hause. Johnny hatte Spaß daran und zog wieder einmal an der Leine. Es ging ihm nicht fix genug, er war voller Energie. Daheim angekommen, tollte sie mit ihm im Vorgarten, schnappte sich wenig später ihre Tasche und begab sich wieder auf den Rückweg.

Fynn war mittlerweile in seiner Wohnung und gönnte sich ein Bier. »Das musste ich haben, auf den Schreck, da reicht Tee nicht«, rechtfertigte er sich. »Magst du auch eins?«

»Ich hole es mir selbst und bringe für Johnny ein Leckerchen mit.« Das knabberte er eifrig weg, danach fielen ihm die Augen zu.

Fynns Wunde an Stirn und Schläfe wirkte unheimlich brutal, aber Siw hatte gemeint, es sei nur ein Fassadenschaden.

»Ich mache uns das Essen.« Fynn stand auf und Diane protestierte lautstark. »Bleibst du wohl sitzen! Du tust gar nichts! Hast du nicht gehört, was Siw gesagt hat oder hat der Sturz doch Schäden angerichtet, was das Erinnerungsvermögen betrifft?«

Das hatte Fynn verstanden. Er ließ Diane arbeiten.

Die beiden verbrachten den Abend anders als geplant. Siw hatte Ruhe verordnet und Diane achtete akribisch darauf, dass Fynn die einhielt.

Sie schauten einen Film, Diane lag in seinen Armen. Später kuschelten sie sich ins Bett, froh, überhaupt gemeinsam die Nacht verbringen zu können. Sie waren schlichtweg auch so auf Wolke sieben.

Am folgenden Tag erfuhren Kajsa und Andy während eines Besuches in der Schreinerei von Fynns Missgeschick.

Kajsa war betroffen. »Ich möchte mir gar nicht vorstellen, was hätte passieren können. Johnny, du kleiner Held!« Sie kraulte ihm hinter den Öhrchen.

Fynn winkte lässig ab. »Diane wäre sowieso gekommen, wenn auch ein bisschen später. Gar nicht auszudenken, dass Johnny einfach rausläuft und sich in dem Schneegestöber verirrt. Wie gut, dass er den Weg zu Diane gern gelaufen ist. Bei ihr gab es nämlich immer Leckerchen.«

»Instinktiv spüren Tiere Notlagen«, beteiligte sich Andy wissend.

»Mir ist echt das Herz in die Hose gerutscht, als ich Fynn dort blutend liegen sah«, ließ Diane ihren entsetzlichen Schock Revue passieren. Sie küsste ihn liebevoll auf die Wange.

Andy aber gab dem Ganzen einen versöhnlichen

Anstrich, den sie gemeinsam zum Lachen fanden. »Tja, Fynn, da hast du jetzt Pech gehabt. Kajsa hat mich in einige schwedische Weihnachtsbräuche eingeführt, ich habe reichlich zu lernen. Nicht das Christkind, sondern *Tomte*, der kleine Weihnachtswichtel, bringt die Geschenke. Außerdem tanzt man singend um den Christbaum. Da wirst du leider nicht mitmachen können.«

Am frühen Nachmittag des 24. Dezember wanderten Diane, Fynn und Johnny zu Kajsas Haus. Sie wurden herzlich in Empfang genommen.

»Merry Christmas! Frohe Weihnachten! God Jul!«, rief Kajsa ausgelassen, als sie die Freunde an der Haustür herzlich umarmte.

Diane sah auf den Boden. »Wie süß! Du hast eine Fußmatte mit einem Elch drauf. Wo hast du die denn her?« Aufgrund des appetitlichen Fleischgeruches, der ihnen entgegenströmte, war sie direkt abgelenkt und schnupperte. »Es duftet verlockend. Mmh, nach Gebratenem.«

»Der Weihnachtsschinken ist natürlich bereits im Ofen. Auf den freue ich mich am meisten.« Kajsa hüpfte vor Freude.

»Ich mich auch!«, stimmte Fynn zu und rieb sich die Hände. »Weihnachten ohne Schinken ist gar nicht vorstellbar.«

Für Diane war Heiligabend ohne Gans ein eigenartiges Gefühl. Andy dachte ähnlich und äußerte das offen. »Bei uns in Deutschland gibt es meist Gänsebraten oder Pute, aber ich freue mich echt auf neue Erfahrungen.«

»Ich habe gestern noch Weihnachtsplätzchen gebacken, das hat mich übermannt, es musste sein.

Mit Vanille, Zimt, Safran, Karamell und Nüssen«, verkündete Kajsa.

»Und jede Sorte ist total lecker, ich habe vorgekostet«, schmunzelte Andy.

Die Geschenke, die Fynn in zwei Tüten mitgeschleppt hatte, stellte Diane bei der hervorragenden Aussicht auf einen kulinarischen Abend freudestrahlend unter den mitten im Raum stehenden Christbaum zu den Präsenten, die dort schon warteten.

Diane beobachtete ihren Freund von der Seite. Er betrachtete soeben den niedlichen kleinen Stroh-Ziegenbock, der in jeden schwedischen Weihnachtsbaum gehörte. Fynn sah mit der großen Kopfwunde noch verwegener aus als sonst.

Bei ihm daheim hatte es für sie noch einen interessanten Aha-Effekt gegeben.

»Wir verpflastern das, dann fällt es nicht so auf«, schlug Diane vor.

»Nein!«, rief Fynn entsetzt.

»Aber weshalb denn nicht? Ich denke, du kannst es nicht leiden, wenn jeder darauf guckt. Damit wäre die dunkelrote Verletzung abgedeckt und fertig.«

»Nein! Keinesfalls.«

Diane verstand seine Abwehr nicht. »Nenn mir einen einzigen Grund.«

»Das tut doch weh, wenn man das Pflaster abreißt!«

Völlig geplättet hatte sie in seinem Gesicht geforscht, ob das nicht ein Witz von ihm war. Mitnichten!

Oha! Ein Kerl wie ein Baum, der sich alles traute, der zupackte, der sich in Schwedens Wäldern orientieren konnte und überleben könnte, ein richtiger, echter Mann eben – aber ein kleines, wenige Zentimeter großes, abzuziehendes Pflaster, das machte ihm Angst! Echt, ey ...

»Hach, Geschenke!«, jauchzte Kajsa. »Sehen die nicht hübsch rund um den Christbaum aus?«
Die Farben des glänzenden Geschenkpapiers spiegelten sich in den unteren silberfarbenen Kugeln. Die Spitze des Christbaums krönte ein strahlender Stern.

»Du hast überhaupt ganz wundervoll dekoriert. Und die vielen Kerzen! Schön behaglich.« Diane sah sich um. Es brannte keinerlei Raumlicht, weder in der offenen Küche, noch im Wohnzimmer. Dafür hatte Kajsa jedes einzelne Fenster beleuchtet, einige mit flackernden Windlichtern, andere mit LED-Sternen. Porzellan-Tannen und -Elche, Rentiere aus Holz und kleine Wichtel tummelten sich auf den Fensterbrettern. Im Raum verteilt waren unzählige Kerzen. Sie tauchten das Haus in warmes, einladendes Licht.

Der Esstisch war bereits weihnachtlich eingedeckt und eine wahre Augenweide. Geschmückt war er mit einem mehrarmigen Kerzenleuchter, darunter befand sich ein cremefarbener Tischläufer mit eingewebten Elchen. Ein Weihnachtsgesteck aus duftenden Tannenzweigen und -zapfen, Anissternen, Zimtstangen, Nüssen und Beeren komplettierte das festliche Bild. Strahlend weiße Teller und glänzende Gläser, die das Kerzenlicht widerspiegelten, luden sie zum Weihnachtsfestessen ein.

Das köstliche Essen zog sich natürlich, schwedenüblich, mehrere Stunden hin, die Stimmung war gelöst und heiter, sie hatten jede Menge Spaß, obwohl noch einmal das Thema des Ladens ausreichend, auch ernsten, Gesprächsstoff bot.

Diane hatte Andys Idee, dieses Projekt zu starten, zuerst für ein schlimmes Hirngespinst gehalten. Vom Job in einer Führungsposition eines großen Konzerns in eine Art Tante Emma Laden auf dem Land? Das Verliebtsein schien wohl seinen gesunden Menschenverstand tragisch untergraben zu haben. Sie musste jedoch erkennen, dass er die Sache durchaus analytisch betrachtete, mehr noch, bereits die ersten vernünftigen Schritte gegangen war. Chapeau! Da bekam ihre Freundin aber einen ziemlich toughen Mann! Sie sah Andy nun mit anderen Augen, denn er verhielt sich zu ihr wie ein guter Freund, nicht wie ihr Chef. Na ja, lange war er es auch nicht mehr, wenn das alles so klappte wie geplant.

Kajsa zeigte ihnen ihre Fotos, die sie während der Adventswochen geschossen hatte und die in der Januar-Ausgabe ihres Magazins veröffentlicht werden sollten. Hier wurde ihr gutes Auge erkennbar. Sie machte nicht nur Fotos, sie fing Stimmungen ein. Die Bilder sprachen mit dem Betrachter.

»Sie sind großartig geworden«, lobte Fynn sie und Diane stimmte zu.

Als Überraschung brachte Kajsa eine verführerisch aussehende Preiselbeertorte auf den Tisch. »Die Preiselbeeren sind von Siw. Ich habe mehrere Gläser von ihr bekommen.«

»Mmh, kühl und köstlich.« Diane schleckte genüsslich ihre Gabel ab.

»Ich finde«, Fynn legte den Arm um Dianes Schulter und küsste sie sanft auf die Wange, »wir sollten auf dieses so besondere Weihnachtsfest trinken. Die letzten vier Wochen haben unser aller Leben drastisch verändert, und das auf kaum vorstellbare, wundervolle Weise.«

»Jaaa, hebt die Gläser!«, rief Kajsa und hielt ihres zuerst in die Höhe. »Stoßen wir an auf unsere Zukunft und auf diese magische Winter-Wunderzeit, die uns unerwartet das Glück gebracht hat. Und da unser Weihnachtsfest so, so schön ist … was haltet ihr davon, wenn wir auch Silvester gemeinsam feiern?«

♥ 37 ♥

Die beiden verliebten Mädels planten somit den Silvesterabend bei einer gemütlichen nachmittäglichen Fika, bei der sie Plätzchen von Kajsas vorweihnachtlicher Backorgie naschten. Letztendlich entschieden sie sich für Fondue.

»Du hast doch gesagt, du besitzt auch einen Fonduetopf.« Das war halb Frage, halb Feststellung von Kajsa.

»Jep, habe ich«, bestätigte Diane.

»Somit haben wir zwei, wir machen ein Fleischfondue und ein Käsefondue. Dann ist die Sache rund.«

»Ich könnte uns ein Maisbrot dazu backen«, schlug Diane vor. »Ich habe ein ganz leckeres Rezept dafür.«

»Und ich bereite uns einen frischen Salat zu, yeah, yeah!«, jubelte Kajsa bester Laune. »Wie wunderbar sich unser Leben verändert hat. Ich bin so happy, dass du deinen Chef hierher gelotst hast!«, gluckste sie.

»Nun, so würde ich das nicht gerade nennen«, amüsierte sich Diane. Sie konnte nun einigermaßen damit leben, dass Andy mehr oder weniger zukünftig zu ihrem Privatleben gehörte. Er war ein feiner Kerl. Jetzt, wo die Büro-Oberfläche weggekratzt war, kam ein liebenswerter Mensch zutage, der allerdings nach wie vor überaus energiegeladen war, ähnlich einer gut funktionierenden Batterie.

Aber Kajsa würde ihn da mit der Zeit schon in das schwedische *lagom* einnorden, da war sich Diane sicher. »Was müssen wir eigentlich noch einkaufen?«

»Nichts«, hörten sie die Stimme von Andy, der gerade um die Ecke schaute. »Schreibt auf, was ihr braucht. Fynn und ich fahren morgen früh zeitig los und besorgen alles Notwendige.« Er sah zur Kaffeemaschine. »Kann ich mir einen Kaffee nehmen? Ich gehe dann wieder telefonieren. Ich habe Kontakt zu einem Mann aufgenommen, der so ein Dorfladen-Projekt in Niedersachsen erfolgreich auf den Weg gebracht hat. Und der hat jetzt Zeit, das mit mir zu diskutieren. Man wird ja nicht dümmer durch so ein Gespräch.« Er goss sich eine Tasse Kaffee ein, winkte den Mädels und verschwand wieder.

»Mein Kugelblitz«, kicherte Kajsa.

»Ich finde es total nett von unseren beiden Schätzen, dass sie die Einkäufe übernehmen.« Diane hatte ein glückliches Lächeln im Gesicht.

»Kajsa gluckste. »Du Ahnungslose! Dann kläre ich dich jetzt mal auf. Unsere zwei sind gar nicht so selbstlos, wie es scheint. Immer zwischen Weihnachten und Neujahr gibt es im Nachbarort auf einem Bauernhof ein Männertreffen. Da kommen alle Kerle aus dem Umkreis zusammen. Sie veranstalten ein Eisgrillen, also Grillen unter freiem Himmel im Schnee. Ursprünglich, männlich und so. Tatsächlich haben sie ein paar nette Stunden, quatschen über das vergangene Jahr und welche Heldentaten sie im neuen verbringen wollen und trollen sich danach wieder brav nach Hause.«

»Solche Schlitzohren«, erkannte Diane belustigt. Ihr schwante, dieser Tag würde ein langer für sie. »Aber warum hat Andy das dann gerade nicht erwähnt?«

»Er überlässt es sicherlich Fynn, dir die Hiobsbotschaft zu überbringen, dass du ganztägig für Johnny da sein musst.«

»Ah ja ...«

So schlimm wurde es dann doch nicht.
Fynn informierte sie am Abend ganz unspektakulär von diesem Männer-Eisgrillen und am folgenden Morgen verabschiedete Diane ihn, indem sie sich auf Zehenspitzen stellte, ihn küsste und ihnen beiden viel Spaß wünschte. Sie war sich sicher, kam Fynn mit einem gut gefüllten Fleischbauch nach Hause, war er bester Laune. Das Gleiche galt für Andy. Männer eben.

Genauso war es, aber sie staunte, denn bereits am Nachmittag waren die beiden zurück.

»So schnell?«, fragte sie Fynn erstaunt.

»Ja. Hat gereicht. Wenn nur noch die harten Trinker vor Ort sind, macht es sowieso keinen Spaß mehr. Die richtigen Gespräche finden gegen Mittag statt.«

Diane hatte sogar allen Grund zum Jubeln. Fynn hatte eine Gans mitgebracht. »Für Neujahr«, verkündete er stolz ob seiner Beute, »damit du auch ein bisschen deutsche Heimat hier hast.« Als Dankeschön dafür wurde er in der Nacht dann ausgiebig körperlich verwöhnt.

»Ich glaube, ich kaufe eine ganze Herde Gänse«, kommentierte Fynn sein Glück.

Silvester feierten sie in Dianes Haus. Fynn und Diane tobten mit Johnny draußen im Schnee, kurz bevor Kajsa und Andy eintrafen, damit zum Essen ein bisschen Ruhe einkehrte. Den Tag über hatte es heftig geschneit. Jetzt ruhte die Natur, kein Windstoß war mehr zu spüren, aber sie schien noch einmal Anlauf zu nehmen, denn es türmten sich dicke Schneewolken auf.

Kaum waren sie im Haus, rieselten bereits die ersten Schneeflocken vom Himmel, leise und sanft.

Andy und Kajsa brachten den von ihnen allen geliebten Milchreis als Dessert mit.

»Mensch, Kajsa«, Diane war einen prüfenden Blick auf sie, »du hast ja ganz rote Bäckchen!«

Kajsa schlug sich mit beiden Händen theatralisch an die Wangen. »Ja, kalt draußen.«

Johnny war derweil müde gespielt und nachdem er seine Futterschale noch eifrig und blitzblank ausgeschleckt hatte, legte er sich geschafft in sein Körbchen.

Im Kerzenschein und im Lichterglanz des Tannenbaums begannen sie gemütlich mit dem Fondue.

Diane als bekennender Käsefan tauchte ein Stück ihres Maisbrotes in den heißen Topf und holte das lecker ummantelte Brot wieder hervor. »Hey, schaut mal, wie schön der Käse zieht.« Genüsslich steckte sie es in ihren Mund. »Mmh!«

Kajsa fuchtelte mit der Fonduegabel in der Hand herum.

»Hey, pass auf«, kicherte Diane, »sonst erstichst du deinen Andy und meinen Chef, bevor er seinen Dorfladen eröffnen kann. Das wäre schade, dann hätten wir wieder keinen für unser Lädchen.« Irritiert sah sie ihre Freundin genauer an. »Du hast immer noch so rote Bäckchen! Sag jetzt nicht, da ist was im Anflug.«

»Die Hitze vom Fondue«, meinte Kajsa, schmunzelte aber dabei.

»Schaut mal raus«, meinte Fynn, »das alte Jahr verabschiedet sich ziemlich turbulent.«

Der Schnee wirbelte nun wild vor den Fenstern her.

»Turbulent war mein Jahr auch«, seufzte Diane, aber ihr Seufzer hatte einen glücklichen Touch, weil sie ihren Fynn dabei ansah. »Spontaner Hauskauf, Auswanderung nach Schweden – und ich habe meine große Liebe gefunden.« Hierbei griff sie nach der Hand von Fynn und lächelte ihn happy an.

»Und meins ist noch heftig turbulent.« Kajsa schaute auffordernd in die Runde. »Jetzt habe ich die ganze Zeit vergeblich mit meiner Hand gestikuliert, aber keiner hat's gesehen.« Demonstrativ hielt sie Diane ihre Finger dicht vor die Nase.

»Oooh ..., hm, ich fasse es nicht, ein Brilli-Ring! Willst du damit sagen ...«

»Genau«, quietschte Kajsa, »ich bin frisch verlobt.«

»Aber ..., aber ist das nicht ... ich meine, ist das nicht ein bisschen früh? Ihr kennt euch doch erst gerade mal einen Monat«, stotterte Diane, sichtlich überrascht.

»Ja, schon, aber wir sind uns hundertprozentig sicher. Und außerdem, schief gehen kann es immer, selbst wenn man mehrere Jahre zusammen ist. Ich bin über dreißig, Andy kratzt bald an der vierzig ...«

Sofort protestierte er. »Hey du, mach mich nicht älter, als ich bin. Achtunddreißig ist meine Zahl!«

Kajsa kicherte. »Männer können ziemliche Mimöschen sein, was? Jedenfalls, wenn wir nicht wissen, was wir wollen, wer dann? Ich hab dir das ja erklärt mit dem kalten Wasser. Geheiratet wird sowieso erst im schönen schwedischen Sommer, wenn der Sommerwind über die Felder weht, mir das Haar bauscht, ich einen Blumenkranz zum luftig-leichten Brautkleid trage, hach ...« Ihr verklärter Blick sprach Bände. »Und außerdem, wer nicht wagt, der gewinnt eben auch nicht. Sag was, Andy.«

»So ist das. Ich hab mir gedacht, ich schnappe mir die süße Schwedin, bevor ich wieder weg bin und ein anderer die Gunst der Stunde ergreift.« Er warf seiner Verlobten einen verliebten Blick zu.

»Tz ..., Turbo-Andy, du kannst nichts langsam angehen, was?« Diane schüttelte den Kopf, stand aber auch sofort auf und umarmte ihre Freundin ganz herzlich. »Viel Glück, ganz viel Glück für dich, für euch! Darauf müssen wir einen Sekt trinken!«

Keine zwei Minuten später hielt jeder ein Glas in der Hand und sie stießen gemeinsam mit dem eifrig perlenden Sekt auf die Verlobung von Andy und Kajsa an.

Fynn legte den Arm um Diane, die seine Berührung sichtlich genoss und ihren Kopf an seiner Schulter anlehnte.

Und dann hörte Diane seine Stimme mit dieser so charakteristischen warmen Klangfarbe. »Das können wir uns doch nicht einfach so angucken! Da müssen wir unbedingt nachziehen, zumal wir schon ein Kind, wenn auch ein sehr felliges, haben. Es benötigt geordnete Verhältnisse.« Liebevoll deutete Fynn auf den schlafenden Johnny und gab Diane einen zärtlichen Kuss auf den Mund.

Er hob ihr Kinn sanft an und sah voller Liebe in ihre erwartungsvollen Augen. »Also, was meinst du, Diane?«

♥

Im schwedischen Sommer treffen wir die vier Freunde wieder.
Wir feiern mit ihnen Mittsommernacht, reisen mit Kajsa und Diane nach Göteborg, verbringen Zeit beim *Kräftskiva*, dem traditionellen Krebsfest, und sind Mäuschen bei nächtlichen Ausfahrten auf dem großen See hinter Dianes Haus.
Außerdem bleibt es spannend. Haben sich Diane und Fynn nach Silvester wirklich verlobt? Wird Andy es schaffen, den Dorfladen zu eröffnen und heiraten Andy und Kajsa tatsächlich?

Vielleicht hast Du ja Lust, zwischendurch exklusive Infos zur Entstehung des jeweiligen neuen Romans zu erhalten: Es gibt Coverschnipsel, Lesehäppchen oder Fotos von unseren Recherchearbeiten.
Du kannst auch gern kommentieren oder uns Deine Gedanken dazu mitteilen.
Dann melde Dich doch einfach zu unserem Newsletter an unter

www.sylvia-und-sigrid.de

.

Wir sind gespannt und freuen uns darauf!

Die erfolgreiche Antiquitätenhändlerin Marie lernt an einem schneereichen Abend, schon in Gedanken beim jährlichen Weihnachtsurlaub mit ihrem Lebensgefährten in der Schweiz, den neunjährigen Finn und seine Großmutter kennen.
Die beiden wirbeln ihr Leben mächtig durcheinander. Für Verwirrung sorgt zudem Streifenpolizist Marvin.
Marie besinnt sich wieder auf die traditionellen Werte des Weihnachtsfestes, und so trifft sie eine folgenreiche Entscheidung.

SYLVIA FILZ &
SIGRID KONOPATZKI
Roman
Wintertee
ausverkauft

Von wegen beschauliche Adventszeit!

Judith erhält das Angebot, die Leitung der umsatzstärksten Filiale des Konzerns in Hamburg zu übernehmen. Voraussetzung: Sofort!
Frisch in der Hansestadt angekommen, wartet schon das erste Problem auf sie, bevor sie überhaupt eine Nacht in ihrer neuen Wohnung verbracht hat. Aber Hausbewohner Marwin rettet sie und die beiden freunden sich an.
Im Geschäft läuft es auch nicht rund. Die Mitarbeiter untereinander sind sich nicht grün und es kommt zum Showdown. Unerwartet steht ihr gerade die Kollegin zur Seite, von der sie es am wenigsten erwartet hätte.
Aber auch privat dreht sich das Karussell. Da ist der sympathische Marwin, sein anhänglicher Freund Frank, der elegante Immobilienmakler Bejo von Deckert und der attraktive Chauffeur des Konzernchefs.
Es sieht so aus, als verbringt sie das Weihnachtsfest allein. Tatsächlich?

Sylvia Filz &
Sigrid Konopatzki
Weihnachtshäschen
verzweifelt gesucht
Roman

Himmelpastellhellblaues Winterglück

»Oh nee«, kiekste Mona begeistert, »das ist ja Zucker!« Mit glänzenden Augen stand sie vor einem himmelblauen Porzellan-Häschen. »Was ist das denn? Ein Hase? Zur Weihnachtszeit? Na, der hat definitiv Glück gehabt! Wenn er aus Schokolade wäre, hätte man ihn längst eingeschmolzen.« Bea kicherte los. »Das ist deutlich ein Weihnachtshäschen, schließlich trägt es einen Schneekristall zwischen den Pfötchen. Es scheint total glücklich zu sein, diesen Kristall ergattert zu haben. Schau mal, wie lieb das kleine Kerlchen lächelt. Ich nehme es mit. Das muss ich haben!«

»Lass uns doch zuerst den Laden ganz durchforsten«, schlug Bea vor.

Genau das stellt sich als Fehler heraus, denn als die Mädels zurückkommen, ist das Häschen weg.

Nun beginnt Monas fieberhafte Suche nach dieser außergewöhnlichen Winterdeko.

Sie ahnt noch nicht, dass der süße himmelblaue Hase ihren adventlichen Alltag komplett durcheinanderwürfeln wird und der Schlüssel für ihre Zukunft ist.

Weihnachtsglitzern

Dieses Jahr soll das schönste Weihnachtsfest ever werden, denn Magali will ihren Eltern, Großeltern und Bruder Pierre ihre große Liebe Markus vorstellen. Traditionsgemäß verbringt die Unternehmerfamilie Rehwald die Weihnachtstage gemeinsam in ihrem Stadtpalais.
Zu Gast ist außerdem Joe, Pierres Freund aus Kindertagen. Überraschend gesellt sich auch Magalis Studienfreundin Annett dazu, da sie frisch getrennt und allein ist.
Die Rehwalds verdienen ihr Geld mit einem speziellen Likör, dessen Zusammensetzung streng geheim gehütet wird. Aber genau diese Rezeptur ist in Gefahr, denn ein Weihnachtsgrinch lauert ganz nah …

Es gibt von uns noch weitere
♥-Geschichten
mit viel Gefühl, Liebe und Happy End.

Infos dazu gibt es auf unserer
Homepage

www.sylvia-und-sigrid.de

und bei Amazon

Printed in Poland
by Amazon Fulfillment
Poland Sp. z o.o., Wrocław

81385242R00176